·2020年国家社会科学基金项目（西部项目）阶段性研究成果，项目名称：康巴作家群的生态意识及其艺术表达研究，项目编号：20XZW034

·四川民族学院学术专著出版基金资助

"康巴作家群"作品的
生态思想研究

高琳佳　著

成都时代出版社
CHENGDU TIMES PRESS

图书在版编目（CIP）数据

"康巴作家群"作品的生态思想研究 / 高琳佳著．
-- 成都：成都时代出版社，2022.10
ISBN 978-7-5464-3110-9

Ⅰ．①康… Ⅱ．①高… Ⅲ．①中国文学－当代文学－文学研究 Ⅳ．① I206.7

中国版本图书馆 CIP 数据核字（2022）第 141636 号

"康巴作家群"作品的生态思想研究

"KANGBA ZUOJIAQUN" ZUOPIN DE SHENGTAI SIXIANG YANJIU

高 琳 佳 ／ 著

出 品 人	达 海
责任编辑	张 巧
责任校对	敬小丽
责任印制	车 夫
封面设计	成都惟文文化传播有限公司
装帧设计	成都惟文文化传播有限公司

出版发行	成都时代出版社
电 话	（028）86742352（编辑部）
	（028）86763285（市场营销部）
印 刷	成都市兴雅致印务有限责任公司
规 格	170mm×240mm
印 张	13.75
字 数	210千字
版 次	2022年10月第1版
印 次	2022年10月第1次印刷
书 号	ISBN 978-7-5464-3110-9
定 价	78.00元

目 录

前言

从 2011 年"康巴作家群"概念的提出，到 2013 年"康巴作家群"作品研讨会在北京的举办；从 2012 年"康巴作家群书系"第一辑的推出，到 2020 年"康巴作家群书系"第五辑的推出（共 50 余部作品），康巴作家群从开始的生聚到现在的勃发，从无名到赋名[1]，康巴文学以及生产它们的康巴作家群体壮大了当代作家群体，丰富了当下中国文学的版图。然而，学界对康巴地区文学的研究尚属于起步阶段，少有专家学者对此文学现象投来关注的目光。本书正是基于这样的出发点，借助生态文明建设思想和生态批评理论对康巴作家群的生态思想进行研究。

一、该项目研究的主要观点和主要内容

在习近平生态文明思想的指引下，笔者以鲁枢元的"生态三分法"为理论指导，从自然生态、社会生态、精神生态三个层面对康巴作家群作品的生态思想进行研究。笔者认为自然生态、社会生态和精神生态三者既有密切的联系，又绝不完全等同，既互相独立，又不能相互取代，它们是一个整体的三个方面，它们的和谐与平衡共同勾勒出生态整体主义的完整画面。

《"康巴作家群"作品的生态思想研究》主要由前言、第一章、第二章、第三章、第四章、结论、参考文献、附录和致谢组成。绪论将简单介绍康巴作家群的研究综述。第一章是对康巴作家群进行定义和对康巴作家群五辑书系的梳理和整理，与此同时，第一章的第二节对生态批评理论进行了综述和介绍。第二章、第三章、第四章是本项目研究的重点部分，笔者将从自然生态、社会生态、精神生态三个层面对康巴作家群作品的生态思想进行解

---

[1] 俞蓓、朱霞：《从无名到赋名：当代康巴藏族作家群的形成》，《民族文学研究》2019 年第 1 期，第 107-116 页。

读。第二章是从自然生态的角度对康巴作家群作品中不同体裁即小说、诗歌、散文中体现出的生态思想进行的研究。第三章从多元共生的康巴社会生活和人与人之间的和谐共融两个方面来探析康巴作家群作品中折射出的社会生态思想。第四章是从乐观虔诚的藏族精神信仰和欲望批判两个方面深入分析作品中体现出的精神生态思想。自然生态、社会生态、精神生态是一个整体的三个方面，它们的和谐与平衡共同勾勒出生态整体主义的完整画面，从而实现了构建生态整体观的愿想。

二、该项目研究的学术价值及应用价值

（一）学术价值

1.对康巴地区文学作品的生态解读，有助于增进人们对藏族文学的了解，丰富藏族文学文化研究的学术价值和意义，加深对康巴作家作品研究在当下的现实意义。

2.本课题的研究恰好与目前学术界蓬勃发展起来的生态学思潮相呼应，在一定程度上拓宽了康巴地区文学的研究范围，使生态思想在康巴地区文学作品中得到越来越强烈的彰显。对康巴地区文学作品的生态解读和研究，一方面扩大了学术研究视野，填补了前人研究的空白，另一方面为后人的研究提供了依据和参考，以此来丰富康巴作家作品研究的学术价值。

（二）应用价值

1.推动解读少数民族文学作品的文本实践。众所周知，藏族文化主张的是天人合一、人与自然的和谐相处，而在藏族作家的作品中处处体现着藏族人与大自然相依为命、和睦共处的美好景象。出于对自然的敬畏和崇拜，藏族人民在日常生活中时刻铭记顺应自然、善待自然、遵循自然客观发展规律的思想，从而形成了天人合一、人与自然和谐相处的生态思想。而这种思想在文学作品中有着清晰的刻画。因此，通过解读藏族文学作品挖掘出的生态哲学思想对生态危机四伏的今天具有借鉴和指导意义。

2.文学研究能为文化建设提供有益的参考和咨询。通过对文学文本的精读与细读，在某种程度上可窥见当代中国尤其是康巴地区人民近二十年来的思想状况、生活环境、生态观念的演变历程。

3.践行了"推进生态文明、建设美丽中国"的发展理念。生态文学的解读与当今"推进生态文明、建设美丽中国"的理念构成互文，"坚持人与自然和谐共生"已成为党的十九大以来实现社会主义现代化强国目标的基本方略。因此，从生态维度对康巴地区文学作品进行解读就构成了一个极有现实意义的命题。

第一章 『康巴作家群』简介及生态批评理论

第一节 "康巴作家群"简介及研究现状

一、"康巴作家群"简介

传统的康巴是指包括四川的甘孜、西藏的昌都、青海的玉树和云南的迪庆在内的横断山东南缘的广大区域。康巴地区气象万千，景观雄奇，历史文化丰富多彩。甘孜藏族自治州作为康巴文化的发祥地和康巴的核心地区，面积 15.67 万平方千米，人口 110 万。康巴人杰地灵，由于得益于历史文化的深厚滋养和广大作家的辛勤耕耘，近年来，涌现出创作实力雄厚的康巴作家群，形成了具有浓郁康巴地域特色的亮丽风景，给中国文坛带来了新的惊喜和神奇光芒。

2011 年，"康巴作家群"的概念首次被提出，之后四川省作协原党组书记吕汝伦先生将其列入国家级文学组织中。2012 年，中国作家协会在北京召开了藏族中青年作家作品研讨会，其中被研讨的 8 位藏族作家中，有 4 位来自康巴地区，与西藏地区作家平分秋色。目前学界对"康巴作家群"的界定仍旧模糊不清，经过多次与甘孜作协主席格绒追美、《贡嘎山》杂志社主编列美平措，以及部分比较活跃的康巴作家们访谈与交流，笔者认为康巴作家群主要指出生或生活在四川甘孜藏族自治州、云南迪庆藏族自治州、青海玉树藏族自治州、西藏昌都地区,以康巴地区独特的自然景观、民族文化因子及现实境遇为创作本底的文学创作群体,主要包括老一辈的作家意西泽仁、中青年作家章戈·尼玛、高旭帆、列美平措、吉米平阶、桑丹、窦零、冉仲景、格绒追美、达真、欧阳美书、胡德明、森娜、黄定坤(嘎子)、江洋才让、伊熙堪卓(泽仁康珠)、洼西彭措(洼西)、泽仁达娃、尹向东、蒋秀英(亮炯·朗萨)、郭昌平、贺先枣、胡庆和、贺志富(紫夫)、梅萨、赵敏、雍措、南泽仁、秋加才让、阿布斯南、根秋多吉、洛迦·白玛、岗旺、郎加、达儿、扎西尼玛、罗凌、夏加等,还有已经逝去的张央、土登吉美、仁真旺杰等。这份作家的名单包含了四川甘孜的作家和青海玉树、西藏昌都和云南迪庆的部分作家,随着作家群体的不断壮大,还会对作家名单进行扩充。然而,就目前"康巴作家群书系"来看,主要以四川甘孜的作家为创作主体,且相对而言,在康巴作家群中,四川甘孜作家的成就较为突出。

2012年到2020年间,"康巴作家群书系"连续出版了五辑,第一辑6部,第二辑6部,第三辑10部,第四辑14部,第五辑14部,囊括了诗歌、小说、散文、评论等多种体裁。不只是数量上的攀升,康巴作家和康巴文学在质量上面更有突破。在康巴作家群中,共有5人获得全国少数民族文学创作"骏马奖",他们分别是意西泽仁、章戈·尼玛、列美平措、达真和雍措。其中,2012年,达真的长篇小说《康巴》获得第十届全国少数民族文学创作"骏马奖",2016年,雍措的散文集《凹村》获得第十一届全国少数民族文学创作"骏马奖"。此外,康巴作家们先后获得四川文学奖、四川少数民族文学奖、巴金文学院文学奖、四川省"五个一工程"奖、四川省巴蜀文化奖、康巴文学奖、甘孜藏族自治州文艺奖、甘孜藏族自治州文学创作优秀奖等20余个奖项。截至2020年,共有10位康巴作家成为巴金文学院签约作家,分别是格绒追美、尹向东、伊熙堪卓(泽仁康珠)、赵敏、贺志富(紫夫)、洼西彭措、泽仁达娃、达真、雍措和南泽仁。

二、"康巴作家群书系"名录

康巴作家群书系第一辑

《在雪山和城市的边缘行走》（散文集）/格绒追美　著

《雪融斋笔谈》（散文集）/意西泽仁　著

《雪岭镇》（小说集）/贺先枣　著

《康定上空的云》（长篇小说）/赵敏　著

《洞箫横吹》（诗集）/窦零　著

《边缘积雪》（诗集）/桑丹　著

康巴作家群书系第二辑

《箭炉夜话》（散文集）/郭昌平　著

《遥远的麦子》（散文集）/南泽仁　著

《萍客莲情》（诗集）/拥塔拉姆　著

《雪夜残梦》（长篇小说）/仁真旺杰　著

《走在前面的爱》（长篇小说）/泽仁达娃　著

《康巴作家群评论集》（评论集）/格绒追美　主编

康巴作家群书系第三辑

《凹村》（散文集）/雍措　著

《边地游吟》（散文集）/伊熙堪卓　著

《青藏》（诗集）/欧阳美书　著

《坐在一个陌生的清晨》（诗集）/扎西旦措　著

《高原上的骑手》（诗集）/才仁当智　著

《我的骨骼在远方》（诗集）/阿布司南　著

《刀尖上的泪滴》（小说集）/洛桑卓玛 著

《天空依旧湛蓝》（小说集）/阿琼 著

《玉树十年》（诗歌散文集）/朱玉华 著

《康巴彝族作家作品集》（散文集）/胡德明 主编

康巴作家群书系第四辑

《风马》（长篇小说）/尹向东 著

《香秘》（长篇小说）/嘎子 著

《失落的记忆》（小说集）/洼西 著

《行走高原》（散文集）/贺志富 著

《拾花酿春》（散文集）/罗凌 著

《康巴在哪里》（评论集）/王朝书 著

《东珠瑙布诗文集》（诗集）/东珠瑙布 著

《坐享 青藏的阳光》（诗集）/尼玛松保 著

《足底生花》（诗集）/旦文毛 著

《秋加的小说》（小说集）/秋加才仁 著

《雪线传真》（诗集）/谢鹏 著

《渡口魂》（长篇小说）/阿琼 著

《仰望昆仑》（诗集）/魏彦烈 著

《昌都 我的幸福家园》/德嘎旺姆 廖国俊 主编

康巴作家群书系第五辑

《康巴女土司》（长篇小说）/牟子 著

《那时，旃檀花开如雪》（长篇小说）/亮炯·朗萨 著

《挣扎》（长篇小说）/谷语 著

《风行水上》（诗集）/杨国平　著

《川藏线上》（诗集）/肖勇　著

《在时光里往回走》（诗集）/卓尕　著

《阿妈的念珠》（诗集）/才仁久丁　著

《嫩芽》（诗集）/李生德　著

《归零》（诗集）/邕粒儿　著

《小城事》（散文集）/潘敏　著

《戴花的鹿》（散文集）/南泽仁　著

《葵的末路》（小说散文集）/元旦达吉　著

《康巴作家群评论集Ⅱ》（上　下）/欧阳美书　主编

近年来，康巴作家群的队伍在不断壮大，著作也层出不穷。正如著名藏族作家阿来指出："若干年后回顾，这一定是一个重要的文化事件。因为康巴藏族人在经历了上千年的失语、两三百年'他者'书写之后，第一次实现自我书写的集体亮相。"[1]

三、"康巴作家群"的研究现状

近年来，康巴地区涌现出创作实力雄厚的康巴作家群，形成了具有浓郁康巴地域特色和独特、新鲜审美经验的文学表达，给中国文坛带来了新的审美体验。与此同时也给中国学者提供了认识和了解藏族文学文化的新的机会。通过广泛阅读和资料搜集来看，目前国内外学界对康巴作家群的研究仍然处于起步阶段，在国际上，尚未有与康巴作家群相关学术论文的刊发或学术论著的出版。在中国知网上以"康巴作家群"这个关键词搜索，共有20余篇文献，无外文文献。以康巴作家群中创作成果显著的作家的名字来搜索，意西泽仁有29篇、格绒追美30余篇、达真30余篇、尹向东10余篇、列美平措6篇、

---

[1] 格绒追美主编《康巴作家群评论集》，作家出版社，2013，第1页。

高旭帆 5 篇、雍措 6 篇，且都无外文文献。可见，不管在国际上还是在国内，学术界对康巴作家群的研究均处于起步阶段。现将康巴作家群研究成果划分为以下两个阶段进行概述。

（一）"康巴作家群"概念提出以前对藏族文学的零散研究

对当代藏族作家作品的研究始于 20 世纪 80 年代，这是当代藏族文学开始蓬勃发展的时期。刘万庆、莫福山在《新时期藏族文学述评》中比较全面地罗列了当时藏族文学的发展状况，分别从诗歌、小说及散文等不同体裁进行了概要评述[①]。他们认为，"藏族文学趋于繁荣，绝非偶然，一是得益于各级领导对发展藏族文学事业的重视，二是文学园地的开辟，对藏族文学新局面的开创起到了推动作用"。评论家陈墨在《藏族文学的新篇章——读三部长篇小说新作》中，着重论述了降边嘉措、益希单增和多杰才旦的长篇小说，肯定了这三位藏族作家取得的成就，认为他们"不仅改变了藏族作家文学创作的落后面貌，而且他们的创作实践也为中国当代长篇小说的繁荣发展做出了贡献"[②]。降边嘉措和张小明合著的《藏族青年小说家论》更加详细地评述了当时比较活跃的藏族青年小说家，包括扎西达娃、色波、扎登，以及当时的青年作家如意西泽仁、苍林、德吉措姆等的创作手法、写作特点、书写内容等。朱霞在《当代藏族文学的多元文化背景与作家民族文化身份的建构》一文中，论述了当代藏族作家创作面临的多元文化背景，并且希望：藏族当代作家既要大力弘扬民族文学，又要为中国文学的建构发挥作用；既要面临全球化的趋势，又要增强本土化意识[③]。2005 年，中国人民大学的意娜以《当代藏族汉语文学创作的文化身份意识初探》为题，对当代藏族汉语文学作品中的文化身份意识进行了探讨。意娜将藏族作家汉语创作的文化身份意识分为觉醒、初显、深入三

---

① 刘万庆、莫福山：《新时期藏族文学述评》，《民族文学研究》1984 年第 3 期，第 35-40 页。
② 转引自格绒追美主编《康巴作家群评论集》，作家出版社，2013，第 1 页。
③ 朱霞：《当代藏族文学的多元文化背景与作家民族文化身份的建构》，《西藏民族学院学报》（哲学社会科学版）2004 年第 6 期，第 29-32+107 页。

个阶段，她认为随着全球化的语境对民族文化思想的影响越发深入，人们对民族文化身份的认识必将越发理性和清晰①。李佳俊在论文《当代藏族文学的文化走向——浅析新时期藏族作家不同群体的审美个性》中，对当代藏族作家的成长经历和作品特色进行了分析，全面、客观地梳理和总结了藏族四个类型作家群的小说作品中蕴藏的不同文化内涵②。以上这些评论都是从藏族作家这个大的范围来进行述评的，并未以区域为界限来评述，内容也相对泛化。

在"康巴作家群"概念提出以前，有少数评论家比较零散地对部分康巴藏族作家进行过研究。通过中国知网检索，散见对意西泽仁、格绒追美、达真、尹向东、列美平措、章戈尼玛、江洋才让等人作品的研究。其中对意西泽仁作品进行的研究最多，最早可以追溯到 1984 年。这一年间有四篇评论性文章发表，分别是莫福山、刘万庆在《民族文学研究》上发表的《藏族第一本短篇小说集问世》，王康在《西南民族学院学报》上发表的《民族民间文学对青年作家意西泽仁创作的影响》，莫福山、刘万庆在《民族文学研究》上发表的《新时期藏族文学述评》和钟庆成在《当代文坛》上发表的《他走着自己的路——读短篇小说集＜大雁落脚的地方＞》。从这以后就陆陆续续有评论家对意西泽仁的作品进行评述。1987 年，沙驼在《中央民族学院学报》上发表了《意西泽仁小说的民族特色散论》。在文章中，沙驼指出意西泽仁通过质朴、清新、明快的语言，运用藏族格言及谚语描绘了藏族群众喜闻乐见的事情，这是构成他小说民族地方特色不可或缺的因素③。1989 年，白崇人在《当代文坛》上发表了《藏族人们心灵的窗口——读意西泽仁小说集＜松耳石项链＞》一文，认为意西泽仁是一位真诚朴实的藏族青年作家，他运用在漫长的历史中所形成的心理结构和思维方

---

① 意娜：《当代藏族汉语文学创作的文化身份意识初探》，《西藏民族大学学报》（人文社科版）第 2005 年第 1 期，第 247-250。

② 李佳俊：《当代藏族文学的文化走向——浅析新时期藏族作家不同群体的审美个性》，《中国藏学》2006 年第 1 期，第 87-98 页。

③ 沙驼：《意西泽仁小说的民族特色散论》，《中央民族学院学报》1987 年第 3 期，第 89-72 页。

式来理解自己的民族，把藏族人民的内心世界捧在自己的双手上亮给读者，他是藏族人民心灵的窗口①。1996 年，徐其超和杨新慧两人在其作品《意西泽仁创作论——兼论艾特玛托夫小说对意西泽仁的影响》中对意西泽仁创作论进行过论述，通过分析艾特玛托夫小说创作对意西泽仁小说的影响来展开论述②。1997 年钱国纲在《民族文学研究》上发表了《民族化与现代艺术手法的融合——意西泽仁新时期短篇小说片论》一文，认为意西泽仁运用清新、朴实的语言，描绘了藏族人民真实的生活，具有鲜明的时代气息和民族特色，既继承了藏族的传统文化，又有所发展创新，是民族与现代艺术手法的融合③。2001 年，徐其超再一次在其论文《背负草原面对世界——意西泽仁小说创作论》中对意西泽仁小说创作进行了论述，指出意西泽仁以"文化混血"优势，走多元融合的创新道路，形成了富有游牧民族人道主义精神、现实主义融入浪漫主义、叙事诗化抒情化的小说创作风格，代表着少数民族文学作家成功的共同经验④。

学界对康巴藏族作家列美平措的研究可以追溯到 1988 年，当时，刘万庆和莫福山在合著的《藏族文学的现状与展望》中就对列美平措的诗歌进行了评述，这是最早对列美平措作品进行述评的文章⑤。1996 年，冉仲景在《西南民族学院学报》（哲学社会科学版）第 2 期上发表了《雪域司芬克斯：半人半牛——列美平措的诗歌发现与创作》一文。文中，他认为"半人半牛"是藏族青年诗人列美平措的自画像，并通过它概括了雪域高原乃至整个藏族

---

① 白崇人：《藏族人们心灵的窗口——读意西泽仁小说集〈松耳石项链〉》，《当代文坛》1989 年 4 期，第 26-27 页。
② 徐其超、杨新慧：《意西泽仁创作论——兼论艾特玛托夫小说对意西泽仁的影响》，《当代文坛》1996 年 3 期，第 22-27 页。
③ 钱国纲：《民族文学研究》，《民族化与现代艺术手法的融合——意西泽仁新时期短篇小说片论》1997 年 4 期，第 9-13 页。
④ 徐其超：《背负草原面对世界—意西泽仁小说创作论》，《西南民族大学学报》（哲学社会科学版）2001 年 6 期，第 107-114 页。
⑤ 刘万庆、莫福山：《藏族文学的现状与展望》，《中南民族学院学报》（哲学社会科学版）1988 年第 3 期，第 24-28 页。

的性格和灵魂①。1999 年，西南民族学院（现为西南民族大学）民族语言研究所的德吉草在《西南民族学院学报》上发表了《朝圣途中的列美平措——评列美平措的诗》一文，通过对列美平措诗歌背景的分析，提出在神性涵括了的民族整体的精神家园里，诗人的一次次精神朝圣，一次次失落与回归，都激荡着高原人对自己内心的还原和归返精神，藏族文化才是诗人诗歌中的生命原色②。

　　学界对高旭帆作品的研究仅限于 20 世纪 90 年代，包括 1991 年肖阳的《＜山吼＞：崩岭山人生存本相写照——读高旭帆系列短篇》，同年肖阳在《当代文坛》发表的《崩岭山人的艰辛和强韧——评高旭帆的小说创作》和 1996 年郭建勋在《康定学刊》上发表的《忠于生活的原则与艺术个性的初成——高旭帆小说创作简论》。跟高旭帆作品研究一样，学界对章戈·尼玛的作品研究多见于 20 世纪 90 年代。1995 年窦零在《西南民族学院学报》（哲学社会科学版）上刊发了名为《浪漫世界第三极——评藏族青年作家章戈·尼玛的创作》一文。在文中，窦零指出藏族青年作家章戈·尼玛用汉藏两种文字写作小说和散文，多视角地反映高原真实的一切，特别是它那充满神灵气氛的隐秘世界，已经初步形成沉重、深沉、极富浪漫情韵的风格特点③。1996 年，周开正、李学璋在《康定学刊》上发表名为《吉祥地上的轻骑兵——浅评藏族作家章戈·尼玛的报告文学》一文，结合章戈·尼玛的创作，从人物形象、民族精神、时代特色三方面，对章戈·尼玛的报告文学做了评析④。2000 年，西南民族学院民族语言研究所的德吉草对章戈·尼玛的散文集《流动的情歌》做了个案研究，提出在散文创作的领域里，自然景观与文化人格的创造、艺术的感觉和哲理的深度、巨大的民族文化

---

① 冉仲景：《雪域司芬克斯：半人半牛——列美平措的诗歌发现与创作》，《西南民族学院学报》（哲学社会科学版）1996 年第 2 期，第 3 页。
② 德吉草：《朝圣途中的列美平措—评列美平措的诗》，《西南民族学院学报》（哲学社会科学版）1999 年第 3 期，第 3-5 页。
③ 窦零：《浪漫世界第三极——评藏族青年作家章戈·尼玛的创作》，《西南民族学院学报》（哲学社会科学版）1995 年第 6 期，第 3 页。
④ 周开正、李学璋：《吉祥地上的轻骑兵——浅评藏族作家章戈·尼玛的报告文学》，《康定学刊》1996 年第 1 期，第 66-68 页。

和精神实质都是支撑散文创作的主干①。

　　学界对江洋才让的研究始于 2007 年。2007 年，孙明媚就江洋才让的散文《藏地——风马时段录》从诗意的角度进行了评述，她认为《藏地——风马时段录》给读者呈现了别样的文字景象，以及由这些文字描绘出的民族特有的文化气质和文化蕴涵②。《藏地——风马时段录》描绘了江洋才让赖以生存的物质家园和由这块独特的土地而生发出的精神与情感。

　　尽管目前从中国知网上看，对格绒追美作品研究的文章多于达真，但是在"康巴作家群"概念提出之前，尚无对格绒追美作品进行评析的论文刊发，而在 2010 年，河西学院中文系的王锐就在《西藏研究》上发表了名为《康巴之魅——藏族作家达真的〈康巴〉论》一文，可见，学界对达真作品的研究早于对格绒追美作品的研究。王锐在论文中指出，《康巴》是达真用多元视角讲述康巴地区的文学力作，小说从创作追求、文化内涵、文本构建、思想境界、人物群像等方面力求宏伟气势，立体化呈现了近现代康巴地区人像展览的百年"浮世绘"，《康巴》是集天、地、人和多元文化、无边大爱于一体的，富有高远境界与史诗魅力的作品③。

（二）"康巴作家群"概念提出以后的研究进展

　　自"康巴作家群"概念提出以后，逐渐有更多的学者对康巴藏族作家及作品投来关注的目光，当然，对康巴作家群中比较活跃的作家关注更多，其中对格绒追美、达真的研究不管从量上还是质上都有很大的突破。值得一提的是，《阿来研究》曾于 2017 年推出"康巴作家长篇小说研究"专辑 31 篇，专家学者们着重评析了格绒追美、达真、泽仁达娃、尹向东、嘎子和阿琼等作家的长篇小说，此专辑的出版极大地提升了学界对康巴作家群的文学关注

---

① 德吉草：《故土的守望者—评章戈·尼玛散文、小说中的故土情》，《西南民族学院学报》（哲学社科科学版）2000 年第 5 期，第 41-46 页。

② 孙明媚：《藏地的诗意陈述—读江洋才让散文〈藏地—风马时段录〉》，《西藏文学》2007 年第 3 期，第 94-96 页。

③ 王锐：《康巴之魅——藏族作家达真的〈康巴〉论》，《西藏研究》2010 年第 5 期，第 58-66 页。

度，对康巴文学的长足发展起到了积极的促进作用。三年之后，2020年《阿来研究》第12辑以"康定七箭"专辑的形式，隆重地推出关于康定文学创作的重量级人物及其代表作品的研究专号。该专辑主要围绕"康定七箭"，即意西泽仁、列美平措、格绒追美、达真、高旭帆、尹向东、雍措这七位作家的创作成就进行讨论，共收录论文34篇，专辑的出版使"康定七箭"成为康巴创作走向全国、面向未来的又一标志性文化称号。

学界对格绒追美作品的研究始于2012年，也是"康巴作家群"概念提出以后的第二年。目前，从中国知网搜索可见，学界关于格绒追美作品研究共有论文30余篇，其中包括3篇硕士学位论文。从初显的时间和发表论文数来看，学界对格绒追美作品的关注度是康巴作家群作家中最高的，其中在2017年12月31日出版的《阿来研究》中有8篇，在2020年8月31日出版的《阿来研究》中有6篇。2012年，北大核心刊物《文艺争鸣》刊发了《人神共游、史诗同构——评格绒追美的长篇新作 < 隐蔽的脸——藏地神子秘踪 >》一文。在文中，作者吴义勤、王秀涛认为格绒追美以藏地文化历史为书写对象，凭借独特的文化内涵、丰厚的精神资源、史诗性的品格以及藏地的奇妙历史，为中国当代文学贡献了崭新的文学经验与文学维度，这部小说延续了以藏地为书写中心的史诗化写作风格[1]。2013年，《当代文坛》刊发了论文《藏地村庄演绎的描述与追忆——格绒追美小说创作论》。作者胡希东认为格绒追美通过对藏地村庄史诗性的描述与追忆，刻画了在历史沧桑的变化中，村民们面对生死、痛苦和外来冲击所做的价值抉择，表达了他对藏地故土的热爱和眷恋，完成了作家对民族苦难的升华和超越[2]。2016年，西南大学刘倩在其硕士论文中以《新时期"康巴作家群"小说研究》为名，从文化人类学、伦理学、叙事学等视角对康巴作家群小说创作进行了深入分析，从当代语境及文学旨归、整体创作特征及"当代

---

[1] 吴义勤、王秀涛：《人神共游、史诗同构——评格绒追美的长篇新作 < 隐蔽的脸——藏地神子秘踪 >》，《文艺争鸣》2012年第6期，第117-119页。
[2] 胡希东：《藏地村庄演绎的描述与追忆——格绒追美小说创作论》，《当代文坛》2013年第2期，第23-26页。

性"追求与创作的不足等方面进行了阐释①。在论文中，刘倩专门设置一个章节对格绒追美小说创作进行分析和讨论。2017 年可谓是对格绒追美研究大爆发的一年，《阿来研究》专刊出版了格绒追美的相关研究 8 篇，分别从文学地理学、神性写作、藏地魔幻书写、词典体小说研究、村落叙事与诗化研究等角度对格绒追美《隐蔽的脸——藏地神子秘踪》《青藏辞典》等作品进行了研究。2018 年，兰州文理学院在同一专辑中刊发了 2 篇关于格绒追美的论文，分别是欧阳美书的《他在描述世界的样子——格绒追美长篇小说 < 青藏辞典 > 解读》和范河川的《格绒追美创作与藏族传统文化反思透析》。同年，严英秀在《民族文学研究》上发表论文《一个藏人的村庄史：格绒追美创作论》，认为格绒追美多体裁、多层面、多角度书写着青藏高原、康巴大地，这是对故土家园、民族文化深厚情感的体验，这是对藏族同胞人生立场的关怀，也为藏族文学的书写提供了新的文学经验②。也是在 2018 年，四川省社会科学院的魏宏欢撰写了名为《民俗学视阈下的康巴乡土小说研究》的硕士学位论文。在论文中，作者以民俗学的视角对康巴藏族作家的小说进行了分门别类的分析，其中也包括对格绒追美小说的具体分析③。2019 年，天津工业大学的张雪洁，撰写了硕士论文《操纵理论视角下 < 隐蔽的脸 > 的英译研究》，值得一提的是，格绒追美的《隐蔽的脸——藏地神子秘踪》是为数不多被翻译为外文的康巴藏族作品之一。张雪洁借助"操纵理论"，以文化翻译的视角对格绒追美的汉语作品《隐蔽的脸——藏地神子秘踪》及其英译本进行了文本研究，对比分析了藏族作家汉语创作的动因及其特点，为少数民族作家非本民族语言创作和作品外译研究提供了一定的参考④。2020 年，有 7 篇关于格

① 刘倩：《新时期"康巴作家群"小说研究》，西南大学（硕士论文），第 79 页。

② 严英秀：《一个藏人的村庄史：格绒追美创作论》，《民族文学》2018 年第 1 期，第 82-86 页。

③ 魏宏欢：《民俗学视阈下的康巴乡土小说研究》，四川省社会科学院（硕士论文），第 45 页。

④ 张雪洁：《操纵理论视角下 < 隐蔽的脸 > 的英译研究》，天津工业大学（硕士论文），第 68 页。

绒追美的评论性文章刊发。马迎春在论文《格绒追美小说创作的空间——拼图式风格》中认为，格绒追美小说叙事采用空间—拼图结构模式，将故事线拆解成若干片段，这些片段互相穿插组合，形成一幅时空拼图①。这些空间结构方式体现了格绒追美叙事手法的丰富，同他的文本内容完美结合，共同构成了格绒追美独具魅力的文本世界。其余 6 篇文章均发表在《阿来研究》2020 年第 12 期中，分别是黄群英的《格绒追美作品中的乡土书写研究》，马迎春的《格绒追美小说叙事的空间结构》，梁海的《寻找生命和历史的记忆——读格绒追美长篇小说 < 隐蔽的脸 >》，胡沛萍的《叙述的轻逸与存在的沉重——论格绒追美长篇小说 < 隐蔽的脸 >》，许亚龙的《"神子"如何通达藏地——论格绒追美长篇小说 < 隐蔽的脸 >》，李雨庭的《书写独特的小说——评格绒追美的 < 青藏辞典 >》。

"康巴作家群"概念提出以后，学界对达真的研究也呈上升趋势，从 2013 年到 2020 年，共有 30 余篇评论性文章被中国知网收录。2013 年，路晓明在《四川民族学院学报》发表名为《康巴文化精神与达真的文学创作》的文章。路晓明认为康巴大地为达真的文学创作提供了丰富厚重的文化资源，而达真的创作对康巴文化精神的高扬，为想深入了解康巴的人们提供了更好的途径。路晓明和陈慧合著的《"命定"的"康巴"史诗——读达真的小说 < 康巴 > 及 < 命定 >》从康巴多元共生的"交汇地"和"大地阶梯"上的人性赞歌两方面，对达真的《康巴》和《命定》做了评析②。他们认为达真刻画了康巴大地上波澜壮阔的历史并塑造了鲜明感人的人物，呈现了一个"真实的康巴"，在讲述"交汇地"各民族、各宗教的并存与融合过程中，高扬大爱与包容的人性赞歌。同年，赵丽在《赤峰学院学报》（汉文哲学社会科学版）上发表《文学地方志的精神标本——论藏族作家达真的长篇小说 < 康巴 >》一文，认为达真通过《康巴》这部小说为读者呈现了完全不一样的边地景象，多元文化的融合、多民族的交汇构成了康巴地区独有的精神内涵，这种精神内涵暗含了民族和解的重要信

---

① 马迎春：《格绒追美小说创作的空间——拼图式风格》，《四川民族学院学报》2020 年第 5 期，第 60-65 页。
② 路晓明、陈慧：《"命定"的"康巴"史诗——读达真的小说 < 康巴 > 及 < 命定 >》，《当代文坛》2013 年第 2 期，第 27-30 页。

息①。2017年，高琳佳和沈人烨在《当代文坛》上合作发表《生态批评中的"生态和谐"意识——以达真的＜康巴＞为例》一文，从自然生态、社会生态、精神生态三方面入手，对美丽壮观的藏地高原景观、多元共生的康巴社会生活以及乐观虔诚的藏族精神信仰进行剖析，从而实现了构建生态整体主义的愿想②。2018年，福建师范大学文学院的张睿发表《浅谈达真＜康巴＞多元文化下的民族身份建构》，认为《康巴》使用了三位一体的叙事策略，达真通过宗教信仰多元化与专一化相结合、藏族独具特色的文化以及康巴人的格萨尔王精神点亮康巴地区人性大爱的光辉，完成了对本民族的身份建构，让读者认识了一个真实的康巴③。2020年，四川民族学院的余忠淑发表名为《达真＜康巴＞中的锅庄：多元文化融合共生的缩影》的文章，分析了《康巴》中的锅庄所体现的融合共生的多元文化景象。锅庄是多元物质文化、制度文化与精神文化融合共生之地，是康巴地区政治治理与贸易交流下的产物，锅庄表现出的多元文化融合共生的主题对促进民族团结、社会和谐发展具有重要的启示作用④。2020年，吴雪丽在《民族文学研究》上发表了《个人命运、地方经验、国家叙事——解读达真的长篇小说＜命定＞》一文，分析了小说在个人与族群、自我与他者、地方与国家等多重脉络上展开的叙事，构建了一副有关个人命运、地方经验和国家叙事的宏阔的历史图景，丰富并补充了中国文学中少数族群参与抗战的历史叙述⑤。2020年《阿来研究》第12期出版了"康定七箭"专辑，其中有7篇文章是关于达真及其作品的研究。它们分别是栗军的《各美其美　美美

① 赵丽：《文学地方志的精神标本——论藏族作家达真的长篇小说，〈康巴〉为例》，《赤峰学院报》（汉文哲学社会科学版）2013年第6期，第173-175页。

② 高琳佳、沈人烨：《生态批评中的"生态和谐"意识——以达真的〈康巴〉为例》，《当代文坛》2017年第5期，第141-144页。

③ 张睿：《浅谈达真〈康巴〉多元文化下的民族身份建构》，《海峡教育研究》2018年第4期，第39-43页。

④ 余忠淑：《达真〈康巴〉中的锅庄：多元文化融合共生的缩影》，《四川民族学院学报》2020年第1期，第20-26页。

⑤ 吴雪丽：《个人命运、地方经验、国家叙事——解读达真的长篇小说〈命定〉》，《民族文学研究》2020年第3期，第71-77页。

与共——藏族作家达真小说中的民族文化精神》，李欢、魏春春的《康巴土司家族书写的历史寓言——以＜布隆德誓言＞＜康巴＞为中心的考察》，杨光祖、李艳的《＜康巴＞：时代大裂变中的人性思考》，蔡洞峰、殷洋宝的《人性，信仰，抑或历史的互照——达真＜命定＞阅读札记》，袁春兰的《藏地文化的生命赞歌——评达真长篇小说＜命定＞》，魏宏欢的《康定：作家们的原乡记忆和故乡神话——以"康定七箭"的乡土小说为例》，杨艳伶的《植根本土，浅吟低唱——达真创作解析》。

学界对尹向东的关注也始于"康巴作家群"概念提出之后。2013 年黄洁在《当代文坛》上发表了《在生活底色上描绘人生的滋味——尹向东小说集＜鱼的声音＞述评》。黄洁讨论了尹向东的书写内容，认为尹向东通过刻画藏地底层民众的生活，透露出了悲凉而令人怜惜的人生滋味。尹向东凭借民族血缘的特殊性，形成了独具特色的文化素养、审美情趣，从而造就了其小说创作的独特艺术取向[①]。2016 年，宋可可和徐琴合作发表了《消失的背影与沉重的探求——浅析尹向东小说中"出走"的人物形象》，通过对尹向东小说作品中"出走"这一主题的分析来挖掘"出走"背后作者想要表达的关于生活、命运、时代的思考[②]。2016 年长篇小说《风马》出版，学界对尹向东的研究开始增多，2017 年就有 7 篇论文相继刊发。其中有 4 篇来自《阿来研究》，它们分别是胡沛萍、张娜的《折多河畔的生命叹息——论尹向东长篇小说＜风马＞》，魏春春的《边地空间想象与历史形塑——尹向东长篇小说＜风马＞的康定故事论述》，吴投文、杨欢合著的《命运之网下的苦难人生——读尹向东的＜风马＞》，周毅的《尹向东本能叙事的张力分析——以＜风马＞为中心》。2017 年，西藏民族大学的魏春春除了在《阿来研究》上发表论文以外，还在《当代文坛》和《贡嘎山（汉文版）》上分别发表了《望乡——康巴作家尹向东小说论》和《望乡——尹向东小说论》两篇文章。在文章中，魏春春着重讨论了尹向东小说创作的主题和思想内涵，

① 黄洁：《在生活底色上描绘人生的滋味——尹向东小说集＜鱼的声音＞述评》，《当代文坛》2013 年第 2 期，第 34-37 页。

② 宋可可、徐琴：《消失的背影与沉重的探求——浅析尹向东小说中"出走"的人物形象》，《西藏文学》2016 年第 1 期，第 105-108 页。

魏春春认为尹向东主要围绕理想之境和现实之域展开书写，在不同文化空间构建中，既体现出了民族关怀，又体现出了对康定文化的深度剖析，昭示出深刻的文化望乡情怀。同年，季敏敏在《西藏文学》上发表论文《草原生活的回望与探求——简评尹向东草原系列小说》，将尹向东刊发的众多小说题材分为两类，一是对草原牧区纯然生活的诗意书写，一是对康定小城文明进化的冲突表达[①]。季敏敏既赞美了草原牧歌的诗意栖居，又批判了现代文明发展对传统文化的侵袭和腐蚀。2018年，陈思广在《民族文学》上发表论文《让青春在爱中重新出发——读尹向东的短篇小说〈我们回家吧〉》，认为《我们回家吧》是一部典型的成长小说，尹向东以温朴的笔墨书写了青年杨广与少年吴昊在人生紧要处的心理行为与转变过程，传递了让青春在爱中重新出发的真诚心愿与美好祝福[②]。2020年，陈思广在《民族文学》上又一次发表了对尹向东小说的评论文章《做一个有温度的人——谈尹向东的〈醉氧的弦胡〉》，认为小说《醉氧的弦胡》通过降措、央金夫妇对父亲贡布的困惑与理解，以及与邻居邓兵、邱兰夫妻之间的误会以及化解过程等一系列艺术描写，表达了现代化城市的发展虽然可以带来外在的、物质的便利，却无法抹平人与人之间的精神鸿沟，也无法消解不同文化圈之间固有的差异与内在的心理隔阂。但如果不同年龄、不同民族、不同文化信仰的人能够做有温度的人，能够相互尊重、相互理解、相互包容、求同存异，人们就能和睦相处，就能如同一个大家庭一样，幸福地生活在同一蓝天下，同一城市中[③]，这不仅是尹向东的期盼，更是人们心中永恒的期盼。2020年，《阿来研究》第12期推出"康定七剑"专辑，其中对尹向东作品研究的文章有4篇，分别是白浩的《人间相与神人涵化》，战玉冰的《民族志、边地志与生活志——尹向东小说创作论》，于宏和胡沛萍合著的《用平和的叙

---

① 季敏敏：《草原生活的回望与探求——简评尹向东草原系列小说》，《西藏文学》2017年第6期，第108-112页。

② 陈思广：《让青春在爱中重新出发——读尹向东的短篇小说〈我们回家吧〉》，《民族文学》2018年第12期，第12-13页。

③ 陈思广：《做一个有温度的人——谈尹向东的〈醉氧的弦胡〉》，《民族文学》2020年10月，第11-12页。

述淡化存在的荒谬——论尹向东的中短篇小说》，王学海的《尹向东长篇小说 < 风马 > 的审美分析》。

2010 年，江洋才让的长篇小说《康巴方式》出版。就在同年，都市女报社的赵林云在北大核心刊物《小说评论》上发表了《一部民族志式的"边地奇书"——评江洋才让的小说 < 康巴方式 >》。赵林云认为《康巴方式》以充满魔幻色彩的大胆想象力，对康巴人生活的民族志式的细节进行挖掘，书写了一部有关"多民族中国"宏大想象的边地奇书，字里行间洋溢着人性悲悯的情怀①。这不仅是近年来继阿来、范稳等作家"边地写作"的一种延续和创新，更是一部有关生态主义、人与自然、文明与野蛮、发达与落后等多重重大主题的"文化人类学"式的小说著作。2013 年学界对江洋才让的评述比较集中，共有 5 篇文章刊发。其中，王霞在《西藏文学》上发表论文《康巴藏地的奇幻想象——读江洋才让小说 < 然后在狼印奔走 >》，对小说《然后在狼印奔走》进行了深度的评析。韩松刚在北大核心刊物《小说评论》上发表了论文《"陌生化"：语言的另一副面孔——略析江洋才让 < 灰飞 > 的语言艺术》，从语言艺术表达的层面对江洋才让的长篇小说《灰飞》进行了评析，认为江洋才让运用比喻、拟人、夸张、对偶、反复等修辞手法来达到语言"陌生化"的效果，通过这种描写让外界窥探到了他所表现出来的以及隐藏在文字背后的异域世界和共同人性②。毕艳君在《青海湖》上发表名为《时空寓言的民族化书写——江洋才让小说简评》的文章。在文章中，毕艳君认为江洋才让运用其驾驭长篇小说的高超能力，用自己民间立场和身份的确定，以富有诗意的语言刻画着藏族历史上不同的生活细节，用民族志式的书写、琐碎细致的记录来展现本民族的"地方性记忆"，呈现了民族文化和民族心理的价值取向和书写特质③。同年，也是在《青

---

① 赵林云：《一部民族志式的"边地奇书"——评江洋才让的小说 < 康巴方式 >》，《小说评论》2010 年第 2 期，第 61-63 页。

② 韩松刚：《"陌生化"：语言的另一副面孔——略析江洋才让 < 灰飞 > 的语言艺术》，《小说评论》2013 年第 4 期，第 159-162 页。

③ 毕艳君：《时空寓言的民族化书写——江洋才让小说简评》，《青海湖》2013 年第 11 期，第 93-96 页。

海湖》刊物上，青海民族大学的卓玛发表了论文《情调叙事中的文学加减法——江洋才让小说简论》。在文中，卓玛运用西方叙事学理论深度剖析了江洋才让短篇小说的文本形式与叙事策略，加深了读者对江洋才让小说的认识和理解。2014年，西南民族大学文学与新闻传播学院的唐欢枫发表论文《从审美现代性的角度解读江洋才让的＜康巴方式＞》，通过运用审美现代性理论解析了康巴人在面对新生活带来的冲击与矛盾时触动灵魂的挣扎与蜕变，小说中呈现出的现代性与民族性在康巴地区的激烈碰撞表现出了江洋才让对现代性的反思和对康巴文化的信心[①]。2017年，青海民族大学的雷庆锐在《青海师范大学学报》(哲学社会科学版)上发表论文《生命个体的孤独存在——论江洋才让＜灰飞＞中的孤独意识》，认为江洋才让是中国当代文坛一位卓尔不群的藏族作家，不管是小说、诗歌还是散文，他都致力于对人类内心世界的关注和人性的挖掘[②]。在小说《灰飞》中，江洋才让通过多元的修辞手法和精致的意向设置书写了人类存在的孤独感，渗透着一种命定的宿命观，这为我们深刻理解人性、理解时代及社会提供了完美的素材。2018年，张元珂在《南方文坛》上发表论文《西北"藏边志"——论江洋才让短篇小说》。文中张元珂认为在藏族新生代小说家群体中，江洋才让的审美姿态与写作风格已然成了一道靓丽而独特的风景线。他的出道、出场、确证及获得文坛地位的途径与方式，都是立足于本民族的历史、现实、审美习惯，而后依循个人灵感、天赋、情怀、责任而努力探索实现的[③]。2019年，祁发慧在《西藏文学》上发表了对江洋才让的访谈录。在访谈中，祁发慧就创作指向、写作诉求、作品中的高原象征图示、创作过程中语言修辞运用及经验表达等问题与江洋才让进行了交流[④]。

① 唐欢枫：《从审美现代性的角度解读江洋才让的＜康巴方式＞》，《大连民族学院学报》2014年第4期，第446-448页。
② 雷庆锐：《生命个体的孤独存在——论江洋才让＜灰飞＞中的孤独意识》，《青海师范大学学报》（哲学社会科学版），2017年第2期，第117-122页。
③ 张元珂：《西北"藏边志"——论江洋才让短篇小说》，《南方文坛》2018年第3期，第161-165页。
④ 祁发慧：《创作的角度——当代藏族作家江洋才让访谈》，《西藏文学》2019年第1期，第100-105页。

泽仁达娃是康巴作家群中最为特殊的一位作家。15 岁那年，他遭遇了一场严重的车祸，植入的金属头盖骨使他必须终身跟病魔进行抗争，并让他无法接近任何辐射源，包括电脑。稿纸上的艰难爬行让他用笔来丈量文学的天地。但是不管现实条件多么艰苦，泽仁达娃都从来没有放弃过写作，他通过文学与世界进行互知和沟通。2013 年，魏耀武、王海燕对《雪山的话语》进行了评介。在论文中，他们认为《雪山的话语》是一部关于村落、族群、代际的苦难史与精神史，小说以处于历史漩涡中的贝祖村为中心，用诗化的语言描绘了藏地神秘壮阔的自然风物，同时呈现了雪域高原生存环境的残酷与粗暴，以宗教的视野审视了连续不断的杀戮与复仇造成的生命悲剧和精神困境[1]。同年，四川省社会科学院文学研究所的王菱在《当代文坛》上发表名为《雪山：康巴之魂与信仰之索——评泽仁达娃长篇小说 < 雪山的话语 >》的文章，认为《雪山的话语》叙述了康巴地区雪域村庄的生存困境与抗争[2]。在文化层面，泽仁达娃在族群建构与身份认同之中，重构了民族"集体记忆"；在价值层面，小说蕴涵的对苦难的类宗教体验，是内含在小说人物意识结构之中的精神内核，也是超逸、悬浮在精神上空，成为人物行为指南的可仰望之物；在审美层面，小说把神秘文化作为对世界的一种观照，表达了创作者对外在世界的审美体悟和生命态度。2017 年，《阿来研究》刊发了 3 篇关于泽仁达娃《雪山的话语》的评论性文章。青海师范大学的孔占芳认为泽仁达娃的作品具有丰厚的意蕴和诗意的品质[3]，泽仁达娃严谨的创作态度与价值向度的追求使他获得"用生命写作的作家"之美誉。刘大先在《在康巴重塑记忆——读泽仁达娃 < 雪山的话语 >》一文中，认为泽仁达娃——一个电脑打字时代还用笔写作的作家，保持着写作时字斟句酌的舒缓与隽永，并且不露痕迹地将语言"陌生化"

---

① 魏耀武、王海燕：《泽仁达娃 < 雪山的话语 > 评介》，《文学教育》（上）2013 年第 6 期，第 17-18 页。

② 王菱：《雪山：康巴之魂与信仰之索——评泽仁达娃长篇小说 < 雪山的话语 >》，《当代文坛》2013 年第 3 期，第 51-53 页。

③ 孔占芳：《寻找、反思康巴精魂的史诗化叙事——读泽仁达娃的长篇小说 < 雪山的话语 >》，《阿来研究》2017 年第 2 期，第 148-149 页。

到自然天成的状态①。《雪山的话语》是一部带有浓郁康巴文化色彩却又没有书写藏族题材时常见的"魔幻现实主义"的作品，这部作品可谓具有典范的意义——它已经不再是新中国成立初期藏族当代文学中的风情展示，也越过了"藏族新小说"的技术创新探索。蔡洞峰在论文《雪山：神秘主义象征与精神圣地——泽仁达娃＜雪山的话语＞阅读札记》中认为，高原雪山是神秘主义的象征，是精神世界的圣地②。2018年，朱霞、马传江在《西藏文学》上发表了《不会东张西望的人——泽仁达娃访谈》。在访谈过程中，朱霞与泽仁达娃就创作的缘由、创作依据和经验、创作过程中遇到的困惑、语言表达以及康巴文学的蓬勃发展等方面进行了交流和讨论③。2020年孔占芳在《贡嘎山》（汉文版）上发表了《寻找、反思康巴精魂的史诗化叙事——读泽仁达娃的长篇小说＜雪山的话语＞》一文，指出《雪山的话语》是一部独具康巴地域文化与精神追求的史诗性小说，熔铸神性与理性，缅怀英雄，寻找、反思康巴族群的精魂，探寻族群的生存、困境、出路，是对族群发展历史的理性思考④。

学界对高旭帆的研究主要集中在"康巴作家群"概念提出以前，自概念提出以后，仅有2篇文章对其进行研究，且都刊发在2020年《阿来研究》第12辑中。一篇是周毅的《高旭帆：不该被遗忘的康巴文学探路人——重读＜山吼＞与＜古老的谋杀＞》，另一篇是向荣、陆王光华的《"没有结果的游戏"——论高旭帆的小说创作》。周毅通过重新解读《山吼》与《古老的谋杀》，重新确定了高旭帆在康巴作家群中的地位，认为高旭帆是"康定七箭"的长者，较早为康巴文学赢得了声誉，也为以"七〇后"为主的中青年康巴作家群的成长，提供了可借鉴的文本示范和职业探索，因此不该受

① 刘大先：《在康巴重塑记忆——读泽仁达娃＜雪山的话语＞》，《阿来研究》2017年第2辑，第160-166页。
② 蔡洞峰：《雪山：神秘主义象征与精神圣地——泽仁达娃＜雪山的话语＞阅读札记》，《阿来研究》2017年第2辑，第22页。
③ 朱霞、马传江：《不会东张西望的人——泽仁达娃访谈》，《西藏文学》2018年第6期，第96-100页。
④ 孔占芳：《寻找、反思康巴精魂的史诗化叙事——读泽仁达娃的长篇小说＜雪山的话语＞》，《贡嘎山》（汉文版）第72-79页。

到学界的忽略①。向荣、陆王光华从小说创作入手，对高旭帆小说的整体创作风格和文学贡献做了深入浅出的论析，认为高旭帆写活了人们在艰难生活境遇中的超长忍耐与乐观洒脱，既有四川文化的风味，又具有少数民族的质感，文学史不应该忘记这样一位好作家②。

雍措是康巴作家群队伍中较年轻的"八〇后"作家，其散文集《凹村》获得第十一届全国少数民族文学创作"骏马奖"，然而学术界对她的关注才刚刚开始。通过查询中国知网可见，学界对雍措及其作品的研究始于2020年。2020年《阿来研究》第12辑推出"康定七箭"专辑，其中有5篇文章集中研讨了雍措及其力作《凹村》。欧阳美书在《自然神性辉光下的凹村世界——雍措散文集＜凹村＞解读》中，从"凹村"在哪里、"万物有灵"的世界、土地亲情、人生之根四个方面对散文集《凹村》做了深入的论述，认为《凹村》实际上回答了我们从哪里来的哲学命题，这个命题其实就是关于土地、乡愁、原乡、根源等的问题③。孔占芳在其论文《斟满人性温情的＜凹村＞——读雍措的散文集＜凹村＞》中认为，雍措描绘了川西北的山水和风土人情，给读者营造出了一个充满人性温情的感性世界，也因大量描写川西大渡河畔藏族的农耕生产方式和苯教生活方式而独具特色，从而扩展了藏族生活的文学地域④。张延国在文章《潜在的共鸣与对话——论雍措与刘亮程的乡土书写》中，从乡土书写的视角论述了川西藏族作家雍措和新疆北部作家刘亮程之间的共通与共鸣，认为不管是雍措还是刘亮程，他们的边地写作经验对中国文坛意义重大⑤。白浩在文章《雍措"凹村"

---

① 周毅：《高旭帆：不该被遗忘的康巴文学探路人——重读＜山吼＞与＜古老的谋杀＞》：《阿来研究》2020年第1辑，第157-163页。

② 向荣、陆王光华：《"没有结果的游戏"—论高旭帆的小说创作》，《阿来研究》2020年第1辑，第149-156页。

③ 欧阳美书：《自然神性辉光下的凹村世界——雍措散文集＜凹村＞解读》，《阿来研究》2020年第1辑，第216-222页。

④ 孔占芳：《斟满人性温情的＜凹村＞——读雍措的散文集＜凹村＞》，《阿来研究》2020年第1辑，第223-232页。

⑤ 张延国：《潜在的共鸣与对话——论雍措与刘亮程的乡土书写》，《阿来研究》2020年第1辑，第233-240页。

的魔幻与诗》中，将散文集《凹村》分成了神奇系列和反证神奇系列，即凹村和非凹村系列①。白浩认为同一作家的作品，因为写作对象"凹村"的区别，竟会有如此强烈的反差效果，着实令人感到惊奇。李美皆的《纸上故土难离——雍措散文论》也对雍措的《凹村》从写作风格和语言表达方面做了深入浅出的论述。

与学术研究相同的是，各大报纸杂志也抓住了宣传和评介的力度，从2009年起，《光明日报》《文艺报》《中国文化报》等多家知名报社把目光投向这个文学群体，并连续刊发了与康巴作家群研究相关的评论文章，仅在《文艺报》上就有数篇文章连载，其中包括刘火的《康巴小说的血性与温情》及《康巴文学的奇异风采》、刘大先的《广阔大地上灿烂繁花》、黄尚恩的《2013年，少数民族文学在稳扎稳打中前行》等作品。这些评论文章都以康巴作家群为研究对象，对这以集体亮相的文化现象予以介绍和推广，特别是从达真和尹向东的小说入手，解析了小说中存在的特点。没过多久，《中国民族报》也开始对康巴作家群这一文学群体投来关注的目光，最具代表性的作品是王觅的《"康巴作家群"表达独特民族风情》。这篇文章以康巴作家群为主要言说对象，对其整体性特征予以介绍，从达真、洼西和尹向东的小说入手，剖析了小说存在的特点。党云峰的《康巴作家群：藏族文化的文学表达》一文将康巴作家群小说的学术视野扩展到了多元文化和谐共生的创作主题上②，这也是对研究对象的总结和提升。苏宁的《"在雪山和城市的边缘行走"——略论康巴作家群体的创作特色》从自然叙事逻辑、自然风物、空间实写、时间虚写等方面进行了论述。

总之，在过去的十年里，学界对康巴作家群及其作品的研究取得了一定的成效，但相对于50余部"康巴作家群书系"的推出仅仅是很少的一部分。并且大部分研究集中在对单个作家及作品的探讨，少有论著对其进行全面的研究。在"康巴作家群书系"中的《康巴作家群评论集》和《康巴作家群评

---

① 白浩：《雍措"凹村"的魔幻与诗》，《阿来研究》2020年第1辑，第204-210页。
② 党云峰：《康巴作家群：藏族文化的文学表达》，《中国文化报》2013年11月13日，第57页。

论集II》(上、下册),共收录评论文章109篇,论文集从体裁入手对所收录的论文按照小说、诗歌、散文和综合评论进行归类,主要从语言技巧、身份认同、创作手法、叙事模式等方面进行评述。不管是从研究对象还是从研究视角来看,既往研究都存在非常大的可开拓空间,本研究在习近平生态文明思想的指引下,从生态批评视角出发,以鲁枢元的"生态三分法"(自然生态、社会生态、精神生态)为研究主线,广泛、深入地对小说、诗歌和散文等不同体裁作品进行生态分析,从而挖掘出康巴作家群作品中蕴含的深刻的生态哲学思想。

第二节　生态批评理论

　　生态批评兴起于20世纪70年代，成熟于20世纪90年代中期，是在全球生态环境日益恶化和生态危机日益显现的情况下，在文学批评流派中掀起的一股"绿色"批评浪潮。从生态批评的概念提出至今，学界对其做出了不同的界定。1974年，相关学者对生态批评做了首次界定，指出生态批评旨在"揭示人类与其他物种间的关系，审视和发掘人类的行为对自然环境的影响"①。美国历史学家、生态评论家林恩·怀特（Lynne White）在《我们生态危机的历史根源》（*The Historical Roots of Our Ecological Crisis*）中提出，"犹太—基督教的人类中心主义是造成生态危机的历史根源，它是构成我们一切价值和信念的基石，引领着我们的科学和技术的发展，鼓舞着人类以统治者的态度对待大自然"②。1989年，美国生态评论家彻丽尔·格罗特费尔蒂（Cheryll Glotfelty）认为，"生态批评的根本宗旨是探讨文学作品与自然环境的关系，如果女权主义是通过考察文学与语言的关系来探讨性别意识，马克思主义批评将生产、经济、阶级意识纳入文本解读，那么生

① Joseph W. Meeker, *The Comedy of Survival: Studies in Literary Ecology*, New York: Charles Scnbner's Sons, 1974, P3.
② Lynne White Jr. *The Historical Roots of Our Ecological Crisis* // Glotfelty, C. & Fromm, H. 1996. *The Ecocriticism Reader: Landmarks in Literary Ecology. Athens:* The University of Georgia Press, P6-14.

态文学批评则是将以地球为中心的思想运用到文学研究领域，探讨文学与自然环境的关系"①。1995 年，美国哈佛大学著名教授劳伦斯·布伊尔（Lawrence Buell）在其著作《环境想象：梭罗、自然书写和美国文化的形成》（*The Environmental Imagination: Thoreau, Nature Writing, and the Formation of American Culture*）中运用生态批评的视角重新审视了美国文化及美国文学，企图建立以生态为中心的文学观。

一、西方生态批评的发展简况

在国外，生态批评的缘起可以追溯到 1972 年，美国著名学者约瑟夫·米克（Joseph W. Meeker）出版的《生存的喜剧：文学生态学研究》（*The Comedy of Survival: Studies in Literary Ecology*）标志着生态批评的真正兴起。在书中，他首次提出"文学生态学"（literary ecology）这一术语，主张细致并真诚地审视和发觉文学对人类行为和自然环境的影响，并从生态学视角解析了但丁、莎士比亚、古罗马古希腊戏剧以及某些具有代表性的当代文学作品②。同年，美国生态评论家克洛伯也将"生态学"（ecology）和"生态的"（ecological）两个概念引入文学批评。因此，大多数学者赞同将 1972 年看作生态批评的起点。1973 年，英国文化评论家雷蒙德·威廉姆斯（Raymond Williams）在著作《乡村与城市》（*The Country and the City*）中，从生态整体主义出发探讨了古罗马古希腊之后田园文学的内涵和意义，分析了英国文学作品中呈现出的城市与乡村之间统一对立的关系③，这也是英国生态文学研究的开山之作。直到 1978 年，美国生态批评家威廉姆·鲁克尔特（William Rueckert）在其文章《文学与生态学：一次生态批评实践》（*Literature and*

---

① Glotfelty, C. & Fromm, H. *The Ecocriticism Reader: Landmarks in Literary Ecology.* Athens The University of Georgia Press,1996, P. xviii.
② Joseph W. Meeker, *The Comedy of Survival: Studies in Literary Ecology*, New York: Charles Scnbner's Sons, 1974, P4.
③ Peter Barry, *Beginning Theory: An Introduction to Literary and Culture Theory.* Manchester: Manchester University Press, 2002, pp. 250-251, p105-114.

Ecology: An Experiment in Ecocriticism）中，才首次提出了"生态批评"（ecocriticism）这一术语，倡导"将文学与生态学结合起来，从而构建出一个生态诗学体系"[①]。从 1972 年"文学生态学"的提出，到 1978 年"生态批评"这一术语的正式提出，生态批评并未在学界引起轰动或掀起波澜。然而，1989 年，在美国西部文学学会上，著名学者格罗特费尔蒂提出将生态批评运用到文学批评领域的"自然书写研究"中，并很快得到了格伦·洛夫（Geren Love）的回应，洛夫发表了《重评自然：走向生态文学批评》一文，从此之后，生态批评便引起了学界的广泛关注。

　　1985 年，弗莱德里克·维奇（Frederick O.Waage）出版的《环境文学教学：材料，方法和文献资源》（*Teaching Environmental Literature: Material, Methods, Resources*）和约翰·埃尔德（John Elder）出版的《想象地球：诗歌和自然景象》（*Imagining the Earth: Poetry and the Vision of Nature*）激发了美国教授在大学开设生态文学课程和从事相关领域研究的热情。1990 年，美国文学评论家彼得·弗里泽尔（Peter A. Fritzell）撰写的《自然书写与美国：文化类型论集》（*Nature Writing and America: Essays upon a Cultural Type*），简要陈述了美国自然书写的发展历史及其批评史，并且仔细分析了美国生态文学家安妮·迪拉德（Annie Dillard）的《汀克溪的朝圣者》、梭罗（Henry Thoreau）的《瓦尔登湖》以及利奥波德（Aldo Leopold）的《沙乡年鉴》等文学作品，最后得出自然书写是美国特有现象的观点。1991 年，英国利物浦大学贝特（Jonathan Bate）的专著《浪漫主义的生态学：华兹华斯与环境传统》（*Romantic Ecology: Wordsworth and the Environmental Tradition*）出版，该著作从生态批评的视角解读了英国浪漫主义时期的文学作品，在论述的过程中，作者也使用了生态批评这一术语，他称之为"文学的生态批评"。这部著作的问世，标志着英国生态批评的兴起，这部英国生态批评的奠基性著作已然成了生态批评的经典之作。1991 年，美国现代语言学会上，哈罗德·弗罗姆（Harold Fromm）发起了名为"生态批评：文

[①] William Rueckert,*Literature and Ecology: An Experiment in Ecocriticism.* lowa Review 9, no.1, 1978, p71-86.

学研究的绿色化"的学术研讨。1992 年，美国文学协会专题报告会上，格伦·洛夫举行了名为"美国自然作品创作：新环境，新方法"的专题研究，着重研讨了生态环境文学。同年，美国文学与环境研究学会正式成立，旨在"促进涉及人类和自然世界关系的文学中的思想与信息交流，鼓励新的自然文学创新，推动传统的和创新的研究环境文学的学术方法以及跨学科的环境研究"①。1993 年，美国印第安纳大学教授墨菲创办了《文学与环境跨学科研究》（*Interdisciplinary Studies in Literature and Environment*），并担任主编职位，三年后由斯科特·斯洛维克（Scott Slovic）继任主编一职，这是全球第一本生态批评刊物，创刊的目的在于"从生态环境视角为生态文学和艺术的批评研究提供平台，其中包括自然及对自然描述的思想研究、生态理论研究、环境主义研究、人与自然的二分法等相关问题的研究"②。斯科特·斯洛维克在担任《文学与环境跨学科研究》主编的前一年，就出版发行了专著《美国自然书写中的意识探寻》（*Seeking Awareness in American Nature Writing*），深入分析了巴里·洛佩兹（Barry Lopez）、爱德华·阿比（Edward Albee）、梭罗、温德尔·贝利（Wendell Bery）、安妮·迪拉德等美国自然书写作家作品中反映的人与自然间的一致性和他者性的特征，目的在于激发人们的环境保护意识。

1995 年，哈佛大学英文系教授布伊尔出版了专著《环境想象：梭罗、自然书写和美国文化的形成》，此专著被誉为生态批评的里程碑，主要通过生态中心主义的角度重新审视了美国文学及美国文化，试图重新构建生态中心主义的文学观③。1996 年，由格罗特费尔蒂和弗罗姆主编的《生态批评读本：文学生态的里程碑》（*The Ecocriticism Reader: Landmarks in Literary Ecology*）出版发行，这是第一本生态批评论文集，是生态批评入门的首选读本。全书围绕文学的生态批评、生态批评理论的构建和环境文学展

---

① Glotfelty, C. & Fromm, H. *The Ecocriticism Reader: Landmarks in Literary Ecology*, Athens: The University of Georgia Press,1996, P. xviii.
② Glotfelty, C. & Fromm, H. *The Ecocriticism Reader: Landmarks in Literary Ecology*, Athens: The University of Georgia Press,1996, P. xviii.
③ 胡志红：《西方生态批评史》，人民出版社，2008，第 42 页。

开论述。作者之一的格罗特费尔蒂是美国内华达大学文学教授，从事生态批评研究长达 20 年之久，是美国第一位获得"文学与环境教授"头衔的学者。同年，卡尔·G.亨德尔（Karl G.Haendel）与斯图尔特·C.布朗（Stuart C.Brown）共同出版了《绿色文化：当代美国的环境修辞》（*Green Culture: Environmental Rhetoric in Contemporary America*）一书，该著作共收录 11 篇评论性文章，全面、深入地探讨了包括生态文学家、生态学家、企业及政府官员等各界人士关心的生态环境问题。该书将生态批评的研究范畴延伸到了文学文本之外，这是生态批评研究的新拓展。也是在 1996 年，丹尼尔·G.佩恩（Daniel G.Payne）出版了《荒野之声：美国自然书写与环境政治》（*Voice in Wilderness: American Nature Writing and Environmental Politics*），在该书中，作者巧妙运用话语的力量去引导、提醒、教育读者，企图改变社会大众对环境改革的看法，佩恩在一定程度上促进了读者从人类中心主义向生态中心主义的转变。

　　1999 年出版的《新文学史》生态批评专号中共收录了 10 余篇生态批评的文章，其中包括布伊尔的《生态批评的起义》、格伦·洛夫的《生态批评与科学：走向一致》、贝特的《文化与环境》、达纳·菲利浦斯（Dana Phillips）的《生态批评、文学理论和生态学真谛》等[①]。布伊尔教授把生态批评的兴起和发展比作生态危机时代中评论家们对传统文化的起义和造反。2000 年，墨菲教授主编的论文集《自然取向的文学研究之广阔领域》（*Farther Afield in the Study of Nature-Oriented Literature*）、麦泽尔的《美国文学环境主义》（*American Literature Environmentalism*）和麦克库西克的《绿色书写：浪漫主义文学 与生态学》（*Green Writing: Romanticism and Ecology*）相继出版。麦克库西克在其论著中将生态批评延伸到英美浪漫主义文学中，并深入剖析了浪漫主义中深藏的生态意蕴。同年，英国生态批评家贝特的《大地之歌》（*The Song of the Earth*）出版，在这部著作中，贝特把研究视野从浪漫主义文学扩大到从古希腊、古罗马到 20 世纪的整个西方文学，并且深入探讨了生态批评的理论建构。埃里克·威尔逊（Eric Wilson）的《浪漫涌动：

---

① 胡志红：《西方生态批评史》，人民出版社，2008，第 43 页。

混沌、生态学与美国空间》（*Romantic Turbulence: Chaos, and Ecology, and American Space*）简要回顾了古往今来哲学自然观演进的历史发展，总结出"感悟生态学"的思想理念，这是介于混沌理论和理性主义之间的一种自然观。该著作堪与布伊尔的《环境想象》和贝特的《浪漫主义的生态学》媲美。该著作注重跨学科研究，威尔逊在分析了美国爱默生、梭罗、维特曼、麦尔维尔，德国的歌德等浪漫主义作家的作品之后，将物质的流动和混沌作为理解世界的基本原则。

进入千禧年之后，生态批评的发展势头显得更加迅速和猛烈，内容更深入，视角更宽阔。批评家们主张将生态批评从荒野带回到人与自然的中间地带，并与第一波生态批评展开对话、拓展和修正，突出强调将环境公正作为考察文学与环境研究的基本立场[1]。2001 年，美国著名生态评论家乔尼·亚当森（Joni Adamson）的《美国印第安文学、环境公正与生态批评：中间地带》（*American Indian Literature, Environmental Justice, and Ecocriticism: The Middle Place*）和其与他人合编的《环境公正读本：政治、诗学和教育》（*The Environmental Justice Reader: Politics, Poetics, and Pedagogy*），被公认为是最具代表性的环境公正生态批评作品。后者确立了环境公正批评的基本批评范式和基本理论框架，倡导环境政治与环境教育及环境诗学的结合，认为在严峻、复杂、庞杂的环境危机问题面前，现实生活中的考量和学理上的研究都是必不可少的。该著作在全球化的大背景下，分别从政治、经济、文化和社会等维度探究了环境公正的问题，尤为注重阶级、种族、性别之间的矛盾和纠葛，并对部分少数族裔作家的文学作品进行了深入的探析[2]。同年，斯科特·斯洛维克主编的论文集《超越绿色：美国西南当代环境文选》（*Getting Over the Color Green: Contemporary Environmental Literature of the Southwest*）出版，此论文集批评分析了女性和少数族裔作家的作品，并且体现了环境文学的跨学科特点——是心理学、地质学、人类学、动物学、历史学、植物学、地理学等学科的汇集和融合。

---

① 胡志红：《西方生态批评史》，人民出版社，2008，第 47 页。
② 胡志红：《西方生态批评史》，人民出版社，2008，第 47 页。

2002 年，罗伯特·芬奇（Robert Finch）和约翰·埃尔顿（John Elder）把 1990 年出版的《诺顿自然书写之书》（*The Norton Book of Nature Writing*）进行了重大修改和扩充，并更名为《自然书写：英语传统》（*Nature Writing: The Tradition in English*）。该论著是第一部综合性自然书写文集，对生态批评学者有着重要的参考意义和价值。美国生态批评家唐奈·德雷泽（Donelle Dreese）的《生态批评：美国印第安环境文学中的自我与地方建构》（*Ecocriticism: Creating Self and Placein Environmental and American IndianLiteratures*）则对人与自然分离的二元对立的话语提出质疑，并结合生态女性主义和后殖民主义理论的视角，探析了美国印第安文学作品，呼吁人类重新构想人与其他物种之间、人与自然环境之间的关系。珍妮·尼纳贝·克拉克（Jeanne Nienaber Clarke）与汉纳·科特纳（Hanna Cortner）合著出版的《国家与自然：美国环境对话中的可听见之声与淹没之声》（*The State and Nature: Vioces Heard, Voices Unheard in Americas Environmental Dialogue*）把论述重点放在了美国两百年来的环境政策上，通过分析文献与历史背景之间的关联来透视政治体制演变过程与赖以生存的环境之间的关联①。除此之外，编者还强调了环境政策既关乎人如何对待非人类，也关乎人如何对待他人，既要考量人与自然的关系，还要引入环境工作维度，这是实现人与自然、人与人之间和谐共处的重要途径。

2003 年，为了纪念《文学与环境的跨学科研究》创刊 10 周年，斯科特·斯洛维克和迈克尔·P·布兰奇（Michael P.Branch）合作编辑的《文学与环境的跨学科研究读本：生态批评，1993-2003》（*ISLE Reader: Ecocriticism, 1993-2003*）出版发行。该著作回顾和总结了西方生态批评发展的 10 年状况，对生态批评研究领域做了大致的规划，并对相关理论进行了深入的研讨。此外，许多重要的生态批评论著也在该年问世。达纳·菲利普斯出版了《生态学真谛》（*The Truth of Ecology: Nature, Culture, Literature in America*），该论著注重生态的跨学科研究，强调生态批评家应该探讨

---

① Jeanne Nienaber Clarke and Hanna J. Cornter, *The State and Nature: Voices Heard, Voices Unbeard in America's Environmental Dialogue*. NJ: Prentice Hall, 2002, pp1-3.

美国文化、文学与大自然的关系。美国著名生态批评家安·罗纳德（Ann Ronald）出版了《紫草读本：西部作家与环境文学论集》（*Reader of the Purple Sage: Essays on Western Writers and Environmental Literature*）。该文集共收录了18篇相关研究的评论性文章，集中探讨了动物与人在情感和审美上的关联。兰迪·马拉默德（Randy Malamud）出版了《诗意的动物与动物灵魂》（*Poetic Animals and Animals Souls*）。兰迪以大自然中的动物为研究对象，从生态批评的视角对其进行分析解读，将"阅读的生态批评伦理"和"诗意的动物"两部分作为论述的主要内容，指出人类中心主义是西方文化的伦理原则，人类在处理人与动物等级关系的过程中，体现出了极大的人的优越性，反映了人类的生态偏见、生态傲慢和生态无知[①]。为此，人类必须变革，挑战固定思维和惯性预设，还原人与动物的和谐共处的同宗关系。

2005年，布伊尔教授出版了《环境批评的未来：环境危机和文学想象》（*The Future of Environmental Criticism: Environmental Crisis and Literary Imagination*）一书，这是其"生态批评三部曲"中的最后一部。在这部作品中，布伊尔认为生态批评历经了两次重要的生态风波，第一波是生态批评，第二波是环境公正生态批评，并归纳总结了这两次生态批评的主要特征。与此同时，布伊尔对生态批评在《环境想象》中界定的生态批评的研究范畴做了进一步的拓展和更为明晰的界定。

2006年至2010年，生态批评学者不断推出新的生态批评作品，一些重要的生态批评论著相继问世。其中，罗伯特·N. 沃森（Robert N. Watson）的《回归自然：文艺复兴后期的绿色与现实》（*Back to Nature: The Green and the Real in the Late Renaissance*）使用跨学科和跨文化的研究方法，分析了文艺复兴后期的文学和艺术在帮助读者认清21世纪面临的环境问题上的促进作用。他认为是17世纪以来的殖民主义、城市化演进、新教主义、资本主义以及经验科学等合谋使得人与大地、人与自然产生了现实疏离。该著作成了生态批评中的典范之作。2007年，尼尔·W. 布朗（Neil W. Brown）的专著《我们生存之世界：约翰·杜威、实用主义生态学与20世纪美国生

---

① Randy Malamud, *Poetic Animals and Animal Souls*. New York: Palgrave Macmillan, 2003, p.4, p.5.

态写作》（*The World in Which We Occur: John Dewey, Pragmatist Ecology, and American Ecological Writing in the Twentieth Century*）出版发行。尼尔着重讨论了实用主义思想对生态批评产生的影响，从而提出了一个跨越学科、超越二分法的建构框架——"实用主义生态学"，重点阐述了杜威的民族观念、美学理论及其与自然写作的关联。布朗提出的实用主义观念在很大程度上丰富了生态批评理论的建构和学术研究范畴[1]。而美国文化研究学者林赛·克莱尔·史密斯（Lindsey Claire Smith）出版发行的专著《印第安人、环境及美国文学中的边界身份：从福克纳、莫里森到沃克和西尔科》（*Indians，Environment，and Identity on the Borders of American Literature: From Faulkner and Morrison to Walker and Silko*）探究了美国文学中多种族及跨文化的互动。他认为人类不应该只局限于黑与白、东方与西方等这样的二元构建，相反，我们应该认识到黑与白、东方与西方的相互沟通和交流，只有这样人类才能更为全面地理解美国文学乃至美国社会存在的种族问题。更为重要的是，人类应该将多种族接触的问题置于自然及文化地理中加以阐释。史密斯通过对塔尼·莫里森（Toni Morrison）、詹姆斯·费尼莫尔·库柏（James Fenimore Cooper）、威廉姆·福克纳（William Faulkner）、莱斯利·马蒙·西尔科（Leslie Marmon Silko）和爱丽丝·沃克（Alice Walker）五位美国著名作家的小说进行分析研究，提出了跨种族接触与环境问题之间的关联，确定了种族研究与现代生态学理论研究之间的紧密联系[2]。史密斯特别讨论了美国印第安人在美国文学中的重要作用，认为他们不仅是智慧生态的象征，也是美国身份文化交流中的重要参与者。史密斯的观点强化了种族研究与生态环境关系的维度，深化与拓展了生态批评的研究范畴。2010年，墨菲再一次推出生态批评专著《文学与文化研究中的生态批评探索》（*Ecocritical Exploration in Literary and Cultural Studies*），通过生态批评理论和实际应用探索，解析了环境文化的问题。同年，威洛克特-马里孔迪（P. Willoquet-

[1] 胡志红：《西方生态批评史》，人民出版社，2008，第53页。

[2] Lindsey Claire Smith, *Indians, Environment, and Identity on the Borders of American Literature: From Faulkner and Morrison to Walker and Silko.* New York: Palgrave Macmillan, 2008, P 1-2

Maricondi）也出版发行了著作《建构世界：生态批评与电影研究》（*Farming the World: Explorations in Ecocriticism and Films*），威洛克特－马里孔迪企图通过运用文学生态批评的研究方法来探索电影艺术，探索电影在生态危机时代的作用，试图构建电影生态批评理论。

二、中国生态批评的发展简况

国内生态批评理论的兴起与发展都滞后于西方国家，并且与西方生态批评存在较大的差距。中国生态批评理论研究正式诞生于 20 世纪 90 年代中期，确切地说是 1994 年，中国学界开始以"生态美学"作为文学、美学绿化的起点，特别是以陈清硕的《生态美学的意义和作用》、佘正荣的《关于生态美的哲学思考》以及李欣复的《论生态美学》等文章的发表为标志，拉开了中国生态批评理论的学术探讨和理论建构的序幕。

如果 20 世纪 90 年代中后期是生态批评理论兴起的萌芽期，那么从新千年开始便是中国生态批评理论的自觉发展期。1999 年年末，海南省作家协会举办了第一个生态文学方面的国际学术研讨会——"生态与文学"国际学术会议。这次会议的成功举办表明了中国学界对生态意识的自我觉醒，也标志着中国生态批评从萌芽时期开始过渡到理论构建时期。同年，海南省社科联和海南大学精神生态研究所共同创办了《精神生态通讯》，之后由苏州大学文学院生态文艺学研究室主办，鲁枢元担任刊物主编。经过 10 年的探索与发展，该刊物共发行 66 期，一大批中国生态批评学界的先行者在该刊物上发表了一系列精神生态相关的文章，也为中国生态批评理论的构建做出了有益的尝试，该刊也成为中国文学生态批评领域最具有影响力的刊物。从 2000 年开始，便有专家学者开始陆续出版和发行与生态美学、生态批评理论相关的论著，最为著名的是由陕西人民教育出版社出版的"生态文化"丛书，该套丛书包括了 6 个与生态相关的学科论丛，其中有鲁枢元的《生态文艺学》、余谋昌的《生态哲学》、陈茂云和马骧聪合著的《生态法学》、雷毅的《生态伦理学》、徐恒醇的《生态美学》、王松霈的《生态经济学》。该系列丛书的作者都是我国业内知名的学者，涵盖了当时最高的研究水平和最新的研究内容，为推动中国生态文化的发展起到了至关重要的作用①。

2002年，由武汉大学出版社出版的"文艺生态探索"丛书正式发行，这是由江汉大学文艺学学科推出的论著，包括程习勤的《老庄生态智慧与诗艺》、张浩的《中国文艺生态思想研究》、吕幼安的《小说因素与文艺生态》、皇甫积庆的《20世纪中国文学生态意识透视》4部著作。光从论著名称可见，该系列丛书以中国传统文学文化为出发点，企图通过对本土文化的研究为中国生态批评理论的构建提供可参考的路径。同年，广西民族大学袁鼎生教授主编的《生态审美学》出版发行，试图以"生态审美场"为中心，建立"整生之美"的生态审美观念，并自成一个完整的体系②。

2003年，曾繁仁教授和他的弟子王诺分别出版了《生态存在论美学论稿》和《欧美生态文学》两部生态批评的重要著作，标志着中国生态文学批评研究更深入，也为国内生态批评研究提供了参考和参照。王诺的《欧美生态文学》以时间为序，从古希腊文学到21世纪初期的欧美文学，特别是对生态文学蓬勃发展的20世纪后半叶的欧美生态文学进行了深入、细致的分析。作者从生态批评概论、生态文学研究的哲学基础、生态文学研究的切入点这三大部分的内容展开论述，为国内生态批评研究者不仅提供了全面、详尽的理论支撑，而且提供了可参照的研究范本，既拓展了研究者的视野，又打开了研究者的思维，这本书也是国内第一部比较全面研究欧美生态文学的专著。曾繁仁的《生态存在论美学论稿》将生态问题、美学文学和人的存在问题相结合，为中国当代美学研究提供了哲学依据并具有现实问题意识。曾繁仁教授认为生态美学实际上是人与自然、人与社会共同实现和谐的一种生态审美的存在观。这与之前以主体为中心建立起来的美学相对比，是一种全新的视野，更是一种超越，由此建立起来的生态美学也会经由美学问题而对人类现代思想进行全新的反思，以便从根本上解决人类的生存状态，重建人类的美好家园③。2006年，鲁枢元的《生态批评的空间》和胡志红教授的博士论

① 胡志红：《西方生态批评史》，人民出版社，2008，第375页。
② 胡志红：《西方生态批评史》，人民出版社，2008，第376页。
③ 胡志红：《西方生态批评史》，人民出版社，2008，第376页。

文《西方生态批评研究》出版，这两本专著的出版，标志着中国生态批评研究迈上了一个新的台阶。鲁枢元教授在《生态批评的空间》中拓展了生态批评研究的领域，将仅限于研究文学文本中人类与自然纯然二分的两个外在的客体关系，延伸到了研究人与人之间的社会生态和人与自我的精神生态[1]。在书中，鲁枢元首次提出了生态批评的三分法："以相对独立的自然界为研究对象的自然生态学，以人类社会的政治、经济生活为研究对象的社会生态学，以及以人的内在情感生活与精神生活为研究对象的精神生态学。"在论著中，鲁枢元对20年来中国生态批评相关理论的发展做了回顾和展望，从生态视野、生态时代、生态演替等方面进行讨论，全新地阐述了生态文艺学学科的理论构建。在论述的过程中，鲁枢元满怀对人类世界生态建设的反思、对现代人精神生态的批判，对中国文学史演进过程中生态文学史的建构进行了讨论。梁漱溟在论及人的复杂性时，也曾列出人与自然、人与人和人与自我的三重关系。苗福光认同并接受了这三重关系，因此在他的博士论文《生态批评视角下的劳伦斯》中对自然、社会和精神生态做了详尽的论述，他认为"生态批评不应该忽略对社会生态和精神生态的关注，作为生物链上的一环，人与人之间、人与自我之间也存在生态失衡的问题；人类通常以破坏自然生态来换取文明的进步，面对遭到严重破坏的大自然，人际间的关系也因为互相争胜而导致异化；面对环境的破坏和社会生态失去平衡，自然而然会招致人类精神层面的异化，故而生态批评的研究范畴应该包括自然生态、社会生态和精神生态"[2]。胡志红的博士论文《西方生态批评研究》定位于西方的生态批评，从宗教、哲学、思想等层面对生态批评研究进行了反思，对生态批评的理论建设和文学文本的生态批评研究进行了精彩的论述，极具说服力。

2007年，党的十七大报告提出，要"建设生态文明，基本形成节约能源资源和保护生态环境的产业结构、增长方式、消费模式"。这是我们国家首次将"生态文明建设"写入党的报告之中。2012年，党的十八大做出了"大

---

① 鲁枢元：《生态批评的空间》，华东师范大学，2006，第92页。
② 苗福光：《生态批评视角下的劳伦斯》，上海大学出版社，2007，第145页。

力推进生态文明建设"的战略部署,以习近平同志为核心的党中央把生态文明建设作为统筹推进"五位一体"总体布局的重要内容,在以前的"四位一体,即经济建设、政治建设、文化建设、社会建设"的基础上增加并突出"生态文明建设"。倡导生态文明建设,不仅对中国自身发展有深远影响,也是中华民族面对全球日益严峻的生态环境问题做出的庄严承诺。党的十九大报告历史性地将"美丽"二字写入社会主义现代化强国目标,提出"坚持人与自然和谐共生"的基本方略,要求"加快生态文明体制改革,建设美丽中国",彰显了我们党的远见卓识和使命担当① 。这充分说明了中国政府开始将关注的焦点从物质层面的生态环境保护转变到了精神层面的生态文明建设上,这也标志着多年来被边缘化的环境保护问题进入了主流建设中。与此同时,被边缘化的绿色文化研究也随之进入了主流文化的研究视线中。自此以后,中国生态批评研究与学术实践就进入了"爆发"的阶段,生态批评研究成了学术研究的新热点,大量与生态批评研究相关的期刊论文和学术专著出版发行。不管是在地厅级、省部级还是国家级的社科课题中,都有跟生态批评相关的课题立项,中国的生态批评研究进入了新的发展阶段。

在生态批评学术研究上,2007 年也是颇有建树的一年,其中包括人民出版社出版发行的"生态美学"丛书(共 5 本)、南京大学出版社出版的《生态与心态》、上海人民出版社出版的《生态文化的审美之纬》。"生态美学"丛书是由山东理工大学文学院生态文化与循环经济研究中心推出的,由生态学者盖光和韩德信主编的一系列论丛,其中包括盖光的《文艺生态审美论》、韩德信的《中国文艺学的历史回顾与向生态文艺学的转向》、岳友熙的《生态环境美学》、王立等人合著的《生态美学视野中的中外文学作品》、张艳梅等人合著的《生态批评》。该丛书旨在对当代生态美学与生态文艺学学科进行构建,既涵盖了美学层面、哲学层面的理论构建,又包含了对文艺文学作品的生态解读,是中国生态批评理论构建的重要作品。

2008 年,又有一批学者出版了与生态批评相关的论著,包括汪树东的

---

① 李干杰主编《推进生态文明,建设美丽中国》,人民出版社,党建读物出版社,2019,第 1 页。

《生态意识与中国当代文学》、苗福光的《生态批评视角下的劳伦斯》、薛敬梅的《生态文学与文化》以及由厦门大学生态文学研究团队撰写，学林出版社陆续出版发行的"欧美生态文学研究"丛书，包括2003年已经出版的王诺著的《欧美生态批评》、夏武光的《美国生态文学》、李美华的《英国生态批评》和程相占的《中国环境美学的思想研究》等作品。这些论著已经走出了生态批评初期理论构建的阶段，开启了运用生态批评理论对文学文本进行解读的时代。

2010年，曾繁仁再出专著《生态美学导论》，高屋建瓴、跨越中西，对中国生态批评的发展历程进行了较为全面、深入的总结，明得失，并规划其未来，该著作对中国生态批评的未来走向有着引领的作用。同年，应北京大学出版社之邀，韦清琦翻译的《走出去思考：入世、出世及生态批评的职责》、胡志红翻译的《实用生态批评：文学、生物学及环境》、刘蓓翻译的《环境批评的未来：环境危机与文学想象》三部西方生态批评名著在国内出版发行，这几部作品都是由当今西方著名的生态批评家撰写，这些译著的出版不仅加深了中国生态研究者对西方生态批评的了解，而且对国内生态批评研究领域产生了正面、积极的影响。2012年，鲁枢元再次推出专著《陶渊明的幽灵》，这是第一部中国人向世界推出的关于中国本土"自然书写"作家的著作，鲁教授试图运用德里达的幽灵学来解读和阐释中国伟大诗人陶渊明的深层生态思想，为国内生态批评研究者们提供了可参照的对作家及其作品进行生态解读的案例。

除了上文提到的国内生态批评学者、评论家及教授们所出版、发表的专著和文章以外，全国哲学社会科学规划办公室也加大了对生态批评研究的相关支持力度。从2004年全国第一个关于生态批评的项目获得批准到2021年，17年间，有大批的中青年学者成功申请了生态批评研究相关的科研课题，包括了国家级、省部级、地厅级的项目。就国家级项目而言，以鲁枢元、程相占、王诺、刘蓓、韦清琦、胡志红、王晓华、陈红等为代表的专家学者均圆满地完成任务顺利结题。可见，国家对生态批评理论的建构以及对生态批评实践的发展与探索予以了高度的重视，起到了推动作用。

三、生态批评在中国兴起的意义

从 20 世纪 90 年代生态批评的兴起到今天生态批评的蓬勃发展，短短二十多年的时间，中国生态批评从无到有、从弱到强，是怎样的力量在推动生态批评从星星之火发展到燎原之势的呢？为什么它会引起越来越多的专家学者甚至政治家的关心和关注呢？要回答这个问题，必须与当下中国现代化发展结合考虑。近百年来，中国从闭关锁国、落后的局面到开放包容、进取的现状，从半殖民地半封建社会到富强、民主的现代化社会，经历了快速的工业化发展，而工业化发展就意味着生态破坏、过度开发、资源枯竭、环境污染、社会风险等问题，这些问题都会严重威胁人类的生存与发展。因此，不管是个人还是政府、团体还是组织，都开始关注和正视可持续发展的问题，在 2007 年，中国共产党的十七大报告就提出了正确应对现代化发展带来的生态问题，那就是要全面"建设生态文明"。党的十八大以来，以习近平同志为核心的党中央以对中华民族、对子孙后代乃至对全世界高度负责的人类情怀和使命担当，科学判断全球可持续发展和人类文明转型的时代潮流，在实践中不断探索、总结提炼，形成了习近平生态文明思想。习近平总书记很早就认识到超负荷的人类活动对生态环境产生的负面影响、粗放型的资源开发和经济发展对生态环境造成的巨大破坏。因此，党的十八大将生态文明建设纳入中国特色社会主义总体布局，提出建设"美丽中国"的奋斗目标。2018 年 3 月通过的《中华人民共和国宪法修正案》写入了生态文明，将生态文明上升为党的主张和国家意志。2018 年 5 月召开的全国生态环境保护大会明确提出习近平生态文明思想，将党和国家对生态文明建设的认识提升到一个崭新高度，为中国特色社会主义生态文明建设赋予了新的历史使命和新的时代生命力。可见，中国生态批评理论的兴起与发展并不是无中生有，而是在结合中国国情、关注中国未来发展、关注人与自然和谐相处的背景下发生的。

在习近平生态文明思想的指引下，笔者以鲁枢元的"生态三分法"为理论指导，从自然生态、社会生态、精神生态三个层面对康巴作家群作品的生态思想进行研究。笔者认为自然生态、社会生态和精神生态三者既有密切的联系，又绝不完全等同，既互为独立，又不能相互取代，它们是一个整体的三个方面，它们的和谐与平衡共同勾勒出生态整体主义的完整画面。生态批评是通过解析文学作品来探究自然与人类文明的关系，其目的不仅是拯救人们赖以生存的大自然，而且还要还人性以自然，从而解决人际关系的异化和人与自我的精神失衡问题，它的终极关怀是重建天人合一的物质家园和精神家园。

第二章

「康巴作家群」作品的自然生态思想

　　根据鲁枢元的定义，自然生态学是以相对独立的自然界为研究对象，而在文学生态批评中，自然生态是通过解读文学作品来探讨人类与自然的关系，正如自然在文本中的作用、自然对人物角色的影响、自然是怎样被表达和再现的、人类又是如何对待自然的等等[①]。康巴作家群作家们在其作品中倾注了藏族人对自然浓烈的感情和依赖，人与自然和谐相处成了他们叙述中不变的主题。在其笔下，大自然中的一切生灵都被赋予了生命和神性，从神山到圣湖，从峡谷到草原，从动物到植物，人与自然的相处是那么的和谐与柔美，是那么的宁静与平和，正好体现出了藏族文化主张的天人合一、人与自然和谐相处的生态思想。细读文本，不难发现康巴作家群作家的作品中处处体现着藏族人与大自然和睦共处的美好景象。出于对自然的敬畏和崇拜，藏族人民在日常生活中时刻铭记顺应自然、善待自然、遵循自然客观发展规律的思想观念，从而形成了天人合一的生态思想。

---

① 鲁枢元：《生态批评的空间》，华东师范大学出版社，2006，第92页。

第一节 "康巴作家群"小说中的自然生态思想

　　"康巴作家群书系"推出的50余部作品，囊括了小说、诗歌、散文等多种文学体裁，有很大一部分康巴作家群作家从事小说的创作，其中包括获得全国少数民族文学"骏马奖"的意西泽仁、章戈·尼玛、达真等。意西泽仁的中短篇小说《松耳石项链》荣获第三届少数民族文学创作"骏马奖"，达真的长篇小说《康巴》荣获第十届全国少数民族文学创作"骏马奖"。截至2020年，共有10位康巴作家成为巴金文学院签约作家，其中格绒追美、尹向东、泽仁达娃、达真等主要从事小说创作。以下的论述将以康巴作家群小说作品为研究对象，从自然生态的角度对主要作家及其作品进行分析和阐释。

一、人与自然的和谐共生

（一）独具特色的高原自然景观

　　格绒追美，康巴作家群代表作家之一，巴金文学院签约作家，著有小说《隐蔽的脸——藏地神子秘踪》《失去时间的村庄》《青藏辞典》《青藏天空》，以及散文随笔集《神灵的花园》《在雪山和城市的边缘游走》《青藏时光》等。格绒追美始终以广袤壮丽、偏远荒僻的青藏高原为书写对象，始终坚持着对大自然的追求和热爱，运用清新绮丽的文字表达着对康巴大地的眷恋和惦念，对故土家园的深厚情感。在小说《隐蔽的脸——藏地神子秘踪》开篇部分，格绒追美就用独特清新的文笔为读者勾勒出一幅草木萌生、春回大地、万物复苏的定曲河谷高原图景：

> 当大地回春，土地温润得像个温情脉脉的女人，布谷鸟的啼声悠然响起，在男人们的挥鞭之下，一对对耕牛喘着粗气，挣着肩膀前行，将那犁头更深地掘进田地，翻腾出一浪浪黝黑的泥瓣，灰雀们也忙着啄食刚翻出的各种小虫子。犁地结束后，妇女开始扬撒种子，她把装有种子的竹箩，左手拽着沿口夹在腋下，右手抓起一把把种子，在踩着犁沟行走间，扬手"刷刷"地飞撒出种子。一粒粒饱满的种子，从妇人的手上欢喜地飞出，飞扬着落到大地的怀抱。[①]

在图景中，人、植物、动物以及一切生物都是平等共生的，流动着自然的生机，透出淳朴、自然、清新、原始的味道，充分体现出人只是生态系统的一部分，而非高高在上、唯我独尊地凌驾于其他生物之上。每年春耕大忙之时，山林里便会传来清丽悠长的布谷鸟鸣声，此时此刻，日月星辰、河流山川、花草树木、木瓦石板也都会为这美妙而短暂的鸣叫声惊叹。男人们挥鞭犁地，翻腾出一浪浪黝黑的泥瓣，灰雀及各种飞鸟们忙着啄食地里刚翻出的各种小虫子，女人们扬撒种子，饱满的种子，欢快地从女人的手里飞出，飞扬散落在大地的怀抱。田间地头，万物复苏，土地的气息越来越浓郁。格绒追美别具洞天地描绘出了一幅春光乍现、春回大地时定曲河谷中诗情画意的春耕图。在格绒追美的笔下，康巴大地既有田园牧歌般的温情，又有凡俗人生的幸福。在《与神共渡》中，他这样描写自己的家乡："河谷里炊烟袅绕，河谷就温馨、亲切。炊烟传达出故乡浓郁的亲情。定曲河两岸是丰腴之地，

---

① 格绒追美：《隐蔽的脸》，作家出版社，2011，第 1 页。

牛羊安恬啃噬着青草和树叶。"①这就是作者的故乡，生养他的故乡，如此的恬静和美好，而世世代代的康巴藏族人就在这片神奇的雪域高原，与天长存，与地共眠，呈现出一派山水相依、河谷相邻的美妙景象。

在长篇小说《青藏辞典》中，格绒追美运用"辞典体"的写作风格，以词条分布、格言、小故事的形式，给读者呈现了色彩斑斓、神秘莫测的藏族文化和青藏高原独特的自然景观。在词条"气息"中，格绒追美把从喧嚣都市回到康定后的内心的静谧描绘到了极致。下午，在康定后山散步，看着徐徐阳光从山脚翻卷而上，飘过刻在石头上的佛像，在山腰停驻之后又收到峰顶的场景，他不禁感慨回到康定以后内心获得了一种宁谧感，他说："这种宁谧是一种难以言说的安静、安宁、和缓，穿过脑子渗透到骨髓血液，像是高僧大德或非凡之人降生前的一刻，像佛陀成佛时天地宇宙万物各得其所的自由之境，像死亡掳走生命人心未能察觉的那一瞬间，总之，我的心灵悠悠沉醉其中。"②之后，格绒追美继续描写在跑马山下树林里的切实感受：

> 听着风，闻着树木、石头、泥土、天空的云朵乃至于周身洋溢的温暖阳光、飞禽等共同营造的大自然浓烈气息，看着眼波之下猎猎拂扬的经幡，我的心在平和中像莲花一样悠然绽放。它贪婪地闻着嗅着，感应孕育它母体的亲切气息，此时，我才发现我的身体是如此的安实，如此鲜活，如此浪漫，犹如一个青春年少之人。灵魂恬静漫步，它时而飞向灿烂的天空，与闪烁着银光的云彩嬉戏，时而伏在风的背上，在林梢飞掠玩乐，时而深刻地内视，进入另一片寂然的世界。③

这种来自内心深处的静谧是康巴大地赐予人类的气息，而人只有处在生机盎然的大自然中，回到大地母亲的怀抱之中才会永葆青春和旺盛的生命力，才有可能踏上智慧之道。在绝对纯粹的自然环境下，作者感到无比幸福和自

---

① 格绒追美：《隐蔽的脸》，作家出版社，2011，第 15 页。
② 格绒追美：《青藏辞典》，作家出版社，2015，第 29 页。
③ 格绒追美：《青藏辞典》，作家出版社，2015，第 29 页。

由，生命也呈现出毫无羁绊和障碍的神圣状态。在《青藏辞典》的词条"地球"中，格绒追美劝慰人类一定要热爱大自然。他说人类对大自然缺乏爱，即使观察一棵树都带着实用的目的。人类很少把人与自然的关系理解为自己与邻居、妻子和孩子的关系，更别说把自然当成养育我们的母亲了。当我们失去爱时，自然之美、地球之美便无法欣赏；当我们不再热爱大自然之后，我们便不知道该如何去热爱人类和动物了。地球是我们人类和万物众生共有的家园。在词条"空气"中，格绒追美再一次强化了人是自然之子的理念。人活在世上，滋养生命的呼吸要靠空气，隔绝空气，没了氧气，生命之气就会失去。空气来自大自然，来自蓬勃的绿色植被。从这个意义上来讲，人本就是自然之子。

人与自然之间的关系在达真的长篇小说《康巴》中也有探讨。当鲁尼的巡视队伍……在达真的长篇小说《康巴》中，当鲁尼的巡视队伍在时隐时现的云雾中登上了折多山顶时，"鲁尼站在晴空万里的山顶，眼前一座座起伏的山峦如大海澎湃的波浪直涌天边，天边的山峰像是被'波浪'推涌着刺向云端，云端深处透出某种静谧而不露声色的庄严"[1]。鲁尼面对大自然这巨大的虚空，他的心情意外地豁然旷达，不自觉地同藏族同伴们一起高喊，"哦，啦嗦！哦，啦嗦！拉甲啰[2]"，并将一摞摞"龙达"[3]抛向天空。当鲁尼也学着藏族同伴把一条条哈达拴在丫口处系经幡的绳上时，鲁尼觉得此刻自己正被一种神奇的力量推动着，这是他在英伦岛不曾有过的感受，望着眼前绵延不尽的波状大地，看着系上的哈达迎风飘扬，这种人为的与自然的欢愉，让这位胸前挂着十字架的白人产生了一种异常的兴奋。是飞舞的经幡，是舞动的哈达，还是眼前美丽的高原景象刺激了鲁尼的神经，使他情不自禁地流出了自嘲的眼泪？达真借异乡人鲁尼之口表达了一种对自然深不可测又无从解释的敬畏之情，充分体现了人不是自然的主宰，自然也不在人之外围，而是自然与人处在一个水乳交融、浑然一体的整体系

---

[1] 达真：《康巴》，四川文艺出版社，2014，第 33 页。
[2] 拉甲啰：愿善神得胜。
[3] "龙达"：敬神的经文纸片。

统之中的生态思想①。自然生态，中外相通。家乡在每个游子心里的地位是
不可替代的，当外国小伙鲁尼被邀参加云登土司的聚会坐在豪华帐篷里享受
美食的时候，间或望望屋外的草地、蓝天和雪山，他就误认为这是在距离家
乡不远的瑞士。在青藏高原，鲁尼还经常半醉半醒地自问自答，说这里就是
他一直寻找的天堂所在，并且多么希望妻子路易丝能一路相伴。对于鲁尼来
讲，不管是近在眼前的青藏高原还是远在天际的瑞士，大自然的美景是相通
的，大自然带给他的美丽和感动远远超出了地域的限制。在《康巴》中，
除了描述外国友人鲁尼将康巴地区绮丽风光跟瑞士比较外，达真还描写了
郑云龙荣归故里，回到成都后对故乡自然环境感到极度不自在的心理：

> 老家阴沉沉的天让他分不清早晨、中午和下午，湿润得发霉的空气
> 让他常常感冒流鼻涕，中医看了，中药喝了，西医也看了，针也打了，
> 就是没有好转。他经常喷嚏连天时，倍加怀念康巴碧蓝如洗的天空，草
> 坪上安详腆着大肚为肚里孩子织毛衣的夫人，巴当、康定两地的清真寺
> 唤礼楼上悠扬的召唤声，娅戈草原无风的……怀念那些阳光下舒坦地晒
> 着太阳什么都不想的康巴人。②

树高千尺，落叶归根，故乡之思，永远是游子的至诚抒怀。故乡是人们
心灵的依靠、感情的寄托。故乡是缕阳光，冷寂时可以寻得温暖，故乡是个
港湾，孤单时可以停泊靠岸。然而，在郑云龙回到故乡成都以后，完全不适
应阴沉沉的天空和湿润得发霉的空气，使他一直身体抱恙。在这样的情况下，
郑云龙就倍加怀念康巴美丽碧蓝的天空和娅戈草原的风，怀念康巴大地温暖
的阳光和思想单纯的康巴人。由此可见康巴地区良好的生态环境对异乡人的
吸引。

顺应自然，生态平衡。面临独特的高原自然环境，藏族人民以其特有的

---

① 高琳佳，沈人烨：《生态批评中的"生态和谐"意识——以达真的〈康巴〉为
例》，《当代文坛》2017 年第 5 期，第 142 页。
② 达真：《康巴》，四川文艺出版社，2014，第 304 页。

宗教信仰和生产生活方式为指导，不断调试自己的生产活动以期实现人与自然渊源共生、和谐共融的生存状态。在《康巴》的开篇，黄格根向云登介绍经文印板时，就对印板的制作过程做了详细的讲解。"印板是用无痕的上等红桦木做的，烘干后放在羊粪堆里浸着，一直浸到来年再烘，刨平后用作版胚，经文经过二十次校对无误后再反复刷上酥油汤晾晒，最后用瑞香狼毒熬水浸泡。瑞香狼毒，是一种草原上夏天盛开的花朵，有毒，使用它的妙处在于虫不蛀，也不咬。"① 从经文印板的制作过程中，可以看出藏族文化传统中人与自然和谐相处、协调发展的理念。藏族文化从顺应自然、敬畏自然发展到在遵循自然规律的前提下，以独具匠心的生产生活方式与自然求得共生，并且在合理利用自然的基础上建立起人与自然和谐共存的生态思想。藏族人民这种从自然中来到自然中去，一切源于自然，最后又回到自然当中的理念，不仅满足了生产生活之需，而且给自然带来了良性的新陈代谢。

（二）顺应自然、万物一体

生活在环境极其恶劣的青藏高原，人们能深切体会牲畜对于自身生存的意义。在《康巴》中，达真不惜笔墨地刻画了人与动物心心相系、和谐共存的美好画面。如郑云龙眼看在距江面几米处的小盘羊就要掉进水里的一刹那，他闭上双眼并喃喃自语地说："完了，完了，真主保佑！"作为虔诚的穆斯林，郑云龙在为一只小盘羊祈祷，祈求真主保佑它能有生还的余地。当他看到小盘羊的一只腿卡在岩缝里，没有坠入河里，他又开心地说道："好险啊，小命保住了。"可是当卡在岩缝里的小盘羊挣扎着往上爬的时候，郑云龙站在原地焦急地说："它受伤了。"经过一番努力小盘羊站了起来，郑云龙充满喜悦地说："得救了。"达真在栩栩如生地刻画小盘羊从坠入悬崖到生还自救的全过程中，淋漓尽致地再现了郑云龙与小盘羊心相系、情相依的大爱之情，表达了在大自然面前众生平等的思想，生命应该受到同样的尊重的理念。在第三章"醒梦"的第四节"父命子从"中，在冰天雪地的雪山上，人畜同呼吸共命运的宏大场景徐徐展开。当一头骡子一踏上冰道，就听见咔嚓

---

① 达真：《康巴》，四川文艺出版社，2014，第470页。

一声，腿骨折了，受伤的骡子半边脸贴在冰面上，红红的眼睛像是在哀求主人救它，人畜哭成一片。细读文本还能发现达真在小说中不止一次地刻画了这种艰难处境。如有一次达娃率领骡队从拉萨返回康定，在翻越冰天雪地的拉马山一个六十多尺（约20米）的冰坡时，两头骡子顺着冰坡滑下了深谷，当时所有的人、骡马和驮牛都哭了。在地势险峻的青藏高原，所有的生命都会面临相同的境遇，当危险来袭时，人与牲畜这种"血脉相连、共渡难关"的情景，形成了青藏高原特有的生态观。在《命定》中，达真同样刻画了人与动物心心相系、人马相依的美好画面。贡布在拉雅雪山下同爱马"雪上飞"结拜为"兄弟"的场面被描写得活灵活现。当贡布从襁褓中掏出一根哈达戴在马脖子上的时候，他竟然为马流下了激动的眼泪。为此，马的回应是在前蹄落地之后，学着人的模样，艰难地跪下了前蹄，从而形成了人马同跪、结为"兄弟"的温暖场面。

万物有灵、众生平等的理念，在格绒追美的笔下也有所呈现，他在《青藏辞典》中就不止一次提到。在词条"联结"中，他是这样描写的："树林让动物得以繁衍，河流让鱼儿生长，土地令种子藏身，还提供青翠的春天让种子发芽，在漫长的夏季令作物成熟，在阔达的秋天使庄稼丰收，还提供寒冷的冬天，让人类和动物学习共存。"[1] 树林与动物，河流与鱼儿，土地与种子，春夏秋冬四季更替都能和谐共生，循环往复，人与动物、植物乃至整个生态圈都是相互依存、相互感应、彼此联结、不可分割的。继而在词条"循环"中，格绒追美直接把万物共存的法则写在了开头。他说死守某种主义、主张的人啊，向流水学习流动吧，这是水——生命之母给予我们的启示，因为水可以看到、可以听到万物的秘密，万物相互感应、相互依存，并且呼吁人们一定要保护好水资源，因为"水是爱，也是感谢。水的污染就是心的污染。如果人类不改变，水就无法复苏，当水欢快流动，世界一同欢畅，水就是你，你就是水"[2]。在此可以看出格绒追美把人与水的关系写得如此圆润，人跟水不分彼此，相互依存。在词条"生活"中，格绒追美再次提到与大自然一起脉动的生活就是智慧的生活。可见，人类跟大自然的关系

---

① 格绒追美：《青藏辞典》，作家出版社，2015，第125页。
② 格绒追美：《青藏辞典》，作家出版社，2015，第186页。

在格绒追美的笔下，是如此美妙，人类只有平等对待大自然的一草一木，才能更加幸福、祥和、智慧地在地球上生活。

达真的《落日时分》同样书写着人与自然的这种浑然天成、万物一体的和谐画面。当主人翁苏峰躺在小拉姆家的床上，回顾这两天在路上目睹的风光和建筑时，达真是这样描绘的："终年积雪的雪峰在碧蓝天空中挺拔而神圣；雪山脚下的草地，犹如举行世纪婚典时的巨幅裙摆，草地上，大自然的精灵们披着太阳的金辉穿梭在庙宇和塔间，人、自然、动物、苍天、大地、信仰构成了诗意的高原……真棒！永恒的画卷，没有撰稿、没有编导、没有配乐、没有道具，一切都是相得益彰的自然偶合。"[1]苏峰看到高原的落日时分以后，还跟上海外滩的做了比较，他认为高原的落日时分没有外滩的人用财富、科技所制造的喧闹和拥挤，而人类恰好正在运用这种喧闹和拥挤加速摧毁自己的家园。相反，高原的一切都是静静的，没有破坏力的，体现出一种人与自然的相互关照：绿色的草地关照黑色的牛群，深蓝色的天幕关照橘红色的落日，而阳光泻在它们上面的复合色，暗含着自然和生命的丰富性。达真借助苏峰表达了对高原自然景观的敬畏和赞美之情。在《命定》的开篇，达真也刻画了藏族人敬天畏地、仰慕自然的情怀，而这种情怀是每一个藏族人与生俱来且潜隐在他们的灵魂里的。所以才有在黎明时分女人尽可能压低声音对丈夫说话，女人的轻言细语是怕惊动了天上、地下、空中熟睡的诸神和襁褓中的婴儿。马尾般细的声音透出藏族人对清晨的敬畏。

康巴地区是横断山东南缘的广大区域，风光旖旎，沟壑纵横，广袤无际的大草原，洁白无瑕的雪山，浓烈神秘的宗教文化形成了独具特色的高原景观。在康巴作家群的作品中，极具藏地特色的自然景观触目皆是、不胜枚举：洁白的雪山、悠悠的草地、奔腾不息的河流、散布于大地的湖泊、翻飞的经幡、林立的白塔、遍地的牛羊、漫山遍野的格桑花、杜鹃花、秃鹫、雪猪、糌粑、青稞酒等等。康巴作家们喜乐于对自然景观的描写，恨不得将所有的美好的自然景观都收纳在自己的文字里，意西泽仁就是这样的作家之一。在短篇小说《没有色彩的线条》中，意西泽仁是这样描写的："他缓

---

[1] 达真：《落日时分》，四川文艺出版社，2013，第29页。

缓地走在草地上，眼前呈现出去年见过的几根线条，波浪似的线条是草原，草原依旧是土黄色的，锯齿形的线条是远处的雪山，雪山依旧是铁灰色的，弯弯曲曲的线条是溪流，溪流依旧是封冻着的……还有那漆黑的牦牛，灰色的羊群和蓝得透亮的天空。"[1] 简单而具体的描绘给读者呈现出了一副物像流转的自然景观。在康巴地区，每一座山脉、每一条河流、每一处湖泊乃至每一处高原自然景象都富有灵气和生命的意义，都充满着奥秘的传说和神奇的文化气息。

二、对人类中心主义的批判

康巴作家群的小说作品不仅呈现了康巴高原大量的自然生态美景，而且还通过细致入微的描写，批判了现代物质文明发展造成的生态环境恶化、物种灭绝和人与自然关系的严重异化，格绒追美的长篇小说《青藏辞典》就是最好的例证。现代社会为了发展经济便疯狂无度地进行水电开发，从而导致滋养大地的河流从此消失在人间：

> 河流，滋养大地的河流，河流，天地间最美的景致，某一天，在疯狂无度的水电开发中，终于在人间隐没。高筑在陡壁两岸间动辄数百米高的调节水库是那么狂妄，有那样多操弄文字的人还在赞美它是人类的奇迹；一座座高山被掏空肚子，钢铁水泥质地的利器剖开五脏六腑，令大地疼痛得蹙皱了眉头；河水被关进永恒幽暗的"监狱"中，永无出头之日。鱼啊，你的呜咽是众生灵呜咽的一部分，只是你生就没有舌头，永远无法说话罢了。[2]

在这段文字里，格绒追美运用拟人的手法将高山比作人的躯体，开凿洞穴比作挖空人的肚子、剖开五脏六腑，此时此刻大地跟人一样感受到了极度

---

① 意西泽仁：《松耳石项链》，四川民族出版社，1987，第 83 页。
② 格绒追美：《青藏辞典》，作家出版社，2015，第 23 页。

疼痛，大地拥有着人类一样的感知和触觉。河水被拦截到了山腹里，曾经欢腾游弋于河里的鱼儿们却永远地失去了自己的家园，鱼群的眼泪晶莹，一串串涌溢流水中，河流也感到了咸涩。格绒追美为此感到担心和忧虑，于是他时常想象并梦见鱼儿可怜的处境：

　　它们囚禁在削山凿崖修筑的水库中，溯源迁移或沿河而下的日子彻底结束了；有时误入山腹里埋藏的管子，高高跌落，绞进轰鸣的机器里，化成几缕血水，而身后更多不明就里的族群还在奔涌向前；在深沟大壑中，将河流拦腰剁成一节节段落里生活的鱼群，相互间再也不能互通信息了，它们各自成为封闭世界的孤独群类，种群将就此退化或最终消失；而在更多的断流的河床里，水生物种焦渴死亡，连两岸的植被也日甚一日地显出老态……无法肉眼观察的许多改变还在悄没声息地进行着。①

　　为了经济利益，现代人筑坝修建水电站从而导致河水被引流、河床被破坏、河里的鱼儿被机器绞死，慢慢地种群退化乃至消失，水生物种焦渴死亡。为此，格绒追美奢望化成一条鲜活的鱼儿，能开口向人类述说鱼类悲惨的遭遇。鱼儿的躯体被肢解，鱼儿的家园被永久性地破坏，某一天，人类的家园也会千疮百孔，这成了格绒追美的忧虑。紧接着，格绒追美在词条"破碎"中，又一次生动具体地描写了现代人为了建造电站而使山河破碎的凄惨图景：

　　整座山都被翻掘得敞肚露肠，而且人在轰轰烈烈，劲头充足地捣鼓着。峡谷里的河水被挤皱得越发拘束，它被导进山腹，手脚捆绑在水泥沟渠里了。不知道失去天性的它会怎样，不知道活在自然河床里的生物们到底会怎样。举着铁齿利爪的铁器们，四处横行，把土地的五脏六腑挖掘出来，良田、果树、房屋消失之后，所有绿色的植物都被连根拔起，

―――――――
① 格绒追美：《青藏辞典》，作家出版社，2015，第23页。

卧在土地深处的石头裸露向天，堆砌得越来越高，烟尘遮天蔽日，我们只好驰行于尘雾下的土路弯道中。山坡上，更多长臂机器轰轰狂叫，蛮横地划开土表，天地抖颤着，可是，机器毫无感觉，因为操弄机器的人早已麻木了。不久之后，在小城的额头前会出现一座巨大的水库，而在河谷中，一串梯级电站将巍然屹立。啊，人类多么伟大！河流将变成流淌的白银，化成一叠叠大钞，这些生物的牺牲是值得的，大地受点伤又有何妨？只要我们能富裕，只要能让许多人的腰包鼓起来！山河破碎就破碎吧，又不是我们的脸被划伤破相，又不是我们的心脏被破坏，又何苦为着子孙着想？[①]

山体都被翻掘得敞肚露肠、河水的手脚被捆绑在水泥沟渠里、铁齿利爪的铁器们蛮横地划开土表，敞露出土地的五脏六腑，绿色植物被连根拔起、尘土飞扬……格绒追美运用真切又沉重的文字，拟人和反问的修辞描写出山体的疼痛、河水的无助、土地的哀伤以至于天地为之抖颤。然而操弄机器给大自然带来巨大痛苦的人却无动于衷、麻木不仁，更有人在电站建成之后为此高唱凯歌、歌颂人类的伟大创举。这是多么大的反讽啊！

通过以上几段文字的描写，可见格绒追美一方面站在大自然的立场刻画了生态遭到肆意破坏以后动植物的悲惨遭遇，表达了他对大自然的怜悯之心；另一方面运用"狂妄""操弄""连根拔起"等字眼严厉地批判了人类中心主义的恶劣行径，人类为了经济利益，毫无节制地、不惜一切代价地剥夺和利用大自然。美国著名历史学家、生态评论家林恩·怀特在《我们生态危机的历史根源》中就提出，"犹太—基督教的人类中心主义是造成生态危机的历史根源，它是构成我们一切价值和信念的基石，引领着我们的科学和技术的发展，鼓舞着人类以统治者的态度对待大自然"[②]。

---

① 格绒追美：《青藏辞典》，作家出版社，2015，第36页。
② Lynne White Jr. *The Historical Roots of Our Ecological Crisis //* Glotfelty, C. & Fromm, H. 1996. *The Ecocriticism Reader: Landmarks in Literary Ecology.* Athens: The University of Georgia Press, P6-14.

嘎子在长篇小说《香秘》中，同样刻画了人与自然和谐共生的重要性，通过对捕杀狼群的描写引发了读者对人与自然和谐共处的深度思考。小说在书写香格里拉王国盛衰大事的同时，也书写了人类过度捕杀狼群所带来的生态失衡：

在1911年，最后一头白狼在被发现的同时遭到射杀。梦幻之狼，在维塔克族的悲剧后经过100多年，终于在残虐的文明人手中灭绝了。还有好多优秀的狼种，都灭绝在人类的手里。人类，总以为自己是这个世界之王，可以任意屠杀而不受惩罚。可是自然之王的惩罚却悄悄降临了。他一挥，我看见广阔的沙漠，干裂的焦土，还有只飘着几根毛草的戈壁滩。他说："孩子，在100多年前，这些地方都是草木丰盛的肥沃之地呀！就是因为人类灭绝了狼后，破坏了大自然的平衡。大群的食草动物由于没有了威胁，疯狂地繁殖起来，食光了草木。最后，这里除了枯骨，就剩荒漠了。"他说："狼这种动物其实是很温血的，你不伤它，不破坏它的食物链，它怎么会来伤你呢？当然，也不能让它们疯狂繁殖，那样也会破坏自然的平衡。假如人类有脑子，就会履行自然之神赋予他们的职责。少量捕杀，与自然万物共生同长。"[1]

人类的胆大妄为、任意屠杀导致优秀的狼种都灭绝在人类的手里，破坏了大自然的生态平衡，使得食草动物疯狂繁殖，食光了草木，曾经草木丰盛的肥沃之地就逐渐变成了沙漠、焦土和戈壁滩。可见，嘎子通过对狼群消亡、物种灭绝的描写，表现了对人类中心主义思想的严厉批判，揭示了现代文明人过度捕杀野生动物的残虐行径。与此同时，他还指出适当捕杀，保持自然生态的平衡发展，自然万物共生同长才是人类应该履行的自然之神赋予我们的神圣职责。嘎子强调人与其他生命的永恒之源，就在"和谐"二字。

---

① 嘎子：《香秘》，作家出版社，2016，第134页。

第二节 "康巴作家群"散文中的自然生态思想

在康巴作家群作家的作品中，散文作品的数量为数不少。作家们通过散文的书写，在不同程度上表达了对人生或自然的感悟。散文中所写的人生和自然，都是从自身感悟出发，是作者对事物特殊意义和美的发现。藏族文化主张的是天人合一、人与自然的和谐相处，康巴作家群散文作品就无不体现着藏族作家们对康巴大地自然美的赞誉和吟唱，这是对天人合一的藏族文化的独特再现。藏族人民在日常生活中时刻铭记顺应自然、善待自然、遵循自然客观发展规律的思想观念，从而形成了天人合一的生态思想。

一、万物有灵、众生平等

在众多康巴作家群作家的散文作品中，雍措的《凹村》可谓典范之作。2016 年，《凹村》斩获全国少数民族文学创作"骏马奖"，这是继意西泽仁、章戈·尼玛、列美平措、达真之后的第五位康巴作家获此殊荣。《凹村》大部分篇幅是关于大渡河上游高山峡谷的地域书写，这也是作家雍措出生和成长的地方。以雍措为代表的康巴作家群作家们以细腻、温情的笔触描绘了康巴大地的高山峡谷、冰川河流、植物动物的样态，抒发了藏族人民与自然万物和谐相处、众生平等的生态情感，表达了天人合一、尊重自然、敬畏生命的生态理念。并通过万物有灵的方式将分散的自然万物连接成一个天地神人共同存在的生态整体，体现了鲜明的生态思想，这为促进生态整体主义的构建，为重构人与自然的和谐共生提供了深刻的启示。

万物有灵论学说由英国人类学家爱德华·泰勒（Edard Tylor）首先提出，他认为"不管是日月星辰还是飞禽走兽，都具有跟人一样的情感和知觉，在人类以外，大自然拥有着同人类一样的灵魂"①。列维·布留尔（Lvy-Bruhl）在《原始思维》中同样论述了万物有灵论，列维通过论述"互渗律"的过程，探讨了"原始思维中存在万物有灵论和灵魂的概念"②。原始部落、原始图腾就是通过万物有灵的方式将人与自然万物神秘地统一起来的。对自然万物的崇敬和敬畏是万物有灵的具体表现方式，这也是生态批评的核心思想。这种万物有灵的世界恰好在康巴作家群作家的散文作品中有淋漓尽致的体现，每一条河流、每一座山峰、每一种动物、每一株植物都如同人一样是会呼吸的生命体，都具有跟人一样的知觉和情感，都能与人有交流和互动。

（一）带有灵性的自然现象

风霜雨雪是康巴作家们永远不变的书写对象，在《凹村》中，随处可见雍措不惜笔墨地对自然现象进行描写和赞美。最具代表性的是带有灵性的"风"。雍措运用了大量的拟人手法来描写"风"。在雍措的笔下，"风"是灵动的、积极向上的、具有一定神奇力量的生命体。凹村的风就跟人一样，会随时表现出喜怒哀乐的情感。雍措通过拟人的手法，呈现出凹村自然物的跳跃与灵动，带给人活泼向上的阅读情感。凹村的风，天生就能给人捎信，这一点在张溜子身上表现明显。张溜子是凹村出了名的吼声大哥，在没有音响跟话筒的年代，农村操办红白喜事只能靠着洪亮的嗓音才能对宴席进行张罗。而张溜子之所以能胜过别人，越吼声音越大，越吼嗓子越亮堂，就是因为他是个会借风传信的人。"他知道哪个字被风带到哪里会绕个弯，

---

① 爱德华·泰勒：《原始文化》，连树声译，上海文艺出版社，1992，第10页。
② 列纬·布留尔：《原始思维》，丁由译，商务印书馆，1981，第168页。

那个字他就会拖得长长的；哪个字被风带到哪里会窜进葡萄林，他就吼得粗些。"① 随风而吼，既养家又糊口，这是张溜子最佳的生活方式，凹村的风养活了他及家人。秋收季节，风对凹村的人更是意义非凡，风不仅吹熟了庄稼，还能帮助凹村人收割麦穗、打整麦粒。在凹村人眼里，风可以干牛干不了的事情，风就是不说话的人。在风的陪伴下，凹村人获得了赖以生存的粮食；在风的协助下，凹村人轻松自如地完成了地里的农活。恩格斯在其著作《自然辩证法》中提出了以遵循自然规律为前提说，强调人类在支配和利用自然的过程中必须遵守一个必不可少的前提，那就是人类必须认识自然规律和正确遵守自然规律②。以张溜子为代表的凹村人正是在遵循和正确运用自然规律的情况下，在凹村的世界里过着简单又充满诗意的生活。顺应自然，才能维持生态平衡，违背规律，就会遭受自然的惩罚，在郭昌平的《梦枕折多河》中就有这样的书写：

> 折多河因折多山而故得其名，轰轰隆隆，穿城而过，让康定这座小城始终充满了生机。穿城而过的小河，也给世代居住在两岸的百姓带来了不少的方便和欢乐。一座安静的小城，一条怒号的小河，同处在一起，相安无事，各得其所。然而，上世纪九十年代中期，康定人突然有一天在当地的报纸上发现，康定城要盖河建街了，而且专家都说可以，于是说干就干，河边打桩的打桩，砌堤的砌堤，很是热闹，引得众人非议。然而，那一年康定的雨水来得又早又猛，那段时间大雨连连、时而暴雨如注，就在省委书记来康定考察的当天晚上，瓢泼大雨使得康定发生了百年不遇的大洪水，咆哮的折多河将康定城冲得面目全非，盖河工程就此夭折。③

在凹村，风还可以充当人的角色。杨二信仰风，因为风是杨二的媒人。杨二论长相没长相，论家业没家业，可怎么就娶到了模样乖巧、心灵手巧的

---

① 雍措：《凹村》，作家出版社，2015，第 5 页。
② 恩格斯：《自然辩证法》，于光远译，人民出版社，1984，第 305 页。
③ 郭昌平：《梦枕折多河》，《西藏文学》2010 年第 5 期，第 69-69 页。

李幺妹了呢？当人们问到杨二的时候，他总会若有所思地说："多亏了那场风呀"①。原来李幺妹到玉米地里寻找被风吹走的绣花帕，恰好遇见了在玉米地里的杨二，两人就这样对上眼了。

除了对极具灵性的风的描写，雍措还呈现出了别有洞天的高原自然美景。在这里，滴滴甘露般的春雨滋润着大地，洁白如玉般的白雪铺洒着大地，晴空万里的蓝天映衬着大地，温暖明媚的阳光普照着大地。在这美丽的乡村世界里，春雨、甘露、暖阳、蓝天、白云，一切都那么美丽而自然，淳朴的藏族同胞日出而作、日落而息，与大自然构建出和谐共处、协调发展的关系。

（二）带有灵性的生物

在《凹村》中，雍措对动物、植物及其他生物的描写可花了不少篇幅，以动物或植物名称命名的散文就有十余篇，不仅刻画了以牛、猪、马、狗、蛇、鼠、鸡等为代表的动物，而且还生动形象地描写了各种树木及花草。雍措精心地刻画着凹村中充满灵性的自然世界，把所有的生物都描写成人类的伙伴，它们不仅在自己的世界里快活地生活着，而且拥有着与人类完全相同的地位。

首先是对牛的描写。散文集中对牛的描写比重较大，从《牛和牛的事儿》到《走丢的老黄牛》再到《凹村记忆》，对牛的刻画活灵活现。在《牛和牛的事儿》里，雍措生动形象地描写了张三家的黑耕牛和主人家的老黄牛之间的"爱情故事"。黑耕牛是公牛，调皮捣蛋、老奸巨猾，老黄牛是母牛，温温柔柔、令人爱怜，公牛跟母牛之间的爱情被描写得跟人一样。特别是在主人给老黄牛打抱不平时，黑耕牛的话被描写得栩栩如生，入木三分："……我正准备跟她发火时，她却一下扑在我身上，嘴对着我的嘴，亲亲这儿，闻闻那儿，虽然平时我的要求比较高，不是谁都看得上的，但是，那天被她弄得，心里一热……黑耕牛诡异地笑起来……"②雍措运用拟人的修辞手法，

---

① 雍措：《凹村》，作家出版社，2015，第 8 页。
② 雍措：《凹村》，作家出版社，2015，第 165 页。

将两头牛之间的对话刻画得活灵活现，表达了黑耕牛与老黄牛这对情侣间既腼腆又爱慕的情感，这充分体现出了在凹村的世界里动物是灵动的，动物拥有着跟人一样的情与爱。在《走丢的老黄牛》中，雍措用温柔、细腻的笔触描写了人与牛的深厚感情，主人用手轻抚老黄牛的身体，它用嘴蹭了蹭主人的双手以表回应。主人用手轻轻擦拭老黄牛流着泪水的眼角，它则舔舐着主人的小手。可见，人跟牛的互动充满了温情和关怀，富有灵性的老黄牛跟主人的相处是如此的和谐、美妙，不禁带给人一种相濡以沫的温暖。难怪雍措在开篇就写道，丢了老黄牛，神智就一直恍惚，像是丢了自己。

其次是对狗的描写。在《凹村》中，除了日常生活中对狗的描写以外，雍措专设了一个篇目来描写藏族阿妈与狗之间的故事——《老人与狗》。人们常说人与人之间是相互的，其实这句话也可以用在人与动物的身上，凹村世界里的人与动物就是典型的例证。黑狗果果是阿哥从荒芜中捡回来的，在藏族阿妈的精心照料之下，不到半年就长成了肥嘟嘟的大狗。从此，果果就与藏族阿妈形影不离。果果不仅是一把看家好手，还是藏族阿妈外出干活的好帮手。有一次，在山林中为了保护藏族阿妈，它使出浑身解数最终咬断毒蛇的脖子，成功救下了在树荫下睡着的藏族阿妈。平日里，果果是藏族阿妈唯一的伙伴，也是藏族阿妈诉说心事的对象。特别是每年清明节晚上送夜，阿妈讲给阿爸的贴心话，果果都听过，说到伤心处，阿妈流泪，果果也跟着流泪。狗就这么贴心地守护着老人，老人也在精心地照顾着狗狗，老人与狗相互依偎过着平淡而真实的生活。

再次就是对其他动物的描写。在《滑落到地上的日子》里，雍措着重描写了鸟儿，她在开篇就写道："只要是鸟，都能飞进我的心里。"[1] 凹村最常见的鸟有乌鸦、喜鹊、麻雀，其中麻雀是最能入心的，正如雍措描写的：

老家房子修砌在天地边，四周种了各种果树。每天清晨的睡梦里，就有麻雀的叫声闯进来。日子一久，也就习惯枕着它们的叫声酣睡。阿妈一生勤快，看不惯我贪睡的样子，小时候，每次叫我起床，总会说，

---

[1] 雍措：《凹村》，作家出版社，2015，第23页。

你听听，窗外的麻雀叫你起床，叫得嘴都酸了，你也不心疼它们。①

雍措给读者呈现了一幅自然、纯粹的美丽画卷，体现了人与鸟儿平等、和谐、共生的图景。在文章的中间部分，雍措继续描写了人与鸟儿的互动：

> 我懒懒地把头缩进被窝里，继续酣睡。梦里，我又听见了麻雀脆脆的叫声。我悄悄把头从被窝里露出来，才发现房间里又来了一群麻雀。有几只正附在悬挂的肉上面，啄着肉。有一只吃饱了的麻雀飞在被子上，一边叽叽地叫着，一边在被子上走动着。接着又有一只麻雀从悬挂的肉上飞到我的枕边，它垂下头，用小嘴衔着我的头发，东张西望。这时，它的脖子上的那撮白色的羽毛，出现在我的眼睛里，原来它就是昨晚的那只麻雀。这只小麻雀，活是一只静不下来的调皮蛋。看见另外一只玩得欢，扔下嘴里的头发，跳着向那只麻雀跑去。两只麻雀的体重真轻，我藏在被子下的身体几乎无法感觉到它们。我不想打扰它们欢愉的时光，不动，呼吸也变得小心翼翼。肉上的麻雀越来越少，它们吃饱了，飞下来，嬉戏着，站在破窗户上歌唱着。那只脖子上戴着项链的小调皮，飞到镜子面前，对着镜子里的自己左看看右看看，臭美着。当最后一只麻雀从肉上飞下来时，所有的麻雀叽叽喳喳地从破窗户里扑扑地飞走了，身后留下一串串欢快的叫声。②

雍措运用灵动的笔触描写了鸟儿们从窗户飞进她房间里的欢愉时光。当小麻雀飞到她的被子上，一边叽叽地叫着，一边在被子上走动时，她并未撵走麻雀，而是不想惊动它们，一动不动地躺在被窝里，连呼吸都变得小心翼翼，生怕打扰了它们的欢愉。雍措采用拟人的写作手法，运用"嬉戏着""歌唱着""左看看""右瞧瞧""臭美着"等字眼描述麻雀跟人一样爱美，体现出小动物的可爱和人类对小动物的怜爱之情，再次表现了在凹村的世界里，动物与人和谐共处的美好画面。

---

① 雍措：《凹村》，作家出版社，2015，第12页。
② 雍措：《凹村》，作家出版社，2015，第13页。

蛇是比较常见的野生动物之一，当人们谈及蛇的时候，时常会联想到狠毒、邪恶，给人一种莫名的恐惧感。在西方的基督教文化中，蛇也经常被视为邪恶的。"伊甸园里，在蛇的唆使下，亚当和夏娃偷吃禁果被上帝逐出伊甸园，从此开始了人世间苦难的生活，同时蛇也受到了上帝的惩罚，没有四肢和翅膀，只能靠身体扭动匍匐前行，而且终身吃土。"[1]然而在雍措的笔下，在凹村的世界里，蛇已然成为人类牵挂的动物。《在滑落到地上的日子》之蛇的篇什里，雍措细致入微地刻画了蛇在藏族文化中的地位：

> 凹村有句关于蛇的老话：上门的蛇，上门的亲。意思是蛇到家中，就应该像亲人一样善待，由于凹村人都心地善良，对待蛇，越加怜爱起来。正是因为这样，田地里的蛇越来越多，越来越肆意。然而无论怎样的蛇，在村子里从来没有发生过一次伤人的事件，或许，蛇本来就是一种善意的动物吧。[2]

通过上述文字可见，在雍措笔下，凹村人把蛇看作亲人，对待蛇的态度也是倍加怜悯，从而才有了但凡家里有蛇来，阿妈——用最高的礼节送走它们的场景，正如雍措描写的："蛇，不知道从什么时候开始，已成为我们牵挂的动物，也许是因为我们在意识里往往把它和亲人联系在一起，所以，更多时候，蛇在我心里渐渐成了某种牵挂，或是怀念。"[3]

雍措笔下的母鸡和浪荡狗也是一样的欢愉、快乐。在《雪村》篇什中，雍措刻画了高原初春的雪景，在雪景中重点描绘了几只调皮的母鸡和浪荡狗黑子的愉悦生活：

> 雪很厚，黑子的脚踏在雪上，立马印出一朵花。母鸡本来矮小，在

---

① 胡文仲主编《英美文化辞典》，外语教学与研究出版社，1995，第156页。
② 雍措：《凹村》，作家出版社，2015，第18页。
③ 雍措：《凹村》，作家出版社，2015，第19页。

厚厚的积雪里像瘸子一样深一脚浅一脚地行走着。黑子走在前面,尾巴卷在半空中,它那略微发红的屁股,在白雪中像一朵含苞待放的花骨朵,尤其夺目。它在雪地里走几步,又停下来,关切地回头看看那几只跟它一起出门的母鸡。母鸡"咕咕咕"地叫着,灵活的小脑袋,左右晃动着。黑子转过身,将头抬得高高的,四处张望。母鸡近了,它又飞快往前跑几步,然后又停下来,像一位大哥哥一样照看着妹妹。①

雍措将雪地里浪荡狗黑子与几只母鸡的互动描写得活灵活现。走在前面的黑子不时地停下步伐关切地回望走在后面的几只母鸡,黑子就像大哥哥一样,身上肩负着照看弟弟妹妹的责任。在凹村,在牲畜的世界里,它们有着跟人类一样的浓厚情谊和深切关怀,体现着万物有灵、众生平等的生态思想。

藏族几乎全民信佛,所以一般不杀生。并且藏族人都有一个观念,认为一头牛能喂饱20个人,而20条鱼却只能喂饱一个人,所以藏族饮食习惯中,几乎不食鱼。因此才会有雍措笔下的无数条鱼儿自由自在地穿梭在河石间,它们并不会被人的吵闹吓坏,相反,调皮地在人的面前舞蹈起来:

> 人与生态的和谐相处,让我倍受感动。我问朋友:"这里的鱼儿为什么和人这般亲近?"朋友简单地说:"鱼儿是一种很灵性的动物,这里的村人对鱼儿友善,经常会把家里的面条、糌粑以及购来的大米撒在河水里喂养它们,一面祈求全家安康,一面为鱼儿提供食粮,更重要的是,祖祖辈辈延续下来的规矩——整个村庄禁止捕鱼。这样一来,鱼儿的数量以及鱼儿对人的信任才保证了下来。"②

多么有爱的回答啊!村人有爱、鱼儿有灵,加上严格的村规民约禁止捕鱼,从而造就了鱼苗丰盛、鱼群如云的宏大场面,呈现出了鱼跃人欢的和谐景象。

---

① 雍措:《凹村》,作家出版社,2015,第161页。
② 雍措:《凹村》,作家出版社,2015,第251页。

最后是对植物的描写。在《一片白杨林》中，雍措描写主人躺在树林里，叶子是床，枝丫和蓝天是被子，夜幕来临，主人准备离开树林回屋时，小草伸着长脖子来送行。人与树木、小草的互动和交融呈现出人与自然的完美契合与相互依存。除了人与生物和谐共处以外，在凹村的世界里，河流也能与人互为伴侣、同生共存。在《回忆我的定波》中，她生动地描绘了定曲河的宽厚与仁慈：

> 定曲河是一条温柔的河，拐弯处，她像一位慈祥的母亲弓腰劳作，分叉处，又像一位盼望儿归的慈母翘首遥望，是一条文静的河，河水平缓，清澈见底，无论春夏秋冬，似乎怕惊扰村寨一样静悄悄地淌过村庄；是一条生命的河，河水养育祖祖辈辈生活在这里的两岸村民。定曲河两岸长满枫树，经过一个夏天的酝酿之后，枫叶由深绿渐渐变成橘红、火红、五彩斑斓的颜色就像是为河流装扮的嫁衣，夺目耀眼。①

雍措运用拟人的写作手法，把定曲河比作慈祥的母亲，时而弓腰劳作，时而期盼儿归，河水滋养着河岸两边的祖祖辈辈。可见，在凹村的世界里，动物是有爱的，植物是有爱的，山川河流是有爱的，万事万物、万千生灵都是有爱的。这恰好印证了美国著名生态批评家麦克·道尔（Michel L.McDowell）提出的："在大自然的网络中，所有的存在都值得认知和发出声音，作家及批评家应该探讨在景观中人与非人是如何交流的。"② 在雍措凹村的世界里，所有的存在都能与人进行交流，所有的生物都能与人和谐相处、相互依存。

雍措精心地刻画着凹村中充满灵性的自然世界，把所有的生物都描写成人类的伙伴，它们不仅在自己的世界里快活地生活着，而且拥有着与人类

① 雍措：《凹村》，作家出版社，2015，第250页。
② Michel L.McDowell.*The Bakhtinian Road to Ecological Insight*, Glotfelty, C.&Fromm, H. 1996.*The Ecocriticism Reader: Landmarks in Literary Ecology*.Athens: The University of Georgia Press, 1996: 372

完全相同的地位。因此在凹村，不仅人要过年，而且动物、植物以及风也要跟着过年。在结巴阿爷的"过年谣"中，就体现出了这种生态思想："一鸡、二犬、三猪、四羊、五牛、六马、七人、八谷、九豆、十麦、十六鼠、二十风"[1]。这是结巴阿爷唱给孩子们的"过年谣"，从大年初一到二十，不同的动植物及自然现象都要过年，并且在正月的这些天中，每天村民们都一定会遵从习俗敬畏该敬畏的、忌讳该忌讳的，因为这将影响一年的运势和发展。大年初一鸡过年，这一天鸡就是主，每家每户都把鸡当成上宾来伺候着，喂好吃的。大年初二狗过年，初三猪过年，初四羊过年，初五、初六牛马过年。牛马是凹村重要的劳力，这两天，人们对牛马尤其宽厚，喂上等的谷草。如果天气好，村人们会牵上各家的牛马，带上刷子，来到水沟旁，用水和刷子清洗它们的身体，伺候得相当周到。初七人过年，初八、初九、初十这三天是粮食过年。粮食是村人的命根子。这几天，人们会把粮食从冰凉的柜子里拿出少许，象征性地晒晒阳光，说很多吉祥的话，预示着来年粮满仓。十六是老鼠过年，老鼠是庄稼的敌人，影响着庄稼的成长和收成。这一天，村人万万不能下地，下地的话，就会为来年引来成群的老鼠，糟蹋庄稼。大年二十是风过年，风来自四面八方，有乱的，有顺的。这一天，村人们会用烟子来祭拜风的到来，每家都会在门外或锅灶里熏上烟子，看着烟子顺风飘，祈求来年没有风灾。可见，春节不仅是人类的节日，在春节的每一天都有不同的动物、植物及自然物像过节，藏族人民在庆祝人类春节的同时，也以不同的方式为它们进行庆祝，充分体现了康巴人对动植物以及自然物像风的敬畏和尊敬，再次展现了藏族文化中万物有灵、众生平等的生态思想。

二、土地伦理观

美国著名生态学家利奥波德在经典著作《沙乡年鉴》中首次提出土地伦理思想。他认为"土地并不单单指土壤，而是包括水、动物、植物，当然也

---

① 雍措：《凹村》，作家出版社，2015，第 42 页。

包括人类，这些因素的总和构成了土地共同体"①。在这个共同体中，每一个成员都是共相唇齿、辅车相依的，每一个成员都有资格占据阳光下属于自己的一个位置，每一个成员都具有生存权利的天然性和相互成全的有机整体性，每一个成员在角色和地位上都与其他成员具有自由平等性与和谐共生性。进而，他认为人类首先在情感上必须做到热爱土地、尊重土地，要把人类作为征服者凌驾于自然之上的姿态改变成在这个共同体中平等的一员。土地伦理观要求人们在思想意识上要尊重土地的生命、理解土地的价值和认可土地的权利，以此来保护土地共同体的美丽、和谐和稳定。在凹村的世界里，雍措用饱含深情的文字为我们描写了凹村及养育凹村人的土地。在这里，土地并非单纯的自然存在，而是与人有直接关联，左右着人的命运，并最终决定着人的归宿的一种存在。在《母亲的土地》一文中，因为父亲的悄然离世，母亲独自一人承担着养家糊口的重担，母亲靠着勤劳的双手，用心用情地浇灌着土地，靠着地里长出的菜薹及果木维持着一家人的生计。母亲总是全心全意地呵护着土地，而土地也默默无言地奉献着，正如母亲所说："土地是长着心的，你对它好，它就会对你好。"②母亲辛勤付出的汗水与收获的果蔬是成正比的，母亲的爱不仅养育着孩子，也滋润着那片土地，母亲一直信奉并遵循的土地哲学恰好印证了利奥波德的土地伦理的生态思想：热爱土地，尊重土地，以谦恭和善良的方式对待土地。自然而然，土地也以丰厚、饱满的方式回赠人类，从而形成了积极的、健康的、可持续发展的良性循环。

雍措在《母亲的土地》的最后一小节中描写了母亲离开深爱的那片土地之后感到的孤独与无助。女儿工作以后，有段时间母亲就随女儿去了县城生活。然而，母亲的心却始终牵挂着远在老家的那块土地，母亲固执地思念着凹村，思念着那块种满樱桃树的土地，思念那泥土的清香，思念那土地带给人的丰收的喜悦。然而，母亲长久的离开，使得老家的土地慢慢地荒芜，与此同时也渐渐地荒凉了母亲的心，因为思念成灾，母亲生病了。

在《一片白杨林》中，雍措再次谈到人类之所以钟爱土地、离不开土地

---

① 奥尔多·利奥波德：《沙乡年鉴》，候文蕙译，吉林人民出版社，1997，第223页。
② 雍措：《凹村》，作家出版社，2015，第165页。

的原因。除了像上文提到土地是母亲的精神之根以外，它还完全称得上是"生命之源"。土地能够为人类提供食物、原料、工具、技能、知识等，原始人类最初的直立行走，也是在土地上完成的。在白杨林中，雍措刻意描写了"我"在翻越树枝墙时，从笨拙、无能、狼狈到劳动、思考、翻越的巨大变化，这是土地的能量赋予"我"的改变，"拔掉头上的树枝，抽回插进袖口里的枝丫，我重新起步，树丫在我的脚下发出断裂的声音，一个纵身跳过去，落地的一刹那，我感觉到脚底的踏实，心里的踏实"①。此时此刻，大地的意义和人的形象实现了完美的结合，有了大地的坚实托举，脚底和心里才会倍感踏实。

　　土地亲情，在格绒追美的笔下也有清晰的刻画。散文集《在雪山和城市的边缘行走》中，格绒追美曾多次描写亲近土地而感到的自在、踏实和温柔，并直截了当地描写土地对他的重要性："这里是家和土地的所在啊，离开了土地和老屋子，就像树木被拔了个根，又似风中的草籽，河里的浮萍，从此漂泊无依靠，是异地他乡的人了。"②可见，土地之于藏族人就相当于妈妈之于儿子、活水之于游鱼，土地不仅养育着人类，而且还是人类的精神之根、生命之源，离开了土地就相当于拔掉了根。

三、康藏山水、高原美景

　　格绒追美在散文作品中始终书写着对宇宙、对原野、对高原自然景观的赞叹和敬畏之情：

　　　　人像原野的风，在无垠的宇宙间流浪，又像一粒神奇饱满的种子，在天地间，在文明和信仰的高地上，生长、结果、凋落而又重生。在漫漫的时空中，作为个体的我们只是一芥芥尘粒啊。康藏高原像是大地最为华丽的乐章和最为跌宕起伏的诗篇啊！每当行走在绕山环谷的道路

① 雍措：《凹村》，作家出版社，2015，第158页。
② 格绒追美：《在雪山和城市的边缘行走》，四川出版集团／四川文艺出版社，2012，第34页。

上——远处的公路向着云的深处像哈达似飘袅而去；看着雪峰山峦像亘古不老的传奇，飘逸着莹洁的灵气之光；山头如浪潮涌动，天与地似乎未曾分离过一时半刻——这时，你会觉得脚下的土地是有生命的，是活动的，是生长着的。一座座山岭，一片片草地，一条条河流，都以各有的形态生活着，诉说着生命不朽的语言。[1]

生活在大山里，藏族人敬畏苍茫的原野、冷峻的雪峰以及蓝得如碧玉的海子，因为有许多神灵居于其间，有情众生，护佑一方万物。在藏地，人、神与万物共居，同为一体。并且他们认为时空无垠、深邃，人的眼界却是有限、浅薄的，人类对宇宙、对我们生存的这个星球的认知是极其有限的，人类只是宇宙的一粒沙尘，如此渺小。紧接着，格绒追美继续用清新淡雅的文字描绘了故乡的自然美景带给人安适恬淡的心境：

在故乡圣山庞措的密林中，享受着温暖的阳光，感受着大地母亲清冽幽静的气息，让心灵纯净，让欲望安伏；夜里，在林间山崖下的小木屋修行、看书，在转山和修持的过程中，与祖先和神灵交流，与心中的梦想沟通——啊，我已经闻到故乡山林间泥土和森林的荍郁气息，感应到那可人阳光的抚慰，已然体会到清寥的心境了。[2]

除此之外，美丽壮阔的康藏山水在康巴作家群作家的散文作品中有着全面的书写。磅礴大气、雄奇庄严的巍峨雪山，幽深宁静、柔美多情的高原湖泊，碧空如洗、广袤深邃的蓝天，绿草如茵、万马奔腾的草原，无不成为康巴作家们歌颂的对象。巴金文学院签约作家贺志富（笔名紫夫）的作品是最具有代表性的。其在散文集《行走高原》中，以三分之二的篇目书写了康巴

---

① 格绒追美：《在雪山和城市的边缘行走》，四川出版集团／四川文艺出版社，2012，第 26 页。
② 格绒追美：《在雪山和城市的边缘行走》，四川出版集团／四川文艺出版社，2012，第 30 页。

地区的山山水水。篇什《高原湖泊速写》对康定木格措景区的野人海、雀儿山下的新路海、九龙县境内的伍须海做了细致缜密的描写：

野人海在春雪初绮的时令里，仍保持着洁白晶莹的"北国风光"，近4平方公里的湖面凝固成冰雪的草原；湖沿路上，周围的山林仍银装素裹，纤尘不染。看周围，玉树琼枝千姿百态陪衬着蓝天，恰似透雕显露万般高洁，眼前总幻化出红色玉兔竖耳相近。放眼宽阔的湖面，静若处女，洁白无瑕，平展如打磨过的巨大银镜，幻化出狗拉滑犁疾驰雪原的画面来。

新路海为周围的群山森林所环抱，幽深而宁静。走进新路海，让人不知不觉中脚步也变得轻轻的，生怕那笨重的步履会惊扰它酣睡般的静谧。它深蓝色的湖面微波不起，平静如一面硕大的镜子；头顶的天也是湛蓝的，然而并不是海天相连，在天与湖之间，是挺拔的山峰和苍浓的森林，天与湖仿佛是两颗对映的蓝宝石。海子里倒映着雪峰洁白如莲的倒影，蓝天上停留着如絮的白云。仰躺在海子边的草坪上，能感受到耳际小草的轻轻晃动，方觉出这是实实在在地置身于大自然的怀抱里，心境也变得平静了，"心静如水"大概就是指这种境界吧。

伍须海就静静地躺在群山密林的怀抱中，在周围花团锦簇般的密林簇拥下显得纯洁文静而又柔美多情。它不是静止的，在它明镜般的眸子里，随着天上骄阳的游移不断变幻着云天山林的佳境。它的多情就隐蕴在无言的心湖里，要不那湖面上咋会时而荡起粼粼水纹，直扩展到岸边，那不会是掠水虫点起的微波，它是来自湖水深处的吻痕。我走近了它的身边，让手浸在它冰洁的水中，我听到了湖水窃窃的私语，那浪轻轻地、轻轻地从我手边荡开。

我觉得整个海子都活泛了，灵动了，我用心语在和它交谈。忽然，我悟出伍须海是文静娟美的，它内秀娇柔，它是女性的化身。那左岸色晕团团的花坡不就是它常艳不衰的裙衫，那右岸挺拔刚劲的青冈林不就是呵护它的卫士吗？①

紫夫运用清新淡雅的文字为读者呈现了灵动、柔美、宁谧、多情的高原海子。行履到康巴高原，面对一处处雪山下的圣湖，人的心境会随之变得宁静而安详。这就是大自然的力量，不仅陶冶情操，而且会带来身心的无尽愉悦。

在《海螺沟的诱惑》中，紫夫将海螺沟冰川做了全面详尽的介绍。海螺沟是国家级风景名胜区、国家级自然保护区、国家森林公园、国家 5A 级旅游景区、国家地质公园。除了诸多"国家级"头衔之外，真正令人赞叹的是世界上罕见的集冰川与原始森林、珍稀动植物、温泉、瀑布于一体的壮丽奇观：

> 涉足海螺沟，看冰川，令人感到一股发自内心的豪情在胸中升腾；大自然的壮阔奇景令人神思飞扬，而入夜，浸泡在二号营地的山野温泉中，与林涛松声共呼吸，让柔柔的泉水轻抚肌肤，望头顶深邃的星空，让空灵清纯的思绪自由驰骋，人生的憧憬在那一瞬间蒸腾而出，人与自然融为一体时，你会觉得世界真美好，人生也同样美好，生命的意义便成为追求的最高境界。②

在海螺沟，看冰川、泡温泉、听松声、望星空，这一系列的活动让人的思绪沉醉于大自然之中，此时此刻真正意义上体现了人与自然的和谐交融、人与自然的完美融合。读到这里，不禁让人想起，英国作家萨克维尔·韦斯特的小说《海上无路标》。《海上无路标》描写了身患绝症的爱德蒙·卡尔在热带海上旅行时发生的巨大心理转变。在伦敦的时候，卡尔是彻底的物质主义者、纯粹的人类中心主义者，极度崇尚物质与财富，怀疑甚至藐视人们因为大自然被破坏而提出抗议的行为。然而当他得知自己身患绝

---

① 贺志富：《行走高原》，作家出版社，2016，第 22 页。
② 贺志富：《行走高原》，作家出版社，2016，第 26 页。

症、时日不多之后，他开启了海上漫无目的的游玩。在海上航行的日子里，他被海岛、海岸线、海上日落、海鸟、海豚等海上自然美景深深吸引。在静谧的夜晚，他独自一人滑入游泳池，"完全失重的感觉，四肢没任何重量，身体轻飘飘地浮游在水面，与夜色合为一体"[1]。此时此刻，他深深地体会到了人与自然的相互交融，人与自然是如此和谐地共生在广袤深邃的世界里。与此同时，他的内心得到了净化，"变得不会嫉妒、没有恶意、没有野心和与世无争，他尽情地享受着暖风浴肤、凉水托体所带来的清凉快感"[2]。可见，不管在国外还是在国内，不管在热带海岛还是在青藏高原，自然带给人的体会和感悟是共通的，自然界才是人类灵魂的栖息地，才是人们苦心追求的精神家园。

在康巴作家的笔下，一切生物都是灵动的，所有自然万物都是平等的。他们的心向着自然万物展开，特别是以格绒追美、雍措、紫夫等为代表的作家们，用温情、细腻的笔触建构了一个万物有灵、众生平等的文学世界。曾经作为"万物之灵"的人类，退回到"众生平等"的位置，重新肩负起了自然生物群中普通成员的角色，进而在彼此和谐相处的过程中获得最大程度的可持续发展，充分表达了藏族人民与自然万物和谐相处、众生平等、敬畏生命、尊重自然的生态思想。藏族人设身处地地从自然万物的角度出发，从整体上把握住自然规律，构建出人类与自然和谐共处、协调发展、相互依存、相互联系的生态整体观，体现了鲜明的生态哲学思想，这为促进生态整体主义的构建，为重构人与自然的和谐相处、人与土地的同存共生提供了有益的参考。

---

[1] 张汉熙主编《高级英语》（第三版）重排版，外语教学与研究出版社，2017，第247页。

[2] 张汉熙主编《高级英语》（第三版）重排版，外语教学与研究出版社，2017，第247页。

第三节 "康巴作家群"诗歌中的自然生态思想

康巴作家群作家的诗歌中的自然生态思想主要包括以下几个方面的内容：第一，康巴作家们如何看待现代文明发展对生态环境的侵袭和毁灭；第二，康巴作家们在作品中对待自然的态度；第三，人类跟除人类以外的自然，比如花草、鸟兽、森林、原野的关系是如何表述的。本节将着重讨论康巴作家群诗歌作品中所表现的现代文明与原始自然、人类与动物的关系。

一、现代文明侵袭的忧虑

随着经济的不断发展，人类现代文明的演进也越来越剧烈，然而人类对自然关系认识的局限性，造成人类肆无忌惮地对大自然进行疯狂的开采，从而导致自然环境遭到严重的破坏，生态环境面临严重的失衡。人与自然关系的再认识就成了人类可持续发展的必要条件，而文学创作是意识形态的重要组成部分，因此，作家们就承担起了呼吁人们保护自然生态环境的责任和义务。康巴作家群的作家们，从生态整体意识出发，创作了具有人类普世价值意义的诗歌作品，比如对现代文明侵袭的忧虑、对藏族同胞表现的人与自然和谐共生的赞美、对敬重自然思想的讴歌等。

列美平措，著有诗集《心灵的忧郁》《孤独的旅程》《列美平措诗歌选》，曾荣获第二届四川文学奖，第一、二届四川少数民族文学奖，第五届全国少数民族优秀文学创作"骏马奖"，共写了 145 首诗歌（这一数据是笔者依据列美平措的 3 部诗集统计而来）。列美平措是康巴作家群诗人中最具有代表性的作家之一，其诗作在康巴地区也是比较有影响力的。列美平措诗歌中的大量诗句都表现出对自然环境遭到破坏、动植物的生存受到严重威胁的忧虑。正如邱婧论述的，"列美平措的诗歌显然超越了单一的族群意识，并表达了自己的生态危机意识"①，然而邱婧却没有对其作品的主要观点进行论述。

在《列美平措诗歌选》中，列美平措以康巴高原的神山圣水、花草树木、鸟兽家禽等高原特有景观和物种为书写对象，既讴歌了康巴高原美丽壮观的自然景色，康巴藏族人与自然和谐相处、和睦共生的生态景象，又批判了现代文明发展带给自然环境的严重破坏，专辑《圣地之旅》便是最好的例证。《圣地之旅》共有诗歌 30 首，大部分诗歌都在描写自然或跟自然相关的内容，表现出了列美平措对环境遭到破坏的忧虑。《圣地之旅》第三首，诗人将牦牛作为民族图腾，开篇点出他逐渐明白了祖先图腾的意义所在，首先赞美了高原美景，然后歌颂了生活在康巴大地上坚韧不屈的人们，"我沉浸于高原纯真的柔情 / 微风抚慰湛蓝如海的天空下 / 羊群如波浪般涌流而去 / 这时候牦牛坚定的步子 / 在草地雪山上走过来 / 作为图腾它当之无愧 / 在它健壮身体庇护下的土地 / 生存着更加坚韧执拗的人民"②。紧接着，诗人笔锋一转继续写道，"它的思考有比我们深刻很多的内容 / 如今沙漠驱赶着荆棘追逐绿洲 / 牦牛舌尖划破的血液 / 没有让牧草返青却让野兔和草鼠 / 增强了迅速繁殖的能力 / 邦扎花的根系悬浮于失去泥土的草皮 / 哦牦牛高原的舟楫 / 没有了草原你将驶向何方"③。诗人以质朴的语言、饱含深情的诗句描写了草原遭到破坏的画面，草场植被的破坏导致草原迅速沙化，从而严重威胁到"高原之舟"牦牛的生存状态。在诗歌的结尾部分，诗人深深地表达了他的

① 邱婧：《1980 年以来少数民族汉语新诗的世界性》，《扬子江评论》2017 年第 1 期，第 21-25 页。
② 列美平措：《圣地之旅》，作家出版社，2021，第 233 页。
③ 列美平措：《圣地之旅》，作家出版社，2021，第 234 页。

理想和渴望，"我相信／我们的渴望／是生灵对草原最深刻的渴望"①。渴望有一片植被茂盛、生态良好的绿洲大地，在这里，一切生灵能够生息繁衍。《圣地之旅》第九首同样表达了诗人的生态忧患意识，"沿河谷溯流而上／两岸有无数的村庄和牧场／空气中有青稞的香味／从山脚缓缓斜上的牧场／长满了碧绿的莎草和禾草／放牧的姑娘编织野花的草帽／雪水中淘金的汉子甩动汗珠／我的视线所及有招展的经幡／让人亲切的是随处可闻的桑烟……／我歌唱，灵魂可靠的归宿／我赞美，心灵安睡的憩园"②。河谷、村庄、牧场、青稞、禾草、野花、草帽、姑娘、汉子、经幡、桑烟，这些高原景象汇集成一幅美丽的草原生活图景，这样的美好图景确实构成了灵魂的归宿和心灵的憩园。可是在诗歌的末尾，诗人笔锋一转，写出了草原所面临的困境和灾难，"这一切总该避开眼前的灾难／春天吞没牛羊的大雪牧人的眼泪／秋季铺天盖地的沙石沙化的牧场／我默默祈祷真有神灵的力量／它在我的梦中一次次出现／我真诚希望有好运自天而降／我仿佛看见一场风雪之后／绿茵就在草地迅速蔓延开来"③。面对草原植被破坏、草场严重沙化、生态环境不断恶化，诗人只能通过祈祷的方式祈求神灵赐福于人类，希望能恢复草原的生态平衡，恢复草地绿茵、植被茂盛的生态面貌。

在《圣地之旅》第二十一首中，列美平措是这样描写的："仰望天空沉默的祖先／仰望雪山上盛开不败的图腾／我们为干涸的河道忧伤。"④水资源短缺的问题不仅发生在内地区域，就连"江河之源"青藏高原也面临着河水枯竭、河道干涸的生态困境，当诗人看到康巴高原上河水渐渐枯竭、河道显露的时候，他为此感到忧伤和叹息。在《圣地之旅》第二十七首中，诗人将生态遭到破坏的愤疾之情表达得更加直白和真切。"脚下的草地旱獭和草鼠肆虐泛滥／根根草茎被啃噬／悬空的草叶伸着挣扎的手……／迁徙牛羊的四蹄深陷洞穴／翻卷的黄沙拖没牧人的希望／说什么草木绿化不让土地荒芜／说什么保护生灵不让珍奇灭绝／旱獭和鼠的利齿啃噬着／渗透到比我们语言描

---

① 列美平措：《圣地之旅》，作家出版社，2021，第234页。
② 列美平措：《圣地之旅》，作家出版社，2021，第245页。
③ 列美平措：《圣地之旅》，作家出版社，2021，第246页。
④ 列美平措：《圣地之旅》，作家出版社，2021，第270页。

绘／还要更深的地层／繁衍并让它们的子孙茁壮成长。"① 诗人生动形象地描绘了草原上旱獭、草鼠对草地的破坏。疯狂繁殖的旱獭和草鼠啃噬草茎，草叶枯萎，牛羊脚蹄深陷洞穴，黄沙淹没草原，草地沙化，生灵灭绝。对此番景象，诗人在下一节中做了回应，"我们也为草地的结板叹息／我们也曾阻止向草地疯狂的摄取／更多时刻我们以沉默显示良知／牧人却垂着泪赶着牛羊／把帐篷扎在更高更远的地方／黄沙催动枯草在他们的身后欢愉舞蹈"②。尽管"我们"也为草地结板叹息，也曾阻止向草地疯狂的摄取，但是显得力不从心、鞭长莫及，更多的时候是以沉默替代了呼吁和采取行动，才会有黄沙在草地上欢愉舞蹈的景象。可见，通过细致入微的描写，诗人对这般凄惨衰败的草原景象进行了大声疾斥，谴责了人们对草原草场的破坏，呼吁人们采取积极的行动保护草场植被和生灵物种，还草原以生态。在《圣地之旅》第二十首中，诗人同样描写了环境遭到破坏之后，现代人类共同面临的自然灾害，比如裹挟而去的风暴、狂风不止的城镇、全球气温的升高等，而人类对频繁发生的自然灾害却表现得适应自如，诗人为此表示担心和忧虑。

现代文明的演进和发展一方面给人们带来了生活的便利，另一方面却对自然环境造成了毁灭性的打击。社会现代性的发展体现的是单独个体在社会集体中找寻的人自身价值和意义的过程，列美平措向我们展示了在现代社会发展中，"人"体会到的无所适从的感觉："躁动的身躯却渴望平静／所有道路的方向／都通往那个令人烦腻不堪的城市／于是摆脱摇晃不定的心境／就成为离开故乡的唯一理由／向西向西向西／西方的人烟稀少／向西向西我拼命向西／寻找一片洁净无污的圣地"③。可见，在诗人的眼中，在现代化进程中，快速发展起来的大城市让人烦腻不堪，在物欲横流的现代化大都市，在钢筋水泥筑成的笼子里，人们的内心受到侵蚀、心灵受到折磨，从而完全迷失了自我，在这种情况之下，唯有一路向西才能寻找到心灵归途、灵魂所在。

---

① 列美平措：《圣地之旅》，作家出版社，2021，第282页。
② 列美平措：《圣地之旅》，作家出版社，2021，第282页。
③ 列美平措：《列美平措诗歌选》，四川出版集团／四川民族出版社，2004，第160页。

在《许多的景致将要消失》中，列美平措表达了现代旅游业兴起对高原自然环境带来的破坏的忧虑，"既然还有美景没被发现／对此，我们庆幸万分／它或许得以生命的延伸／对于酷爱探险的勇士／我们不知该崇敬还是憎恨／总是他们的步履涉过之后／所有的风景都要消失"①。我们人类应该对未被发现的自然美景感到万分庆幸，因为这是对自然环境最佳的保护方式。"酷爱探险的勇士"实际上就是指打破自然之宁静的破坏者，他们所到之处，必将损坏自然之美景。这也表明了诗人对现代文明发展旅游业的担心和忧虑。在列美平措笔下，像这类表达对现代文明侵袭忧虑不安的诗歌还有《老屋》《蔚蓝》《浮躁》等等，这种忧虑的另外一种表达方式就是对美丽和谐的高原生态图景进行赞美和讴歌，这点将放在下一部分进行论述。

对现代文明侵袭的忧虑在藏族诗人梅萨的笔下也有直截了当的刻画。在诗歌《一个人的夜晚》中，梅萨运用凝练直接的语句，将保护环境和保护高原物种的情感表现得淋漓尽致：

今晚，我面对一樽铜镜，夜上浓妆

为的是苦苦思念一个至圣的高原

镜中我看见自己

手持一枚断残的松枝

以雪为墨　以石为砚

镜中的我为何如此憔悴？

我用苦涩的忧愁和无尽的自责

把自己灌得酩酊大醉

守不住雪山，守不住帐篷

守不住只容五尺身躯的天葬台

① 列美平措：《列美平措诗歌选》，四川出版集团／四川民族出版社，2004，第25页。

以至让一只嗷嗷待哺的藏獒

在异族他乡的铁笼里相思成灾

我无颜至亲的祖先和世代轮回的家园

只有目不转睛地注视渐渐空洞的山脉

和断流的江河

谁在历史的暗处击鼓呐喊

挖掘机、搅拌机、装载机……

坚执而顽固

把与我患难共苦的泥土和石头粉碎捣毁

仿佛在几小时内把整个世界重新组合①

  诗人运用悲伤的口吻，描写了"我"对至圣高原的思念和眷恋，诗中的"我"面容憔悴，心里充满了忧愁与自责。随后，诗人阐释了使她忧伤的原因，"守不住雪山"是因为全球变暖，气温升高，雪山逐渐消融了。"守不住帐篷"也是因为人类长期不合理地利用草原物资，草原生态系统功能失调，草场退化，使得牧人不得不驱赶着牛群去寻找别的草场。接着诗人运用拟人的手法描写了被困在笼子里的嗷嗷待哺的小藏獒对故乡亲人的思念与牵挂，通过对典型的高原动物藏獒的描写，揭示人类对动物的贩卖和屠杀。在诗歌的后两行，诗人写了被挖空的山脉和过度开采导致的江河断流的现实场景，看到这一切自然变化以及环境恶化，诗人除了目不转睛地注视与凝视，别无他法，这也表达了诗人对人类毫无底线过度开发大自然的批判。在诗歌的第三节中，诗人直截了当地写到了挖掘机、搅拌机、装载机等重型机械设备在现代文明发展进程中对生态环境以及人类居住环境的影响和破坏，这些机械设备不仅粉碎捣毁了泥土和石头，诗人的心也跟着泥土和石头一起被这坚执而

---

① 梅萨：《半枝莲》，作家出版社，2016，第 41-42 页。

顽固的机械设备给捣毁了。同样，诗人马迎春的诗歌《小树林》也表现出了对现代文明侵袭的忧虑和批评：

> 小树林刚在晨光中睁开眼睛
>
> 混凝土就气势汹汹，铺过来
>
> 光是铁铲、斧头、电锯，一路呼啸，扑向树林
>
> 接着挖土机、推土机、铲土机，攻向它下盘
>
> 春姑娘正在山上做客，她的花旗袍晾在山坡
>
> 她还将几串鸟鸣，挂上松枝
>
> 轰隆隆的巨响，那些花儿，穿着红裙子、白裙子、黄裙子
>
> 四散惊逃，无处可逃
>
> 只一口，挖土机就啃下一块春色。
>
> 推土机
>
> 推着那些残骸，把春天越推越远。[①]

马迎春，笔名谷语，"八〇后"新生代康巴作家群作家，擅长诗歌，著有诗歌集《遥远的村庄》，在《人民文学》《诗刊》《人民日报（海外版）》《星星》《星火》《西藏文学》《绿风》《鹿鸣》等刊物上发表作品数百首（篇）。马迎春大多以康巴高原的自然物象为书写对象，给读者呈现了独特、美丽、原生态的康巴自然景观。

春意盎然的小树林里，随着春姑娘的到来，鸟儿在树林里鸣叫，五颜六色的花儿竞相开放，多么美妙的自然春色。然而当小树林在晨光熹微中睁开眼睛的时候，混凝土气势汹汹地迎面扑来，重型机械推土机、挖掘机、铲土机、铁铲、斧头、电锯一路呼啸，打破了春的宁静与祥和，轰隆隆的巨响声

---

① 马迎春：《遥远的村庄》，四川党建期刊集团/四川民族出版社，2016，第120页。

惊散了花朵和鸟儿，推土机一口一口地啃噬着片片春色。在此，马迎春用拟人的手法把春天美丽的景象跟被人类用重型机械破坏后的景象进行了对比书写，表达了诗人对现代文明侵袭的批判和对环境破坏的忧虑，与此同时也呼吁人们采取积极的行动应对环境污染、生态保护问题，守护人类赖以生存的家园，体现出了深刻的生态思想。

二、人与自然的和谐相处

诗歌大多采用古老但又常见的对照手法对人或物进行抒情言志，进而表达诗人的精神境界和思想意识。在生态诗歌中，诗人往往通过两种画面的对照描写来表达生态意识，一是对自然环境破坏后的描写，二是对美丽和谐的原始自然现象的描写。康巴作家群作家的诗歌恰好也运用了相同的写作手法，一方面批判了现代文明发展造成的自然生态环境的破坏，另一方面通过大量描写自然景观来表达诗人们对康巴高原美丽和谐的生活图景的热爱和赞美。上一部分论述了诗人们对现代文明发展带给康巴高原环境的破坏的忧虑，这一部分将着重讨论康巴作家群作家诗歌作品对自然的热爱和赞美。

康巴作家群的诗人们以康巴高原的神山圣水、花草树木、鸟兽家禽等高原自然景观及物种为书写对象，高度赞扬了康巴高原美丽壮观的自然景色，歌颂了藏族人与自然和谐相处的美好图景以及藏族人一贯秉持的"天人合一"的生态思想，其中列美平措的诗歌最具代表性，在《蓝天牧人葬礼》中他是这样描写的：

当最后一只鹰鼓翅离去

牧人就完成了升天的宿愿

蓝天总是遣洁净的白云

拥抱来自草原的魂灵

从降生的第一天起

牧人就神往蓝天了

蓝天赐女人以温柔的眼睛

蓝天赋男人以宽广的胸襟

牧人的心是破壳而出的小鸟

渴望永远系在高飞的翅膀

草地的男人叫尼玛①

从不会节制扩展生命的绿茵

划出一道道草原的经线

草地的女人叫达娃②

看似娇柔而蕴藏无穷的坚韧

默默地穿梭草原的纬线

蓝天是辽阔而高远的

牧人的心比蓝天更辽阔

生是为了同日月一起

把浓烈的爱泼洒人间

就是死也这样裸着

不带一棵草一粒土

筋骨血肉连同名字一起交给鹰

只让灵魂属于自己

让它去任意放牧的蓝天③

---

① 尼玛：太阳。

② 达娃：月亮。

③ 列美平措：《列美平措诗歌选》，四川出版集团/四川民族出版社，2004，

第 155 页。

从诗中可见，诗人将人与自然紧密地联系在一起，牧人出生在草地，从出生那天起，牧人就神往蓝天，而死亡以后，鹰将牧人的躯体带上天空，任灵魂飞向"任意放牧的蓝天"。蓝天赐予女人温柔的眼睛，蓝天赋予男人宽广的胸襟，草原的男人叫太阳（尼玛），努力扩展生命的绿茵，划出一道道草原的经线。草原的女人叫月亮（达娃），娇柔而坚定不屈地编制着草原的纬线。草原上的男人跟女人就像地球仪上的经线跟纬线一样，他们共同创造着属于康巴高原的神话和故事。蓝天之下，草地之上，藏族人诗意地栖居。这是藏族人对生命本体的向往和憧憬，对完美灵魂的诠释和寄托，体现了从容、豁达、开朗、淡然的民族精神内涵。在《诞生》中，诗人同样描写了康巴驮脚汉在大自然的陪同下诞生的过程："一个风雪的黎明 / 在一座牛毛帐篷的火塘边 / 我诞生了 / 第一声啼哭，盖过 / 狂风的呼啸，穿越 / 比牛毛还沉的黑夜 / 这是我的第一支歌 / 催开三月雪压下 / 簇簇迎春花 / 山丘，绿草和小溪 / 风雨，雷电和冰雪 / 都来参加评定 / 鹰 / 驮着它们的结论 / 盘旋在高高的蓝天 / 宣告一个男子汉 / 一个驮脚汉的诞生 / 野鸽疾速飞翔 / 把一个牧人的名字注册 / 于是，在草原的胸怀里 / 从此有了一片 / 属于我的蓝天。"[1]在狂风、黑夜、三月雪、迎春花、山丘、绿草、小溪、风雨、雷电、冰雪、鹰、野鸽的陪伴下，康巴驮脚汉诞生了。从此以后，驮脚汉在草原宽阔的胸怀里，在属于自己的蓝天下，健康快乐地成长，这体现了藏族人与自然相宿相栖、和谐共生的生态理念。藏族文化主张人类与自然建立一种善意和解、万物平等的关系，人并非凌驾于自然之上，人从自然中来，终归于自然中去，自然是文明的孕育者，地球是我们生存的唯一家园，极大地体现了人与自然和谐共生的思想。

康巴地区地处横断山区的大山大河夹持之中，人杰地灵，山川秀丽。这里巍峨峭拔的冰山雪岭、澄澈湛蓝的高原湖泊、奔涌腾跃的急流大川、牛羊遍布的辽阔草原、绚丽多彩的民族文化，无不令人耳目一新、神往流连。世世代代的康巴汉子和藏族姑娘在这里与自然休戚与共、相依为命，从

---

[1] 列美平措：《列美平措诗歌选》，四川出版集团 / 四川民族出版社，2004，第 119 页。

而形成了心怀谦卑、人与自然和谐共生的生态伦理思想。在《圣地之旅》第二十九首中，诗人就刻画了人与自然和谐交融的美丽图景：

在康巴高原的腹心地带

那些沉默如蛇的岩石

也开始向我展示它们的微笑

我的声音同岩石的声音交融

草地与山网之间是平缓的河流

风从河面吹来

像一个老妇的叮咛

清澈的水中

幸福的鱼儿身上长着美丽的花纹

那是草地野花的颜色

我像候鸟一样反复往来于季节

许多的旋律汇集起来的激情

飘荡回旋在康巴的每一个角落

我的心灵由此深入到每一片天地

我的笔端由此流淌出更多丰厚的诗行

我的朋友希望的喉咙窒息

高原夏日的幻想将要吹醒你的肉体

拉着我的手吧让我们围在牛粪火旁

讲述高原生灵的不朽传奇①

---

① 列美平措：《列美平措诗歌选》，四川出版集团／四川民族出版社，2004，第 219 页。

在远离尘嚣的康巴高原，沉默的岩石向着人们微笑，岩石发出的声音与诗人和谐地交流，河风的声音就像老妇人的叮咛，给人谆谆教诲，长着美丽花纹的鱼儿在清澈的水中欢腾地游玩，在这美丽祥和的自然景象中，诗人像候鸟一样反复往返。在此，诗人运用了拟人和比喻的修辞手法，将身处康巴大地的岩石、河风、鱼儿拟人化描写，刻画出了人与自然共通共融、和谐相处的美好画面。接下来，诗人笔锋一转表达了大自然对他文学创作的影响和启发，康巴高原上大自然的蔼然可亲带给了诗人创作的灵感和写作的源泉，当诗人的心灵深入高原的每一片天地，他的笔端就会流淌出更多丰厚的诗行，从而谱写出高原生灵不朽的传奇故事。在《圣地之旅》第十八首中，列美平措描写了自然给予诗人写作的力量："在我的生活中还能残留一支笔／黄昏的落日一定分外美丽／夜晚散发着潮湿清凉的气味／草地上纷乱庞杂的脚印／在月光下异常清晰／仿佛让我们的生活明确许多／雪山如一位远来的智者／看透我内心隐秘的思绪／在他智慧的光芒注视下／我的头颅被一股清泉导引／涌出一些精辟绝伦的诗句／拥有一片哪怕很小的天空／一定让我们的翅膀飞翔自如／像我们的笔尖／在某种思想的驱赶下／就会达到一个深邃的境界／而我们时常不理解天空的含义。"[1]黄昏的落日、清凉的夜晚、草地上的脚印、月光的指引都能让人们更加明确生活的方向。雪山犹如远道而来的智者，在他的智慧光芒的注视下，头颅像被清泉引导，创造出精辟绝伦的诗句，雪山带给诗人灵感和创作的源泉。

在《风常截去阳光的热量》《高原的太阳》《旱季希望的烦恼》《寻找仓央嘉措》《高原的季节》《秋天不愿离去》中，列美平措以太阳作为书写主题，歌颂赞扬了太阳的无私和带给人积极向上的精神力量。"太阳从来都是温柔善良／重要的是你所在的位置／太阳并不吝啬能量／让所有被他普照的人们／感激并五体投地。"[2]简单又富有生命力的描写，表达了太阳对大地无私的爱。在《高原的太阳》篇什中，列美平措直接以"太

---

[1] 列美平措：《列美平措诗歌选》，四川出版集团／四川民族出版社，2004，第197页。

[2] 列美平措：《列美平措诗歌选》，四川出版集团／四川民族出版社，2004，第15页。

阳"为题目，盛赞了高原太阳带给人们的温暖："透过我们的衣衫 / 进入我们的身体 / 温暖并散失我们的力气 / 这个时候任何的运动 / 都会让我们恐惧如毒蛇 / 草地安睡小草摇曳于风 / 很难想象此刻 / 我们的头脑会有烦躁的记忆 / 唯有恋人的目光 / 不受任何的阻拦 / 令我们涌起某一种情绪 / 在高原的阳光下 / 一切都纯净又自然 / 如我们相遇微风的时候 / 额际的发丝轻拂 / 我们关闭理智的门 / 享受这种绝妙的舒适 / 这个时候 / 我们总是把自身一同忘掉。"①高原的太阳透过衣衫穿过身体带给人们温暖的气息，纯净而自然的高原大地，在阳光普照之下，带给人绝妙的舒适。此情此景，总能让人丢掉烦恼、忘却自我，尽情地享受大自然带给人们的美好。在诗歌《这个时刻》中，诗人仍然描写了大自然带给他的轻松与快活："鸟的几声鸣叫 / 荡去所有的烦闷 / 时间停滞下来 / 躺在松软的草滩 / 闭上眼睛 / 这个时刻 / 我很轻松地活着 / 这个时刻 / 人确实比神仙快活。"②鸟儿的鸣叫声抹去了人的烦恼，躺在松软的草滩上，使人感到生活的轻松和无比的快活。此时此刻，诗人运用了比较的写作方法，将草原生活比作神仙生活，甚至比神仙还快活的生活。

在列美平措的诗歌中，他始终追寻宁静祥和的心灵状态，反复强调个人对宁静的渴求与渴望，这也是他一直寻找的最终的"圣地"。所有的外在事物最终将指向并作用于人类的内心世界，不管是追求个人创作的修行，还是天人合一、众生平等的生态思想，最终都是为了心灵获得宁静、灵魂得到安息。因此，在诗歌中，诗人不停地前行和追问，以期获得内心的安宁："沉浸于树林和溪边的宁静……/ 对宁静处所的渴求 / 就成了永不可及的愿望。"③"在远方起伏的群山凝视以后 / 心绪也渐渐跟随线条平息下来 / 天总是蔚蓝或有几片云朵 / 心也就逐渐宁静而平和 / 随着生命一天天地衰老

① 列美平措：《列美平措诗歌选》，四川出版集团 / 四川民族出版社，2004，第 37 页。
② 列美平措：《列美平措诗歌选》，四川出版集团 / 四川民族出版社，2004，第 37 页。
③ 列美平措：《列美平措诗歌选》，四川出版集团 / 四川民族出版社，2004，第 194 页。

087

/ 对宁静的渴望就会越来越强烈。"① 可见，现代社会已经给诗人带来了心理上的厌恶和反感，他一次又一次地追问，一次又一次地远离城市和人群，寻找心灵的"圣地"，一片丰茂可期的精神家园。

窦零是康巴作家群诗人作家中创作成果丰硕的作家之一，正如史映红所说，他的诗作蕴含着特有的禅意或者说哲学意蕴。窦零的诗作充满了对康巴高原绮丽风光的歌颂和赞美。在诗作《新路海》中就以高原海子新路海为书写对象，对其周围的自然风光进行了惟妙惟肖的描写："群山 / 因这一池蓝蓝的海子 / 灵性活泼了 / 海中的云 / 云中的海 / 万物在蓝白绿构筑的祥和中 / 与神灵共舞 / 天在上 / 雪在上 / 海子在上 / 洁净在上。"②群山在海子的陪伴之下变得灵动又活跃，万事万物在蓝天、白云和绿树的构建中变得吉祥与和谐，一切都是那么洁白、明净。康巴地区的山林树木、草场牧地、湖泊溪流都已经融入了善良、质朴的藏族人民的生命里。在这片纯洁、神奇的土地上，藏族人与花草鸟兽、山川河流同呼吸共命运，他们能够感同身受地体会到动植物的疼痛与忧虑，用心呵护着它们的生命，悉心保护着赖以生存的地球家园，从而才会出现与神灵共舞的美好画面。窦零对家乡山水了然于怀的描写，传递了诗人对家乡康巴高原深厚的情感和发自内心的热爱之情。在《极地》中，窦零对高原故土进行了深刻的描写："这里是极地 / 是世界的边缘 / 森林从第一道地平线上消失 / 倒长的古树 / 在地层下伸开欲望的枝丫 / 亚白的石灰岩 / 用神秘的皱纹注明 / 祷告的法号响了 / 灵魂与肉体被译成密码 / 在鹰翅上拍发 / 时间在回旋 / 空间在重叠 / 朦胧的白云遮住了一切 / 极地的石灰岩密密麻麻的沟纹 / 纠缠着，无尽止地伸延。"③在诗行中，诗人运用简洁、形象的语言，以森林、古树、石灰岩、白云等自然物为书写对象，描写了高原极地的亘荒和苍凉。诗歌的后半部分是对藏族习俗天葬的再现，在藏族的文化中，鹰是神的使者，展翅高飞的鹰带着亡灵的肉体飞向蓝天，寄托了藏族人民对生命不朽的渴望，是藏族人民对灵魂不灭、轮回往复的深

① 列美平措：《列美平措诗歌选》，四川出版集团 / 四川民族出版社，2004，第 169 页。
② 欧阳美书主编《康巴作家群评论集 II》，作家出版社，2019，第 521 页。
③ 欧阳美书主编《康巴作家群评论集 II》，作家出版社，2019，第 526 页。

刻诠释，也是亡灵与躯体回归自然的独特体现，表达了藏族文化中天人合一的生态思想。

　　蓝或高原蓝，是马迎春诗歌中出现得最频繁的词组之一，也是对青藏高原天空书写的最直接的表达。其中，发表在《星火》杂志上的《蓝》就直接、纯粹地表达了高原蓝天的至纯至净："多少次，我注目这纯粹、深远的蓝／群山之上，宁静的蓝色丝绸／带着天堂的闪光／倒映尘世的草木、峰峦、沟壑与芜杂／面对惊心动魄的蓝，万物收敛了喧哗／连一只鸟也尽量低飞，似乎／担心翅膀的欲望会擦伤天空的清纯／我在一块石头上坐下，蓝，那么近／仿佛一伸手，就可掬一捧，浇到布满尘埃的头上／仿佛一纵身，就可跳入那浩瀚的蔚蓝／就这么坐着，什么也不需要说，它就懂得了／一棵草木承受的伤害／就这么坐着，魂魄就渐渐得到了修复／像母亲温柔的怀抱，止住了内心的滂沱"[1]。诗人以蓝为主题，书写了高原天空的与众不同，这是纯粹、深远的蓝，这是惊心动魄的蓝，这也是浩瀚天体的蔚蓝。面对这片浩瀚的蔚蓝，万物收敛了喧哗，就连鸟儿也不高飞，担心高飞的翅膀会擦伤天空的清纯。置身于高原的人，与蔚蓝的天空离得那么近，仿佛一伸手，仿佛一纵身，人就能融入浩瀚的蔚蓝之中。诗的结尾处，诗人把青藏高原天空的蓝比作母亲温柔的怀抱，它懂得草木的悲伤，能够修复受伤的魂魄，能够止住内心的伤痛。在诗歌《新都桥之秋》中，诗人描写了天空的蓝："瓦蓝的天空，像大海悬在头顶。"[2]在《溪水滋养两岸山色》中，诗人同样使用了"瓦蓝瓦蓝的天空，大叶杜鹃开放"[3]。在《康定》中，诗人再次描写了天空的蓝："四月进城，我惊讶于她的清和静／宛若处子，裙裾铺开在雪山／被白云擦洗过的天空蓝如水晶。"[4]蓝色是天空至纯至净的本色，然而在现代社会工业发展的进程中，大量的废气排放，对空气造成了严重的污染，PM2.5充斥在空气当中，从而导致蓝天被遮挡。因此，当我们置身高原，看到纯洁干净的蓝天时，就有了更高的期待和神往，可以说天空的蓝是青藏高原

---

① 马迎春：《蓝》，《星火》2019年第5期，第58页。
② 马迎春：《遥远的村庄》，四川党建期刊集团／四川民族出版社，2016，第46页。
③ 马迎春：《群山之间》，团结出版社，2020，第70页。
④ 马迎春：《群山之间》，团结出版社，2020，第94页。

这片净土中自然之美的最直接、最简单的呈现。

在诗歌集《遥远的村庄》中，马迎春特意用了一辑的篇幅来描写康巴高原美丽壮观的自然景象，对康定、折多河、新都桥、塔公草原、八美小镇、色达、大渡河、纳木错等地进行描写，充分描绘了康巴高原自然风景的至纯至真。"四月的康定，我惊讶于她的清和静 / 宛若处子，裙裾铺开在雪山 / 被白云擦洗过的天空蓝如水晶 / 街道被经文洗了又洗，很干净 / 五色经幡，片石经，岩壁上的佛画、咒文 / 还有大大小小的寺庙 / 这里红尘不沸腾 / 走过巷子的脚步，不浮躁……"[1] "新都桥，318 国道上的一幅水彩画，或者 / 喇嘛手上捻来捻去的一颗佛珠……白杨树枝，悬挂着 / 日落时分的灿烂和宁静 / 美景中的美景，一年一年 / 慕名而来的人，用相机，把新都桥 / 带至四面八方。"[2] "要看草原，就看八美的草原 / 要看天空，就看八美的天空 / 八美的夜色，是被马匹驮来的 / 夕阳掉进草丛后，星星就落了一地。"[3] "草丛里丝丝晃动的光线 / 是恋人扑闪的睫毛 / 露珠忽闪着眼睛 / 撕裂暗夜的迷雾和彷徨 / 清晨的额角，别着鹅绒花 / 一切纯净，明朗而水灵 / 热烈的马蹄声亦从露水里醒来 / 经幡的远景 / 做早课僧侣朗然的诵经声 / 飘出寺庙金顶 / 牧人走出毡房到草原深处 / 这样的清晨 / 这样如恋人般的清晨啊 / 我愉悦又如草原般空落。"[4]可见，马迎春以自然物景为描写对象，用清新、淡雅的文字真实刻画出了康巴高原湛蓝的天空、纯净的河水、多彩的树林、灿烂的落日、繁星满天的夜空、宛如睫毛的露珠、朗然的诵经声和恋人般的清晨，一方面颂扬了高原自然物景的纯与真，另一方面给读者呈现了一幅幅美丽动人的高原景色。

在诗歌《雪域之歌》中，马迎春从全局出发，对雪域高原的一花一草一石一鸟做了细致入微的描写：

---

[1] 马迎春：《遥远的村庄》，四川党建期刊集团 / 四川民族出版社，2016，第 39 页。
[2] 马迎春：《遥远的村庄》，四川党建期刊集团 / 四川民族出版社，2016，第 41 页。
[3] 马迎春：《遥远的村庄》，四川党建期刊集团 / 四川民族出版社，2016，第 43 页。
[4] 马迎春：《遥远的村庄》，四川党建期刊集团 / 四川民族出版社，2016，第 48 页。

我是板块与板块间碰撞而愤怒的隆起

背负着远古的涛声和翻滚的马蹄

我从沧海站成不可企及的高度

信仰和经文支撑起的王国

万年冰川凝结沸腾的火焰

我是四通八达的辽阔和悲壮

我是福祉，我是灾难

我是千里荒原捧出的一朵雪莲

我是万盏闪亮的酥油灯

我是千年不变的希望和痛苦

经幡的布景，玛尼石堆起的虔诚

转山转水，我是离天最近的纯洁

《格萨尔》若满月矗立在雪山之巅

茶马古道串成的历史，恍若悠远的风铃

唐卡贴着生活，炊烟升起血脉

我不是绵软的小令，是豪放的长调

我不是幽怨的笛箫

是撼天动地的莽号和铁琴

是牦牛驮起的风雪和黑夜

是坚韧和鼓突的肩膀扛起的黎明

我有藏刀的豪情和莽撞

我有迷人的贝齿和红晕

我有好客的青稞酒和处子般的湖泊

还有妩媚的格桑花

和草丛间睫毛一样扑闪的光线①

在诗歌中，马迎春运用第一人称"我"从全局出发书写了雪域高原的辽阔与壮丽、慈悲与虔诚。通过对高原山石、草地、经幡、玛尼石堆、转经筒、茶马古道、唐卡、炊烟、莽号、铁琴、牦牛、藏人、藏刀、青稞酒、湖泊、格桑花、草丛、雪山等具体物景的真实描写，细说了雪域高原具体美在哪些方面。从整体到局部、从宏观到微观，从大到小的写作方式，让读者对雪域高原的壮与美有了整体性的把握。

除马迎春外，另一位康巴作家群作家欧阳美书，同样擅长写诗歌，著有诗集《诗歌练习簿》《青藏》等。诗集《青藏》作为"康巴作家群书系"第三辑中的一本，共收录近100首诗歌，分为序歌、颂辞、地标、热爱、轻重、物像、吟唱、尾章八个部分。《青藏》不是一部简单写景抒情的诗集，而是一部敬畏自然、赞叹生命、歌颂人性的抒情诗。从书名可见，《青藏》是以青藏高原为言说对象，描写、赞美了生长在这片土地上的人和物。作为"世界屋脊"的青藏高原，占中国大陆总面积的26.8%，周围环绕着众多高山与峡谷，遍布着许多盆地和湖泊，孕育着长江、黄河、雅鲁藏布江、澜沧江等河流，可以说是大自然鬼斧神工创造出的奇迹。它高耸人间、胸怀辽阔、气魄宏大、亿年绵亘，是一片值得人人敬畏的热土。因此，欧阳美书在《青藏》中充分表达了对青藏高原的敬畏之情。在"序歌"中，诗人把洁白无瑕的雪视为引领之神，敬畏她的神秘和圣洁，"神的引领给人赐予和厚爱，神的引领不能让邪恶从人心中诞生，神的引领可以让两颗隔膜的心生长出关怀和友情，像天堂里，每一个生命都被热爱，每一样物件都被珍惜……"②可见，雪的洁白、无瑕、神秘与圣洁就跟神灵一般

---

① 马迎春：《遥远的村庄》，四川党建期刊集团/四川民族出版社，2016，第55页。
② 欧阳美书：《青藏》，作家出版社，2015，第8页。

指引着人们向善、乐施。在"颂辞"部分的第二首《只有开端没有终点》中，诗人描写了青藏高原普照万物的神光：

一缕晨光撕开天幕

是众神赐我的如锦云裳

那是我的瞬间，我的节奏

即使万物与大地

也跟不上我隆隆的脚步

我伟岸的身躯

挺拔在猎猎风中

令无数生灵

低下高傲的头颅

我禁闭的双唇，沉默的箴言

是阿修罗在天界的梵音

是众生的喜悦与膜拜

不知名的植物孢子

从荒原中探出娇弱的嫩芽

空中飞翔的精灵

在地上划过片片光影

一场大雪覆盖之后

又被万里春风吹散

从此，我有了一个骄傲的名字

> 我的骄傲源于众生
>
> 无法企及的高度
>
> 从此，我开始上演永恒的传奇
>
> 死亡与生存，颠覆与繁衍
>
> 只有开端，没有终点①

欧阳美书将青藏高原拟人化，用第一人称"我"来书写青藏高原的伟岸、生灵的神奇和无休止的生生不息。世上万物与大地都跟不上我隆隆的脚步，我伟岸的身躯令无数生灵低下头颅，我沉默的箴言是天界的梵音，是众生的喜悦和膜拜，青藏高原是普照万物的神光。在《我的命运与你紧紧相连》中，诗人再次描写了青藏高原的雄伟与高俊，给人间带来了奇迹："你的存在，就是一种至高无上的昭示 / 让沉默的大地 / 从此超越永恒和瞬间 / 你的存在，就是一曲充满力量的颂歌 / 让宇宙的生灵 / 从此低下高贵的头颅 / 是谁，将荒芜覆盖 / 让我的眼帘从此多姿多彩 / 是谁，将冷漠拥抱 / 让世界不再孤寂，生命从此温暖 / 是谁，超越海枯石烂 / 让单调的虚空有了曲折和柔软。"②诗句中，欧阳美书赞叹了青藏高原的巍峨，让大地沉默，让时间停歇，让宇宙谦逊，让万事万物从此低下高贵的头颅。青藏高原的存在就是一曲充满力量的颂歌，把柔情、温暖、生机、多彩、意志送达人间，让人间充满了生机与活力。在《在我的怀抱中沉寂》中，欧阳美书赞叹了青藏高原容纳万物的胸怀：

> 这是众生仰望的高度
>
> 这是造物主鬼斧神工的杰作
>
> 这是大自然珍稀圣洁的宝库

---

① 欧阳美书：《青藏》，作家出版社，2015，第 13 页。
② 欧阳美书：《青藏》，作家出版社，2015，第 18 页。

日月星辰在我的怀抱中沉寂

鱼虫鸟兽在我的信仰中诞生

我睥睨的视野

是众生绵延不绝的风骨

我纯净永恒的传承

是血脉指向灵魂

是万物回归本心

炙热的阳光穿越我的额际

弹奏着明亮温暖的圣曲

冷冽的月光铺满大地

因我的祝福从而庄严和神秘

冰与火的洗礼

灵与肉的交织

生与死的轮回

大道隐入厚重的云霓

真知洒向迷茫的人间①

　　作为"世界屋脊"的青藏高原，拥有众生难以企及的高度，那鬼斧神工的杰作、珍稀圣洁的宝库、日月星辰的沉寂、鱼虫鸟兽的诞生、明亮温暖的阳光、庄严神秘的月光和生生大道的轮回都在青藏高原的怀抱里实现。在"地标"中，欧阳美书对青藏高原特有的自然风物进行了描写和赞美，在《珠穆朗玛的雪》中，欧阳美书通过对珠穆朗玛雪景的描绘，展露了世界之巅的雪景让人为之动容，皑皑白雪让人感动得热泪盈眶，从而与天地同悲的场景，体现出人与天地的共生共荣。诗句"铺天盖地的雪，沿着高原

① 欧阳美书：《青藏》，作家出版社，2015，第 22 页。

的轮廓 / 纷纷而下"给读者呈现出了神韵悠远、至纯至真的生态图景。在《雅鲁藏布，在天空飞翔》中，欧阳美书描写出了雅鲁藏布江的恢宏磅礴、通天银川般的气质：

　　　雅鲁藏布，在天空飞翔

　　　满怀的激情，消融着恒古的荒芜

　　　头，深藏于云端

　　　脚，扎根于大地

　　　乱流飞溅八千里路云和月

　　　碧波串起村寨与古寺的勃勃生机

　　　没有人能盛下我的情怀

　　　最高的河，最高的山，最高的爱

　　　顺天地大势而起

　　　泽被万物

　　　没有人能丈量我的脚印

　　　羽翼展开，雷声隆隆，雪山飞崩

　　　我飞翔的身姿，簇拥着阵阵祥云

　　　我大美的秘密，隐藏在密林草丛

　　　我倾情的热爱，化身于青稞与酒歌

　　　雅鲁藏布，在天空飞翔的河

　　　白雪沿高山迎送

　　　花对顺溪流起舞

森林的欢呼，高低起伏

我倾其全部的所有

向南撒下甘霖

摇身一变成明媚江南

这是雅鲁藏布飞翔的密码

一万年过去了

甚至超越所有的时空

那条青藤依然在攀延上升

神奇的生命依然在天地间律动[1]

  雅鲁藏布江发源于西藏南部的喜马拉雅北麓的杰马央宗冰川，水能蕴藏量非常丰富，仅次于长江，这条河流可以说是藏族人民的摇篮，因为它一直哺育着两岸的土地，使它们变得非常肥沃。在欧阳美书的笔下，雅鲁藏布江就像一只雄鹰在天空中展翅翱翔，它头深藏于云端，脚扎根于大地，乱流飞溅八千里路带给流域两岸的村寨和古寺勃勃生机。雅鲁藏布江作为中国最长的高原河流、世界上海拔最高的大河之一，顺势而流、哺育大地、惠及万物，并且倾其全部向南方撒下甘霖，从而塑造了富饶、繁荣、婉约、清秀的"江南水乡"，这便是诗句体现的最高的爱。在诗歌集《青藏》中，欧阳美书对康巴大地高原物景的生生不息进行了书写，以第一人称的书写方式，将高原大地的高山大河、长风皓月等自然物象与人的感受融为一体，从而达到了物我相通、物我相连、物我相融的生态境界。

  总之，康巴作家群的作品大多是在抒发情感、为自然讴歌颂吟，作家们通过文学艺术的形式充分展现了藏族人民与自然万物和谐相处、众生平等、敬畏生命、尊重自然的生态思想。藏族人设身处地地从自然万物的角度出发，从整体上把握住自然规律，构建出人类与自然和谐共处、协调发展、相互依

[1] 欧阳美书：《青藏》，作家出版社，2015，第51页。

存、相互联系的生态整体观，体现了鲜明的生态哲学思想，这为促进生态整体主义的构建，为重构人与自然的和谐相处，为人与土地的同存共生提供了有益的参考。

第三章

『康巴作家群』作品
的社会生态思想

第一节 多元共生的康巴社会生活

生态研究的目的不仅是拯救人们赖以生存的大自然，而且还要还人性以自然，从而解决人际关系的异化和人与自我的精神失衡等问题，它的终极关怀是重建天人合一的物质家园和精神家园。马克思指出，生态危机的根本性问题要从解决社会生态问题出发，渐渐消除人与人的异化关系，是消除民族与民族、国家与国家间的利益冲突，只有这样，生态危机才有可能获得真正的解决。中国著名学者、生态批评家鲁枢元在著作《生态文艺学》中指出："人类社会越发展就越远离自然，工业文明的快速发展带来了科学技术的不断创新和进步，互联网、移动网络的使用本可以给人们的沟通带来更多便利，但是似乎人与人之间的联系却更加疏远了。"[1] 美国社会生态学家、社会生态学研究所创始人墨里·布克钦（Murray Bookchin）指出，现代生态危机的实质问题就是社会问题，产生的思想根源在于资本主义社会中人与人之间的关系危机，"无论你是否喜欢，几乎所有的生态议题都同时是一个社会议题，几乎我们今天面临的生态失衡问题都有着社会失衡的渊源"[2]。在《什么是社会生态学》一文中，布克钦明确表明："社会生态学之所以被称之为'社会的'，是因为它认

---

[1] 鲁枢元：《生态文艺学》，陕西人民教育出版社，2000，第145页。
[2] 墨里·布克钦：《自由生态学：等级制的出现和消解》，郇庆治译，山东大学出版社，2008，第21页。

识到一个经常被忽略的事实，即目前几乎我们所有的生态问题都是根深蒂固的社会问题引起的，如果不彻底地处理好社会内部的问题，我们就不可能看清楚生态问题，更不可能解决生态问题。"① 人对人的统治直接导致了人必须统治自然的观点。布克钦的理论表明首先是人征服和支配他人，然后把这种压迫性延伸到了人类社会之外的自然，因此人与人之间社会关系的异化是导致人类对自然工具化的直接原因。美国社会学家约翰·克拉克（John Clark）也认为："社会生态学是要摒弃在人类对自然的长期统治史中占主导地位的社会等级划分和二元对立的意识形态。"②

正是因为有了人与人之间的压迫和统治，形成了不和谐的社会关系，才产生了人剥削自然、压迫自然的社会现象，因此，要想彻底消除生态危机，人类首先得解决人与人之间的内部矛盾。人与人之间的内部矛盾主要体现在人与人之间关系的异化，民族与民族间、国家与国家间的利益冲突，等。对于消除诸如此类的人类矛盾和冲突，康巴作家群作家们在他们的作品中做了有益的尝试，其中达真是最具典型性的作家。在 2012 年，达真的长篇小说《康巴》荣获第十届全国少数民族文学创作"骏马奖"，著名作家阿来评论《康巴》时指出，《康巴》是民族融合的人性史诗，是爱的吉祥地。的确，小说《康巴》以同一主题贯穿三个发生在藏地的感人故事，使康定成为一个极具包容性的地方，不同文化、不同信仰、不同民族在这里从容和谐地汇集。

一、康巴地区的民族大融合

海纳百川，有容乃大。开放包容，筑就了康巴地区的民族大融合。《康巴》使用史诗般的叙述，将 20 世纪前半叶康巴藏地真实的社会生活淋漓尽致地展示给了读者。小说采用三线并进的叙述模式，巧妙地围绕这三条线索，在不同主题

---

① Murray Bookchin, *What Is Social Ecology*? . Michael F. Zimmerman(ed.). *Environmental Philosophy* . New Jersey: Prentic-Hall Inc. 1993, P354.

② John Clark, *Introduction of Social Ecology* . Michael F. *Environmental Philosophy* . New Jersey: Prentic-Hall Inc. 1993, P345.

的交错中展开故事情节，集中突出了当时社会面临的一个共同问题——民族大融合。在《康巴》中，达真开篇就描写了康定作为民族交汇地的大融合："传说中康定是诸葛出征时一剑成名之地，又是格萨尔烧茶的地方，名副其实的交汇地啊。如今这里又集中了佛教、伊斯兰教、基督教和汉地的儒、释、道的庙、坛，康定的包容性就如成都的一道名叫'杂烩'的菜。"① 康定作为汉藏交汇地，汉族、藏族、回族、彝族等民族杂居在一起，构建了多民族和平共处、和谐相融的社会生态图景。在《康巴》中，康定是万神齐聚的宗教汇聚之地，各路神仙都在这里云集，相安无事，有的庙中还专门塑有通事（翻译）神像，想必诸神之间也需要翻译交流。

在这里，各种各样的庙、寺、宫、观、祠、堂、坛、会更是数不胜数。藏传佛教的五大教派在康巴地区并驾齐驱、和平共处，谁也没有吃掉谁，相反，却是你中有我、我中有你，这可谓一大奇观。藏传佛教的格鲁、宁玛、萨迦、噶举、本波各大教派在炉城的寺庙有娜姆寺、金刚寺、安觉寺、萨迦寺、鱼龚寺、多扎寺、俄巴寺等。在安觉寺的燃灯节上，那上千盏纪念格鲁派创始人宗喀巴大师的元根灯就常常引来络绎不绝的观灯礼佛者。在伊斯兰教清真寺的唤礼楼上，会传出老阿訇的唤礼声；天主教中国康定教区的真愿堂、传习所、拉丁修院、修道院、真女院等，不知何时又响起了圣诞的钟声；基督教的康定内定会福音堂、安息会等也是信众众多；汉族人建立的大大小小的庙、宫、观、祠等就更多；此外还有私立康化小学、公教医院、藏文印刷所等。康定这个"大杂烩"用充满酥油味、牛粪味、茶砖味、菩萨味、神父味、阿訇味、关公味的混合味糅在一起，这充分体现了康定之大爱，体现了这片土地的大爱与包容。具有三百年历史的更登席巴家族第二十五代世袭土司云登，绞尽脑汁想建康巴宗教博物馆，希望把康定变为一块没有血腥和仇视的大爱之地，向世人展示康巴大地的包容与大爱②。而尹向东在《风马》中，也刻画了康巴寺庙中特有的通事神像："这塑像带着典型的康定味儿，上身穿藏式短袄，下身却是黑缎汉裤，左手持一书卷，右手拿一毛笔，正专注地给城隍大神讲什么。"③

① 达真：《康巴》，四川出版集团／四川文艺出版社，2014，第12页。
② 达真：《康巴》，四川出版集团／四川文艺出版社，2014，第235页。
③ 尹向东：《风马》，作家出版社，2016，第187页。

这大概就是康定独一无二的大爱吧！

当康定遭到了兵匪抢劫时，各族人又在云登的带领下空前团结，众人奋勇杀敌的场面让云登感动不已，"什么藏族、汉族、回族，这抽象的赋予人的符号像是悬浮在半空的，而人却牢牢地站在大地上，共同组成了一道保卫家园的生命之墙，他不得不承认：康定的确是一片大爱之地"①。因为康定的大爱与包容，才会有各民族大杂居、小聚居的美好社会画面。康定是汉藏交界的结合部，但是作为人数不多的回族，能带着自己的信仰并把自己的信仰场所建立在全民信佛的地方，并且两百多年来从未同汉族人、藏族人发生过争执和冲突，这也体现了人与人、民族与民族之间的相处之道，表现出了多民族和平共处的生态理念。在康定，随着人与人的广泛接触和相互杂居，各民族相互通婚的习俗广泛存在。马正康是小说里的人物之一，他就是一名混血儿，父亲是回族，母亲是藏族。另一个人物冉会长，更是一个混血中的混血："如果从我爷爷那代在这里娶女人传宗接代算起，总共有八十多年了。"②如果二十年算一代的话，冉会长可算是土生土长的当地人了。不同民族间的相互通婚，使冉会长具有陕西汉子的豪爽和康巴男人的硬朗和内敛。并且，冉会长对他家半汉半藏的家庭模式，给予了充分的肯定，不管是从生活方式、生活习惯还是文化差异等诸多方面进行分析，他都认为汉族和藏族能其乐融融地生活在一起："我血管里混着的血证明，藏族是一个心胸开阔的民族，他们不排斥外来之人，包括那些洋人。数百年了，我们这些汉地来的商人和部分戍边的军人，同这里的藏族人、纳西族人、回族人是骨头连着骨头、筋连着筋地生活在一起的。"③可见，汉族人来到藏地长安久居，不同民族间的通婚生下了优秀的混血人种。尹向东在长篇小说《风马》中，前后四次描写了民族联姻。锅庄庄主叫罗有成，他是老康定人，父亲是陕西商人，汉族，母亲是木雅地区的藏族。卓嘎的父亲是汉族，母亲是藏族，木雅人。早年清兵路过康巴地区去打仗，一个士兵患了病，不能跟队伍继续前进，就留在了贡嘎令，和本地的一个藏族姑娘成了家。半脸西施的父母也是汉藏结合，经营小生意，一家人在康巴生活得非常

---

① 达真：《康巴》，四川出版集团／四川文艺出版社，2014，第126页。
② 达真：《康巴》，四川出版集团／四川文艺出版社，2014，第257页。
③ 达真：《康巴》，四川出版集团／四川文艺出版社，2014，第262页。

幸福。民族大融合一方面表现出康巴藏族人开放、包容的性格特点,另一方面呈现出了康巴大地民族团结的美好画面,这为全人类构建人类命运共同体,不同人种、不同民族、不同国别间的友好、平等相处提供了有益的参考。

民族融合促进文化融合。战争和迁徙让藏族、蒙古族、满族、回族和其他民族带着各自的信仰陆陆续续来到康巴大地,同这里的先民们,融合、战争,战争、融合。随之而来的是风俗习惯上的改变,比如嘉绒藏族女人的百褶裙上用五彩线绣的是满人的图案和藏人的图案交织在一起,这就是融合带来的改变。每逢新年之际,杂居的康定人都欣然接受了汉人带来的庆祝新年、祈求风调雨顺、驱鬼避邪的习俗,也不知何时鞭炮在新年走进了家家户户。康定人赶丧礼的风俗也非常独特,按理说亡人家及吊唁者都应该保持安静、肃穆和哀伤的精神状态。可是,人们常常都是热闹地围聚成一堆堆儿,摆开麻将酣战起来。慢慢地,"在康定的藏族人也入乡随俗,完全适应了这种方式,只要来了就行,只顾玩儿,连一点点装腔作势的表情都不必挂在脸上了"①。多民族聚居在一起使得康定的饮食文化也变得丰富多彩,正如《康巴》中杨大爷满含深意地笑着对郑云龙说:"康定是一个藏汉回民族杂居的地方,藏族喝酥油茶,汉族吃米饭,回族吃牛肉,当这三样东西混合在一起之后,这就是康定。"②在康定大街上,身着藏袍的男女,穿长衫马褂的汉人,与头上戴着白帽肩上搭满兽皮的回民混杂在一起。在《命定》中也同样可以看到多民族混杂的景象:"戴白帽子的回人,穿长衫的陕商、士兵,身着羊皮藏袍的牛场娃,一起向北门走去。"③这都体现出了康定文化的多姿多彩,形成了康定特有的一道风景线。在短篇小说《落日时分》的第三部分"放电影的张丹增"中,达真特意解释了张丹增名字的由来。汉姓"张"加上藏名"丹增"就构成了张丹增,原来丹增的父亲姓张,汉族,丹增的母亲是藏族,这是典型的汉藏通婚的家庭。其实在康巴地区,像张丹增、李扎西、杨拉姆这一类的起名方式是极

---

① 格绒追美:《在雪山和城市的边缘行走》,四川出版集团/四川文艺出版社,2012,第71页。

② 达真:《康巴》,四川出版集团/四川文艺出版社,2014,第182页。

③ 达真:《命定》,四川人民出版社,2016,第72页。

为常见的，孩子的姓名中既有父亲一方的汉姓又有母亲一方的藏名。藏汉杂居的地方，人们习惯把汉族的姓和藏族的名放在一起构成极具代表性的藏汉结合的"团结族"，体现了藏汉交融的文化习俗，形成了新的文化交融现象。

二、绚丽多彩的民族文化

阅读康巴作家群作家作品的过程，也是饱览康巴地区多姿多彩文化的过程。康巴大地绚丽多彩的民族宗教文化构成了作家们写作的背景和创作的源泉。不管是小说、诗歌还是散文作品，都不同程度地展现了康巴地区的宗教文化和民族文化。在《命定》中，达真生动、真切地描写了草原上每一次大型娱乐活动前必做的功课——敬神仪式：

> 草原上斜照的太阳光拉长了上千男人牵着马的影子，变形夸张的影子铺展出空前的浩大，犹如格萨尔王出征前的横空气势，众骑手面朝拉雅神山。这时，一位面色红润身穿绛红色袈裟的老喇嘛双手合十，用低沉而极具穿透力的声音念诵着经文，低吟的经声像湖中石子激起的涟漪一圈一圈荡漾开去，流进牧人的耳里。吟诵完毕，煨桑塔即刻燃起烟雾，老喇嘛走进煨桑塔，先抓起一把五谷撒入塔内，然后用一只铜瓢舀上净水浇在香血芭上，顿时桑烟弥漫开来。浓浓的烟尘里所有的男人都牵着马走入了仪式，围绕桑烟塔转圈，夹在当中的贡布不停地从怀里掏出龙达（敬神的经文纸片）抛向天空，嘴里喊着："拉索，拉索（愿神保佑）……"喊声雷动，在雪花般飞舞的龙达中浩浩荡荡走向赛马场，这是牧民在每一次大型娱乐前必做的功课——敬神。老喇嘛龛动着嘴唇用迷糊的眼神继续向神通报牧人和草原的虔诚。①

以上文字生动、形象地为读者展示了康巴藏族"敬神"的宗教文化活动，

---

① 达真：《命定》，四川人民出版社，2016，第57页。

老喇嘛具有穿透力的诵经声、烟雾缭绕的煨桑塔、彪悍的康巴骑手、抛向天空的龙达、浩浩荡荡的赛马队伍无不体现着康巴文化的绚丽多彩和博大精深，也给读者带来了极为真实的阅读体验。刘团长的一席话语，更是对康巴宗教文化的高度赞美。刘团长说："敬神仪式的形式很美，飘逸的桑烟、喇嘛的绛红色、低沉的诵经、虔诚的牧人，还有马队、龙达、蓝天、绿野。汉地的端公做道场就不如藏人，尽管也是又唱又跳，但怪吓人的，既没有美感，也缺少某种庄重的神秘感……"[1] 刘团长把藏地的敬神仪式和汉地的端公跳神做了明确的比较，可见，他给予了藏地敬神仪式更高的评价，认为不管从内容还是形式上，汉地的跳神都不如藏族文化的敬神好。在《落日时分》中，达真还特意描写了别具一格的康巴地区的自然景观和人文景观，展现了纯粹、干净的草原文化。终年积雪的雪峰在碧蓝天空中挺拔而神圣，雪山脚下的草地，犹如举行世纪婚典时的巨幅裙摆，逶迤在广袤的原野、草地上，大自然的精灵们披着太阳的金辉穿梭在庙宇和塔间，人、自然、动物、苍天、大地、信仰构成了诗意的高原，这幅永恒的画卷，没有撰稿，没有编导，没有配乐，没有道具，一切都是相得益彰的自然偶合。白玉寺那一排排布满山腰的绛红色僧房在阳光的照射下形成的逆光构成藏地一道独特的人文景观——人、牛群、青山、寺庙，在阳光中呈现出高原的单纯和宁静，宁静中保留有某种喧嚣之外的诱惑。这一道道自然景观和人文景观共同构建出康巴大地色彩斑斓的民族文化。

在《凹村》的"听年"篇什中，雍措描写了康定折东地区从腊月到正月期间特有的民族习俗，她分别以"腊月""年花花""抢头水""过年谣""年疙瘩""新衣裳"为题，对康定折东地区独特的民族文化和民族习俗进行了细致入微的描写。腊月杀年猪是康巴农区藏族人的传统习俗，每年腊月也是凹村人最为忙碌的时节，家家户户筹备年货，挨家挨户排着队地等着刀把子吴上门杀猪。

腊月早上，刀把子吴的声音钻进我们的被窝里，鸡笼里，茅房里，

---

[1] 达真：《命定》，四川人民出版社，2016，第82页。

这在凹村并不算笑话。这个月，如果听不到刀把子吴的声音，我们就跟丢了啥东西一样。惦记刀把子吴的，除了我们，还有圈里的年猪。年猪竖着耳朵听刀把子吴的声音，声音远了，就放心地嘟嘟嘟吃着槽里的猪食。主人家开始掰着手指计算着，高家过了刘家，刘家完了汤家，汤家过了聋人毕家……终于把日子弄清楚，才发现轮到自己家，还得好几个日子，于是扛着锄头去地里干活了。[①]

在腊月里，杀年猪是家家户户都津津乐道的事情，大人、孩子都为此兴奋和忙碌。这个时节，惦记着刀把子吴的不仅是凹村的男女老少，就连在猪圈里的年猪，都关心着刀把子吴的行踪。因为要轮流排队，所以家家户户都掰着手指仔细盘算杀年猪的日子，终于把日子弄清楚，才发现轮到自己家还得好几天。

腊月底，是年花花开放的季节，年花花不是真花，是每到年关凹村人才能吃到的玉米花。玉米花像一道菜，摆在每家每户的餐桌上，像水果糖揣在大人小孩的裤包里，久而久之，玉米花就被凹村人叫成了年花花。每当年花花开得热火朝天的时候，年也就离凹村近了。因此，每年腊月底，背着年花花的人都会来到凹村，为凹村的大人小孩们爆出香喷喷、热乎乎的年花花，使得整个凹村都沉浸在一片浓浓的香味里，这也预示着年味更加浓了。杀了年猪，爆了年花花，就到了大年三十抢头水了。凹村有种说法，在大年三十晚上背的水叫抢头水。大年三十这一天，人们会把水缸装满，按照阿妈的话说，还差的那一口，就是等着阿爸晚上抢的水了：

> 阿爸带着纸钱和三根香，背上水背，拿着点燃的火把出门了。我跟在阿爸的后面，扯着他的衣角，看着燃烧的火把把我们的影子一会变短，一会变长。路上遇见的一些抢水的人，见面只是互相点点头，并不多言。出门时，阿妈嘱咐过我，不能多说话，要不抢头水就不灵了。有了阿妈的嘱咐，我自然也就安静多了。
>
> 我们来到贾家后面的水凼，这里被一个个火把照得亮堂堂的，水凼旁边的路边上，多了一些已经烧完和正在烧的纸钱。我默默地注视着这

① 雍措：《凹村》，作家出版社，2015，第33页。

些站着、坐着的村人，他们有的盯着沟里的水看，有的坐在石头上抽着叶子烟。阿爸放下水背，带上纸钱和香，在路边烧着。他边烧纸，嘴里边念着什么。突然，一个年老的人，用嘶哑的声音喊了几句吉祥的话。话音还没有落在地上，身后便响起了木瓢碰到沟底发出的嗞嗞声，水倒进水背里的哗哗声，这声音在夜里，尤其清晰。阿爸站起来，来到水凼旁，这里已经挤满了人。他默默地背上水背，往水凼的上方走。阿爸把火把交给我，拿出木瓢舀起水来。因为水浅，木瓢和沙石的摩擦声更响。抢水的人越来越多，渐渐地，阿爸的上方也有人舀水了。沟渠怎么弯，抢水的人排列的队伍就怎么弯，手中举着的火把也随着排列的队伍怎么弯。抢完水后，终于可以开口说话了，那憋久了的声音有些沙哑。他们开着粗粗糙糙的玩笑，恢复了往日的模样。

我问阿爸，他烧纸的时候，那翻动的嘴皮，说些什么呀？阿爸的声音从水背后面传出来，"我向水神祈祷，保佑在新的一年里，凹村人不缺水，每家的水缸都能装得满满的"。①

在文中，雍措对抢水的过程做了详细的描写，为读者呈现出了一幅独具特色、民风淳朴的康定折东地区的文化景象。根据当地的习俗，年三十，缸满仓满灶门满②，就意味着来年不愁吃穿，不愁柴火，不愁没有水喝。大年三十这一晚，村民们必须把水缸装满，预示着来年不愁没水喝。然而，抢头水首先人们必须保持安静，不能大声喧哗，否则抢头水就不灵验了，因此才有了在出门前阿妈反反复复的嘱咐。在抢水之前，村人要先在路边烧纸点香祈求水神保佑新的一年凹村人不缺水，家家户户都把水缸装得满满的。从出门的准备到抢水前烧纸钱再到抢水最后到背水离开，每一步都表现出了康定折东地区别具一格的民族文化习俗，体现出藏族文化的多姿多彩。

正月新春，凹村人老老小小都会唱"过年谣"来庆祝新年的到来："一鸡、二犬、三猪、四羊、五牛、六马、七人、八谷、九豆、十麦、十六鼠、

① 雍措：《凹村》，作家出版社，2015，第41页。
② 缸，装水的水缸；仓，装粮食的柜子；灶门满，指的是用柴火把做饭的灶门塞满。

二十风。"① 大年初一鸡过年，这一天鸡就是主，每家每户都把鸡当成上宾来伺候着，喂好吃的。并且这一天特别讲究，不能扫地，不能泼水，不能吃面，不能看见绳子或秤杆。扫地、泼水会把家里的钱财弄丢了，吃面的话，出门会遇到下雨，看见绳子或秤杆，会在新的一年里常常遇见蛇。大年初二狗过年，初三猪过年，初四羊过年，初五、初六牛马过年。牛马是凹村重要的劳力，这两天，人们对牛马尤其宽厚，喂上等的谷草。如果天气好，村人们会牵上各家的牛马，带上刷子，来到水沟旁，用水和刷子清洗它们的身体，伺候得相当周到。初七人过年，初八、初九、初十这三天是粮食过年。粮食是村人的命根子。这天，人们会把粮食从冰凉的柜子里拿出来少许，象征性地晒晒阳光，说很多吉祥的话，预示着来年粮满仓。十六是老鼠过年，老鼠是庄稼的敌人，影响着庄稼的成长和收成。这一天，村人万万不能下地，下地的话，就会为来年引来成群的老鼠，糟蹋庄稼。大年二十是风过年，风来自四面八方，有乱的，有顺的。这一天，村人们会用烟子来祭奠风的到来，每家都会在门外或锅灶里熏上烟子，看着烟子顺风飘，祈求来年没有风灾。"过年谣"的歌词既体现出前文论述的藏族文化中万物有灵、众生平等的生态思想，也给读者呈现出了康巴折东地区独具特色的藏族文化现象。

在"年疙瘩"中，雍措别具匠心地描述了年前对年疙瘩的寻找和年三十烧年疙瘩的场景，再一次给读者展示了康定折东地区的文化习俗。年疙瘩指的是一些废弃的大树根部，树越大，年疙瘩就越大，进山越深，找到的年疙瘩越好。凹村家中体力好的男人每年都会进山去找年疙瘩，凹村祖祖辈辈留下来的话说："大年三十的年疙瘩，来年的肥溜溜，意思是大年三十烧大疙瘩，来年就养肥溜溜。"② 这里的村人们，喜欢把猪叫作溜溜，肥溜溜自然就是养得特别肥的过年猪了。大年三十烧的年疙瘩越大，来年养的猪也就越肥。到了年底，凹村各家各户最爱比的就是谁家的猪膘多，谁家的腊肉多，因此，养肥溜溜，养的就是家家户户的面子。所以，男人们上山挖到的年疙瘩越大，来年的溜溜也就越肥。挖到大疙瘩的男人，在公社坝子里像决斗获

① 雍措：《凹村》，作家出版社，2015，第42页。
② 雍措：《凹村》，作家出版社，2015，第44页。

胜的大公鸡，大步走路，大声说话，底气十足。挖到小疙瘩的人，不用说，早就钻进人群，不见了人影。腊月二十九，村民把自己挖到的疙瘩搬回家。年三十这一天，男人点燃柴火，年疙瘩就在熊熊火焰中燃烧起来。与此同时，"家中最年长的妇女，手中拿着纸钱，轻轻用纸钱在疙瘩背脊上擦一擦，口中念念有词：年三十的疙瘩，来年的溜溜，愿家畜像你燃烧的火焰一样兴旺。反复说几遍之后，将纸钱拿到门外烧掉"[①]。年疙瘩燃烧一天下来，红红的火子一闪闪地躺在火塘里，小孩子们找来粗粗的粉条，一边拿着，一边放进火里烤，一会儿工夫，一根漂亮的粉条花就变出来了，用嘴吹吹，用鼻子嗅嗅，一下放进嘴里，眯着双眼，慢慢嚼着。到了晚上，家人围坐在一起，年疙瘩的火光将大家的脸映得红红的，嘴馋的小孩子们又将一个个洋芋放到火塘边沿，边听大人们摆龙门阵，边翻烤着，喷香的味道传遍整个屋子。年疙瘩，从年三十点燃，无论白天夜晚都燃烧着，有的能一直燃到正月初十。可见，"年疙瘩"已经构成了凹村人欢度春节的重要方式之一，从起初的寻找年疙瘩到后来的燃烧年疙瘩，都体现着康定折东地区深厚的民俗文化。笔者就是土生土长的康定折东人，与雍措年龄相当，因此，对雍措笔下描写的凹村世界有着极高的认同感和同理心，读《凹村》的过程也是笔者以及当地藏族人回忆儿时美好记忆的过程。

---

① 雍措：《凹村》，作家出版社，2015，第45页。

第二节 人与人之间的和谐共融

马克思指出,解决生态危机的根本性问题必须得从解决社会生态问题出发,渐渐消除民族与民族、国家与国家间的利益冲突,消除人与人的异化关系,只有这样,生态危机才有可能获得真正的解决。对于消除民族间、国家间的利益冲突问题,对于消除人与人的异化关系,康巴作家群作家们做了有益的尝试。上一节已经对民族与民族之间的融合共通进行了讨论,这一节将着重论述人与人之间关系的和谐相处。康巴作家群作家的作品中,不管是小说、散文还是诗歌,作家们都极力刻画出了和谐包容、多元共生的康巴社会,其中,人们总是充满善心和爱意,人与人之间有了更多的包容和理解,父慈子孝、兄友弟恭是康巴藏族人与人之间最常见的相处之道。

一、对和谐共融人际关系的追求

《康巴》中,外国人鲁尼在行进的过程中,看到一家藏族人,祖孙三代五口人在朝圣的过程中面临突如其来的疾病和饥饿,他主动伸出援助之手,帮助他们治病并给予他们糌粑和茶叶,以此挽救了他们的生命。事后,鲁尼对朝圣者一家十分牵挂,"头上的乌云压得很低,凝固的空气犹如鲁尼的心情一样沉闷而压抑,他的心仍被五位朝圣者牵挂着,这是一种没有友情、亲情、爱情的牵挂，是处于一个特定的环境中，人对同类命运相关的思考和好奇"①。对朝圣者的牵挂使得鲁尼的心情变得沉闷而压抑，他们非亲非故、同为陌路，可是鲁尼的心却为这五位朝圣者担忧着、牵挂着。这是来自心灵深处最简单、最质朴的善意和爱心。这种善意和爱心在列美平措的诗歌《圣地之旅》第五首中也有同样的刻画，列美平措用最质朴的语言表达了对朝圣者的关心和关爱："在草地 随意垒几块石头 / 捡几坨干燥或潮湿的牛粪 / 点燃 悬置一锅茶水 / 这是路人宿营的必备条件 / 在精神和身体长久跋涉之后 / 饥肠辘辘 诉说着需要……"②在这里，路人宿营主要是指朝圣的信徒，他们一路磕长头，天黑到哪儿就住哪儿。在藏地经常可见信徒们在长磕的路边，三两成群，席地而坐，一边喝酥油茶或青稞酒，一边聊天，他们也许刚刚认识，也许同步而至，像旧友或家人一般，毫无防备地谈笑风生。在青藏高原，心底纯真、善良相助是人们一直秉持的优良美德，特别是遇见远道而来的朝圣者，即便自己不吃不喝，也要把食物分享给朝圣者，因为他们秉持着共同的精神信仰，这就是信仰的力量。在藏族文化耳濡目染的影响和熏陶之下，藏族人民在恶劣的自然环境中形成了人与自然、人与人、人与神灵和谐相处的生态思想，养成了达观仁爱、淡泊安详的心性。

军统与寺庙、将军与堪布，看似不一样的组织结构和社会系统，但是在康巴地区，他们之间的相处却极为和平与友好，"老堪布与曹将军之间的问与答使得屋里弥漫着和平的气氛，郑云龙也渐渐被这种融洽的对话所感染，环顾四周，明亮替代了昏暗，友好替代了仇视，了解替代了封闭，和平替代了战争"③。可见，明亮、友好、了解、和平这些积极向上代表着善意、友爱的词汇在将军与堪布的谈话中得以体现，充分表现了和平共处、互相体谅的人际关系。

在长篇小说《命定》中，达真同样不惜笔墨地刻画了人与人之间美好关系的存在。土尔吉犯了淫戒，冒犯了佛规被逐出寺庙之后沦落为扎洛，在众

① 达真：《康巴》，四川出版集团 / 四川文艺出版社，2014，第 77 页。
② 列美平措：《列美平措诗歌选》，四川出版集团 / 四川民族出版社，2004，第 171 页。
③ 达真：《康巴》，四川出版集团 / 四川文艺出版社，2014，第 232 页。

人都向他投来冷漠和歧视的眼光时，他的父母及家人依然给予他家的温暖：
"即便沦为扎洛，疗伤的那段日子里家里人仍将土尔吉睡觉的毛毡放在帐篷
的右上方距佛龛不远的位置，那是在一顶黑帐篷中最受尊敬的喇嘛或是长辈
才能享用的位置。"[1] 并且，阿爸每天用蘸着盐水的湿布为他擦洗伤口后，
用一层薄薄的酥油涂在伤口上，阿妈每天早上端来新鲜的牛奶，下午端来
牛肉熬的夏科汤，晚饭端来他爱吃的吐巴（面包）。受到如此的关心和爱
护，土尔吉被爱融化了。他深切地体会到，阿爸阿妈哥哥嫂嫂侄儿侄女为一
个臭名远扬的扎洛付出了巨大的代价，这种冒犯绒布寺和塔瓦部落规矩的
行为一旦被发现，寺庙和头人随时可以将这个家庭的财产全部没收，逐出
本区域，使其倾家荡产。情节特别严重的要由部落头人聚众，邀请寺庙的
大喇嘛念咒经，指定这户人家是魔鬼，甚至处以砍手、砍腿、挖眼、剥皮
等酷刑。并且，在阿爸接土尔吉回家时，铁棒喇嘛多吉扎西用十分蔑视的
眼光对阿爸说："羊毛出在羊身上，有什么样的骚羊就会有什么样的骚羊
羔，土尔吉成为扎洛，你当老子的也脱不了干系，这不仅是你们家的耻辱，
也是你们部落的耻辱，更是绒布寺的耻辱，他不配与尊崇佛规的人一起住在
黑帐篷里。"[2] 铁棒喇嘛的话是这样说了，可是家里人并没有照着他说的那
样去做，而是恰恰相反。这样的礼遇反而引来了土尔吉的极度不安，深度冒
犯佛规使他非常清楚自己今后的处境，一个扎洛被寺庙驱逐后，即便回到家
里也是不准进入黑帐篷的。然而家人对他的爱太深，即便他丢尽了全家的脸，
全家仍然宽厚地接纳了他，待他非常宽厚，这已经违背了草原的传统，土
尔吉家人给予他的沉甸甸的爱背负着对神灵的大不敬。正是得到了家人给
予的无私的爱和宽容，土尔吉深信家依旧是从前那样的可靠和温暖，这也
给了他继续活下去的勇气和信心。

被逐出寺庙之后，土尔吉结识了素未谋面的贡布，而贡布对土尔吉的友
好态度，也让土尔吉感激涕零。贡布对土尔吉说："你看，你看，你虽然是
扎洛，但在过去是一个喇嘛啊，喇嘛怎么能带刀呢？"[3]当土尔吉听到贡布

---

① 达真：《命定》，四川人民出版社，2016，第 160 页。
② 达真：《命定》，四川人民出版社，2016，第 161 页。
③ 达真：《命定》，四川人民出版社，2016，第 197 页。

说自己是一个喇嘛，他顿时心生喜悦，自从被寺庙逐出后，本部落的人就不把自己当人看了，可是初次见面的贡布却还坚持说自己是喇嘛。这种被善待的感动让他百感交集，发誓要跟贡布做一辈子的朋友，贡布也被土尔吉的举动所感动，竖起拇指顶在土尔吉的拇指上，两人不无庄重地向三宝赌咒发誓，永远做朋友。紧贴着贡布大拇指的感觉使土尔吉感受到了被尊重和被接纳，也让他重新找到了信心和尊严，此时他突然蹲在地上捂住脸哇的一声号啕大哭起来。曾经被吐口水、被抖动裙袍的下摆、肩上被抛撒尘土，这一切的侮辱与蔑视在他与贡布用拇指起誓的那一瞬间都灰飞烟灭了。那哭声里夹杂着委屈、伤感、愤怒、不公、出走、留恋、快乐等成分，今天终于在一个素不相识的救命者面前释放出来了。贡布似乎从哭声中听出了这位新朋友的委屈和磨难，悲悯地埋下头看着双肩不停抽动的土尔吉，他被土尔吉突然发出的哭声感染了，没有借故要赶路而阻拦土尔吉，而是任他宣泄。贡布的友好与善意鼓舞并激励了处于人生低谷的土尔吉，给土尔吉带来了生活的希望。

在达真的中篇小说《落日时分》中，小拉姆全家用爱和宽容化解了苏峰对小拉姆的冒犯，雯雯本着对丈夫苏峰的信任，用真挚和诚意获得了小拉姆一家的谅解。这些都是人与人之间和谐共处的美好案例。跟小拉姆发生关系之后，苏峰整日诚惶诚恐，他的心被恐惧、担忧、焦虑和血腥缠绕着。一方面他觉得对不起小拉姆，另一方面他又觉得对不起妻子雯雯。回到上海以后，经过半年的悔恨和煎熬，他逐渐意识到了小拉姆一家对他的好：

> 次仁的面孔、翁姆的面孔、大拉姆的面孔、小拉姆的面孔交替闪现，与他们朝夕相处的情景像过电影一样一一浮现。想当初，自己的事业巅峰是被最为善良的一帮藏族人像传接力棒一样传到然冲草原的——从成都、从康定、从白玉到然冲草原，再看看大小拉姆那一双双美丽动人的眼睛，她们的眼神是高原净土上最为纯真的，那种不似兄妹胜似兄妹的友情让他知道了什么叫作弥足珍贵。[①]

---

① 达真：《落日时分》，四川出版集团／四川文艺出版社，2013，第 109 页。

以上这番话是苏峰经过反省以后对妻子雯雯讲述的，并且在讲述的过程中，他泪流满面，一种从未有过的轻松让他终于敢正视妻子的眼睛了，于是他鼓足勇气对雯雯说："人不能无情无义，虽然我犯下了不可原谅的错误，但我深信，我对你的爱是丝毫没有改变的。真的，我跪着向你发誓。"① 不知不觉中他的膝盖已经贴到了地面。而妻子雯雯看到丈夫跪在她面前着实感动，那一刻，她感受到了这个男人的真诚，更在他的表情里看见了友谊的难能可贵。于是，向来文静的雯雯做出了一个大胆的决定，她要亲自去次仁家解决这个问题，帮助自己的丈夫，帮助小拉姆，同时也帮助自己。苏峰的诚恳与真实打动了心地善良的雯雯，于是雯雯才会独自前往远在天边的青藏高原，去到小拉姆的家里，寻求他们的宽容和谅解，正如雯雯在字条中所言："当你看到这张字条时，我已经踏上去小拉姆家乡的路。我想，当他们在愤怒中看到抱死带着微笑的女人代表自己的男人向他们致歉时，即使再硬的铁也会被一种炙热的真诚所软化的，况且那里是一片充满友善的信佛之地。佛会告诉所有的仇恨者怎么化干戈为玉帛，为之我已做好了充分的应对准备。"②出于对丈夫的爱，雯雯冒着生命危险不远千里独自一人去到了高原，只求得到小拉姆一家的原谅。雯雯本着友善和爱意，希望通过沟通用心用情去化解这一矛盾。可见，夫妻之间通过坦诚与理解获得了彼此的尊重和信任，丈夫遇到了困难，妻子则冒死去为他化解。丈夫得知妻子前往藏地小拉姆家为他处理烂摊子时，愧疚、感激、担忧同时叠加在一起，让他脸红，让他觉得无地自容，这充分展现出了夫妻同心、共渡难关的美好画面。

雯雯到达小拉姆家以后，发现小拉姆一家对苏峰的冒犯并不介怀，相反，苏峰的不辞而别使得他们全家上下忧心忡忡："苏峰阿哥，你走，怎么连个招呼都不打，可把我们急死了，阿妈都急出病了，生怕你被狼吃了，要不是姐姐来说了你回家的情况，真把我们急死了。"③这是小拉姆通过电话给苏峰说的一番话，可见，他们家并不责备苏峰对小拉姆的冒犯，反而全家人都

---

① 达真：《落日时分》，四川出版集团／四川文艺出版社，2013，第 110 页。
② 达真：《落日时分》，四川出版集团／四川文艺出版社，2013，第 111 页。
③ 达真：《落日时分》，四川出版集团／四川文艺出版社，2013，第 117 页。

担心苏峰的生命安全，担心他被狼吃掉了，小拉姆的阿妈为此还急出病了。听到这些，苏峰的眼泪像洪水冲破眼帘奔涌而出，他号啕大哭起来。一直以来被恐惧、担忧、焦虑、血腥拧紧的心胸突然不再压抑，不能承受的生命之重瞬间被小拉姆亲切的声音消释了。小拉姆一家用人性的爱与善良宽恕了苏峰对小拉姆的伤害，正如苏峰自我忏悔时所想的：

> 半年来他用伦理、道德、计谋所编织的网络——用不负责任的态度逃避责任、逃避现实；用最为狭隘的眼光看待次仁和他的家人，认为次仁会用刀和枪来杀掉自己，杀掉自己的亲人；他还用所谓的法律漏洞去为自己开脱罪名，用金钱来了结所谓的男人给女方的补偿；用不安的良心试图把小拉姆接到上海来读书……包括厚葬雯雯的遐想……卖房赡养老人的遐想，直到挥霍和自杀……眼下，这一切自以为是的图谋不轨，在同雯雯和小拉姆的通话里消解了。
>
> 被泪水模糊的双眼里，自己编织的网的那些节点一个个地断裂了，化为乌有，乌有中，他看见自己灵魂里最肮脏的那部分被一个宽容和善良的普通藏族人家净化了。①

面对结下如此深厚友谊的家庭，面对次仁一家，苏峰感到无地自容。他用自己的观念挖下的一道道战壕，只是为了满足空虚内心的摆设，是为自己观念设防的虚妄。当真相大白之后，一个边缘藏地普通牧民家庭的微笑依旧浮现在他的脑海里，并以最纯真的姿态呈现在他的眼前。看到次仁一家对他的宽容和谅解，苏峰自惭形秽、无地自容。他用自己常规的观念把事情考虑得极为复杂，然而次仁一家的宽容与谅解、纯真与善良把他之前的顾虑全都给消除了，彻底解决了苏峰半年以来的困扰和担忧。

嘎子的短篇小说《哑子》同样刻画了保管员哑子对爱人的浓浓情谊。保管员哑子生来又聋又哑，平日里连哭和笑都没一点声响。他成天坐在火塘边

---

① 达真：《落日时分》，四川出版集团／四川文艺出版社，2013，第118页。

或太阳下，埋头缝补一大堆永远也补不完的破皮袋子。哑子命苦，是从死人肚子里掏出来的，据队长说："那一年，闹饥荒，哑子母亲出外乞讨，饿死在雪地里，发现僵硬的尸体时，胯下还吊着冻得青紫的婴儿，还连着血污污的脐带。"[①] 有一天，哑子外出去驮麦种，半路救回一个年轻女子，后来女子就跟了哑子，他们结成了夫妻，哑子对女子疼爱有加。在结成夫妻之时，女子已经有了大半年的身孕。可是几个月之后，在女子生产的过程中母子双亡，这给哑子带来了沉重的打击："他张开大嘴，用劲憋出一串响亮的声音，尖利刺耳，绕在四周的屋梁和山壁上，久久不散。哑子站起来，拨开惊愕的人群，朝满是浓霜的野地里疯跑着，嘴里不停地发出刺耳的吼叫声。"[②] 痛失爱妻之后，平日里连哭笑都没一点儿声响的哑子发出了歇斯底里的怒吼声。失去妻子后的深夜里，人们常常听见哑子的哭声，就像一头孤狼惊嚎着，整个山寨都让这悲痛欲绝的声音淹没了。这得是何种的悲痛才能让一个哑巴发出如此尖厉又沉重的声音！小说末尾，嘎子还描写了哑子用心养活的三只小鸦雀被同村人用枪打死后，哑子同样表现出的跟失去妻子一样的悲痛："清冷的月光下，立着一个瘦骨嶙峋的人，半敞着让寒风刺得青紫的胸脯，头发乱草似的飘在头顶，手掌紧捧着嘟得滚圆的嘴，吐出一串似鸦叫的声音，呜哇，呜哇……"[③]是哑子，他在痛哭几只死去的鸦雀。作为聋哑人，哑子既不能听也不能说，但是他对人待物都是如此的尽心竭力，用情至深。他用情、用心去热爱生命中所拥有的人和物，体现了人与人之间的真诚与友好、善心与爱意，也为现代社会寻求和谐的人际交往提供了范例。

在散文集《凹村》中，雍措不仅用温柔、细腻的笔触刻画了人与自然的和谐相处，还描写了在凹村的世界里，人与人之间和谐、友爱的美好社会生态图景，在这里父慈母爱、姐妹情深、邻里和睦、关系友好。在篇什"阿妈

---

① 李琪主编《康巴作家群作品精选集》，四川数字出版传媒有限公司，2016，第 58 页。

② 李琪主编《康巴作家群作品精选集》，四川数字出版传媒有限公司，2016，第 60 页。

③ 李琪主编《康巴作家群作品精选集》，四川数字出版传媒有限公司，2016，第 61 页。

的歌"中，雍措就描写了藏族阿妈的勤劳和善良，她把自己的一生都奉献给了土地，"土地是孕育生命的地方，阿妈把自己的生命奉献给了土地。浇水、施肥、播种，像母亲呵护子女一样，哺育着土地上的树木、粮食"①。很多农村里的人，为了挣钱舍弃了土地，去外面找副业，许多土地也就荒芜了。而阿妈却没有停息下来，看着村里的一大片杂草疯长的土地，她变得忧伤起来，对自己的土地加倍照顾着。就这样，母亲日复一日地、年复一年地与土地为伴，在土地上勾勒着自己简单、朴实的人生。阿妈不仅自己勤劳、善良，还在教育子女的过程中永远都给孩子们传递着积极向上、豁达开朗的人生态度。在"漫过岁月的绿"中，作者通过对指头花的描写折射出母亲对姐妹关系的期望："人的一生要经历的，总归会经历，面对困难，面对挫折，你们都要坚强，姊妹之间，也要像这指头花一样，相扶相依，团结互助。"②母亲希望通过指头花来教导两个女儿积极、向上地面对生活中遇到的挫折和困难，并且在以后的人生中，姊妹之间就应该像指头花一样，和睦共处，团结友爱。在"遗像里的爱情"中，雍措描写了母亲对父亲坚定不移、至死不渝的爱情。平日里，父亲和母亲相敬如宾、关系融洽，一生中几乎没有争吵过。然而父亲因为救人，四十多岁就离开了人世。在父亲离开后的日子里，母亲伤心欲绝，久久不能接受现实，"有很长一段时间，母亲神志不清。她每天忙着做饭，做的都是父亲生前最爱吃的。做好，就招呼我和姐姐站在院墙上，去叫父亲回来吃饭，'再不回来，饭菜都凉了'，母亲习惯性地说"③。母亲对父亲割舍不下的牵挂和思念，就像阴雨绵绵的天气，持续了很久很久。

> 母亲因为一次车祸，住进了医院。当在医院看见母亲时，我几乎认不出病床上纱布捆绑得严严实实的人，竟然是我的母亲。我啜泣着，握着母亲冰冷的双手，吐不出一句贴切的话语。"昨晚，梦里见到了你父亲，他冲着我笑，声音很远，我听不清楚……"母亲流泪了，这些泪水一定

---

① 雍措：《凹村》，作家出版社，2015，第73页。
② 雍措：《凹村》，作家出版社，2015，第53页。
③ 雍措：《凹村》，作家出版社，2015，第146页。

比黄连还要苦涩。因此掺和着两个世界的牵挂和生活的坎坷……祸不单行，母亲车祸出院没多久，又莫名其妙摔成脑震荡。奇怪的是，每每发生意外的时候，梦里都有父亲的关心。后来听人说起，阴阳本就是冤家，父亲的关心，在阳间变成了诅咒。①

雍措运用忧伤的口吻刻画了母亲对父亲忠贞的爱情，父亲对母亲拳拳在念的阴阳牵挂，可见，父母之间的爱恋是如此的深厚，只有重情重义之人才能做到这样的不离不弃。除此之外，母亲的日常生活中始终留存着对父亲数不尽的思念。逢年过节，母亲不会忘记给父亲留一个空座，留一副空碗筷；父亲生日，母亲会买来厚厚的纸钱，独自一人在家门前的大树下，嘀咕很久才恋恋不舍地回家；父亲生前穿过的衣服，母亲每隔一段时间，又拿出来重新折叠，然后用白布包了一层又一层。遗像和衣服之间深藏着一份多么博大的爱情，把它紧紧地包裹起来，同时也是把两人深邃的爱情牢牢系在一起，让纯洁的爱恋远离尘埃，让思念的根须穿越大地，径直到达相约的彼岸，这便是对遗像里的爱情最美的诠释。

在"花篮子背篓"中，雍措通过对农具花篮子背篓的描写，折射出凹村人不管是对事、对物还是对人都情深义重。花篮子背篓是凹村家家户户必备的农具，有漏眼的花篮子背篓不仅要把凹村的春夏秋冬都背回家，而且凹村的孩子们也是在花篮子背篓里长大的，长到一定时候，落在地上，开始陪着花篮子背篓过生活。花篮子背篓是凹村人命里的东西，凹村人的生活离不开花篮子背篓。因此，在母亲和女儿的对话中，母亲是这样对女儿说的："花篮子背篓是凹村人的命根子，少不了。你祖奶奶用过、爷爷用过、阿妈阿爸用过，轮到你时，别忘了恩情。"②回到家里，女儿用手摸着破了底的花篮子背篓，对它说："我会好好爱护你，你把生命给了我们这个家。曾经，阿妈用你背过四季，背过我们，背过凹村的岁月和风。"③

① 雍措：《凹村》，作家出版社，2015，第147页。
② 雍措：《凹村》，作家出版社，2015，第27页。
③ 雍措：《凹村》，作家出版社，2015，第27页。

通过对花篮子背篓的描写，作者表达了凹村人重情重义的优良品质，同时体现出了母亲对女儿积极向上的谆谆教诲，以及凹村人简单、朴实的生活状态。

在凹村，除了家人、亲人关系融洽以外，邻里之间也是友善、和睦的。在《凹村记忆》中，篇目"那路"就描写了邻里和睦、关系友好的人际往来：

　　路很窄，除了人们说话的声音可以自由自在，相互遇见都得互相让着。小路在每个黄昏和清晨成了村里最热闹的地方。"牛来了，前面的让一让。"小路上行走的人们有的赶快爬在墙上，有的往院子里跑，有的迅速往别人家里钻，村人们目送着慢悠悠的牛儿大摇大摆从中间走过，然后又回到小路上，相互打着招呼，继续走自己的路。

　　村子里的凳子、桌子很少使用，特别是在炎热的夏天！找来一块好坐的石头放稳当，添满饭菜，坐在小路上边吃边和别人拉家常，张嫂子是出了名的"百家尝"，每次她都会沿着小路把每家的菜尝个遍，谁家的饭菜咸了，谁家的饭菜味道好，她都会说上两句。娃娃也跟着张嫂子学，都觉得别人家的饭菜可口，时间一久，这饭都吃成了百家饭，这路也就成了村人离不开的路。①

凹村坐落在斜山坡上，左右都是山坡，各不相同，也不对称，有高有低，有急有缓，自然而然凹村的路就变得很窄，然而，不管路有多窄，当凹村人在路上遇见时都会相互礼让。因此才会出现雍措所刻画的场景，当有人赶着牛走在路上的时候，便出现有的行人爬到墙上，有的跑回院子里，有的钻到别人家里给牛儿让路的景象。牛儿走过以后，行人又回到小路，相互打着招呼，继续走自己的路——多么和谐的人际往来和邻里关系。篇什"哑巴的杉山记忆"中的主人翁哑巴也是个特别友爱、勤劳和善良的女人。哑巴虽然哑，做起事情来，却格外利索，女人做的事情，哑巴要做，男人做的砍柴、背石头、翻地的事情，哑巴也要做。凹村人都说哑巴这辈子像一头牛，

① 雍措：《凹村》，作家出版社，2015，第80页。

不会哞哞叫的牛。然而哑巴为人温和、善良，虽然不会说话，但是见着人，总是笑嘻嘻的："早上放牛，把沿路的牛一起帮着赶上山，见着天黑，谁家还在地里忙剩下来的活，就凑过去搭把手，路上有一些滚落的小石子，她总是顺手捡开，村人都喜欢哑巴，谁看见哑巴，也都笑嘻嘻地打招呼。"① 哑巴温和、友善、勤劳、善良的性格使得她人见人爱，虽然她无法开口说话，但她与人为善、乐于助人、乐善好施的性格特点赢得了村民们的一致赞赏和好评。凹村人的淳朴和善良构成了《凹村》世界里人与人之间至纯至真的美好人际往来。

邻里友好、关系和睦在南泽仁的散文集《戴花的鹿》中也有深切的刻画。特别是在篇目"另一场雨"中，南泽仁描绘了邻里间的相互包容和和睦相处，即使邻里之间发生了矛盾与不和，人们也都会及时协调。比如辛曲木呷酒后失态，对奶奶动了手，不仅扯断了奶奶脖子上的佛珠，还撕破了奶奶的藏褡子，为此，他的九个儿女领着父亲前来家里向奶奶赔礼道歉。"'大孃，我的父亲吃酒吃疯了，动手打你了，我们九个兄妹领着父亲来向你赔罪来了。'说完，她从众人身后拉出辛曲木呷站在奶奶面前，辛曲木呷深深地垂着头，像长在河岸上的柳树。"②紧接着，作为矛盾调解人的村书记的一番话也反映出了藏地邻里间的友好关系："邻里有仇不过夜，今晚辛曲家备了荞子酒郑重提出向张大孃赔礼道歉，佛珠不该扯断，藏褡子更不能扯烂……"③听了村书记的一席话，辛曲木呷的儿女们都低下了头，他们为父亲酒后的失态感到羞愧和歉意。村书记的话音刚落，"辛曲木呷的胖女儿动作利索地起身拿着挎包，走近奶奶，取出白酒和糖果摆放在奶奶面前，接着，其他的儿女也纷纷起身将带来的歉礼放在奶奶面前，礼越垒越高时，奶奶起身在火塘上熬了一锅奶茶。一锅茶见底时，奶奶笑了，放下了白天发生的一切事由。"④奶奶的笑意表现了她对辛曲木呷粗鲁和无理行为的谅解，是辛曲木呷九个儿女真诚的道歉感动了奶奶，让奶奶放下屈辱

---

① 雍措：《凹村》，作家出版社，2015，第 66 页。
② 南泽仁：《戴花的鹿》，作家出版社，2019，第 58 页。
③ 南泽仁：《戴花的鹿》，作家出版社，2019，第 58 页。
④ 南泽仁：《戴花的鹿》，作家出版社，2019，第 59 页。

和怨恨原谅了他。南泽仁运用简单朴实的语言给读者呈现出了康巴地区邻里之间相互包容的处世之道。

二、对不和谐社会生态的批判与反思

根据著名生态理论家鲁枢元的定义："社会生态学是以人类社会的政治、经济生活为研究对象的。"政治生态作为社会生态学的研究内容之一，本小节将据此简单讨论康巴作家们在其作品中呈现出的政治生态状况。格绒追美，作为康巴地区最活跃的作家之一，在其长篇小说《青藏辞典》中，以词条的形式对康巴地区的政治生态进行了论述。在词条"官车"里，他是这样描写的："官场如坐火车，有人早上早下，有人迟上早下，有人早上迟下，有人迟上迟下，在车厢里紧攥车票，一旦下车车票作废失效，看着火车隆隆驶去，还恋恋不舍地呆望着车票发神，不忍舍弃。于是，有人迷恋'有权不用，过期作废'的信条，贪婪无度，在半途或一到站就被警察揪去了牢房。"[1]格绒追美运用紧攥车票、作废失效、呆望着车票、不忍舍弃等语言描写了官场对人的吸引力，有人迷恋权位，心里对金钱、物质贪得无厌，最后导致蹲坐牢房的下场。在词条"报告"中，他写道："把吃过赃款的嘴巴，用污浊的油水擦拭之后，坐在主席台上'呱呱呱呱'作廉政报告。"[2]格绒追美描写了现实生活中官员的常态及丑态，他运用反讽的写作方法，将赃款与廉政报告做了强烈的对比，批判了现代社会官员的腐败与贪婪。在词条"年关"中，他写道："年关岁末，各阶层领导倾巢而出，开始轰轰烈烈地拜年，到处都在杯光交筹，莺歌燕舞，公款以其空前的狂放大放金光，权与利的联姻风光无限。"[3]格绒追美再次对各层领导以权谋私的行为做出了批判，运用狂放、大放金光等词来形容公款的使用情况。在词条"官相"中，他将官员们的社会模样描写得入木三分："对上像绵羊，对下如狮子，对家里人像老虎，对外面人如狐狸。"[4]直截了当又恰如其分地描绘了现实中的官员们针对不同受众表现出

① 格绒追美：《青藏辞典》，作家出版社，2015，第109页。
② 格绒追美：《青藏辞典》，作家出版社，2015，第114页。
③ 格绒追美：《青藏辞典》，作家出版社，2015，第127页。
④ 格绒追美：《青藏辞典》，作家出版社，2015，第120页。

截然不同的态度和姿态。对待上级领导，官员们的性情、态度和言语温顺、驯良、柔和，就像小绵羊一样；然而对待下级员工，官员们就像狮子一样，有极强控制欲望的同时还希望受到下属的追捧和崇拜。

在《青藏辞典》中，格绒追美还谈及了现代社会人生活的碎裂，人们常常处于自欺欺人的生活状况，既没有理想，也没有梦想，然而整天都陷入忙碌无穷的琐事中："把每天的生活剁成鸡零狗碎的一大把，把'人'忙碌成无穷尽的琐事，此时，让那颗日渐麻木的心灵，感到某种自在和'充实'，甚至以'大忙人'自居，颇有点沾沾自喜的味道。"[1] 在此，格绒追美把"人""充实"和"大忙人"都用引号引起来了，人们看似忙碌不堪，其实都忙于无关紧要的事情，批判了现代人生活的碌碌无为。紧接着，他写到人们为之忙碌的具体事情：

> 人生碎裂，梦想碎裂，你不过是在浪费时间和生命。一个接一个的应酬，酒肉每天灌胃通肠，梦话般的好话、套话、空话绵绵不止，每天在微醉中感到惬意和舒心，有时膨胀得像个伟人，思想天马行空地飞舞，撒下大话一箩筐。这种种的碎裂之态，像个病菌，滋生于心，日复一日，觉得乐陶陶了！这是何其可怕！我的日子像梦一般轻灵飞过，不曾留下丝毫的生命痕迹。自欺比欺人更让人难以忘怀。[2]

格绒追美运用直截了当的方式批判了现代社会人忙碌的病症，看似繁忙的生活，实则是在浪费时间和生命，疲于奔命的应酬使得人们每天酒肉穿肠、大话连篇，只有在微醉的状态下才能感受到生活的惬意和舒心。这种种社会病症就像病菌滋生于心，日复一日慢慢地侵蚀人的心灵，消磨人的意志，从而让生命过得毫无意义。格绒追美对这种典型的、不健康的生活方式提出了严厉的批评，他指出这种毫无意义的生活是非常可怕的，自欺比欺人更加让人沉沦。

---

① 格绒追美：《青藏辞典》，作家出版社，2015，第20页。
② 格绒追美：《青藏辞典》，作家出版社，2015，第20页。

在散文集《在雪山和城市的边缘行走》中，格绒追美曾多次描写到现代人总是忙碌，忙于琐碎的日常事务，从而失去了灵魂："我陷入无休无止的事物堆里，丢失了魂儿。"①看看周边，大多数人都陷入了同样可怕的境况里，这似乎已经成为当下时代的一个明显特征。"平日的忙碌，就像没头的苍蝇一样毫无头绪，甚至失去了目标。物质丰裕下一种绵软的毒素日渐包裹了我们的身心，我们失去了驾驭自由思想的毅力和权力，而堕入了现代的另一种轮回。"②格绒追美把平日忙忙碌碌的人比作无头的苍蝇，既无头绪也没有目标，并且把人们对物质的追逐比作一种绵软的毒素渐渐包裹了我们的身与心，从而使人失去了思想和毅力，变得浮躁和不安。在篇什"'浮躁'的云朵之上"，格绒追美写道："人们终日忙于事物堆中，日日都有可厌的流水式的'业务'，它吸吮人的精力，又像锁链紧紧捆缚住手脚，啃噬生命的精血，我们年复一年漂浮在'浮躁'的云朵之上。"③格绒追美把琐碎的日常事务写成可厌的"业务"，它吸吮人的精力，束缚人的手脚，啃噬人的生命，而大多数的我们却津津乐道地生活在这样浮躁的世界里，日复一日、年复一年地漂浮在这样浮躁世界的云朵之上。

在篇什"在康定眺望心灵向往的风景"中，格绒追美再次描写道："上下班，没完没了的会议，炮制如山的文件，那样多虚虚幻幻自欺欺人的事件、活动，梦一样地虚耗宝贵的生命，年末回首，才发现真拣不出两样有价值的事儿。"④在这里，格绒追美进一步指出了琐碎的日常就是没完没了的会议、炮制如山的文件、自欺欺人的事件和活动，而所有这些日常琐事就跟梦一样虚耗着人们宝贵的生命。现代人已经被日常琐碎事物所占据，大家的碌碌无为实则是被世俗的形式主义所逼迫。人们在事物堆中茫然又忙碌，就

---

① 格绒追美：《在雪山和城市的边缘行走》，四川出版集团／四川文艺出版社，2012，第12页。
② 格绒追美：《在雪山和城市的边缘行走》，四川出版集团／四川文艺出版社，2012，第14页。
③ 格绒追美：《在雪山和城市的边缘行走》，四川出版集团／四川文艺出版社，2012，第34页。
④ 格绒追美：《在雪山和城市的边缘行走》，四川出版集团／四川文艺出版社，2012，第34页。

像一群断翅之鸟，失去了目标和方向，向着灵魂指向的道路前行却变得异常艰难。因此，格绒追美呼吁现代人不要在纷繁万象的物质世界里迷失了心灵的眼睛，不要在琐碎的日常事务中变得碌碌无为，只有这样才能使我们变得深广而厚重，博大而超然。

总之，康巴作家群作家的作品中的康巴实际上就是现实生活中的康巴。康巴是汉藏交界的结合部，是各民族交往的民族走廊，随着各民族人与人之间的广泛接触和相互杂居，这个"交汇地"早已将酥油味、牛粪味、菩萨味、神父味、阿訇味、关公味糅在一起，伴随着茶马古道流淌了上千年的时光，形成了良好的多民族文化景观。在康巴这个多元共生的"交汇地"，各民族、各宗教在和平共处、交流包容的基础上，演奏出了人与人、民族与民族之间和谐相处的美好乐章。开放、包容、和谐、多元、普惠构成了作家们的创作主题，民族混杂、文化多样教会了人们生存之道和处世之道，各大教派各大神灵及各民族和平共处完全得益于"智慧"，是各派高人们用和平共处的宽容的智慧平衡着这一切，这也为 21 世纪世界范围内的地区和民族间的和谐相处提供了有益的参考。

第四章

『康巴作家群』作品的精神生态思想

作为生态学的一个分支，精神生态学以人的内在的情感生活与精神生活为研究对象，旨在探讨人与其生存环境之间的相互关系，它不仅"关涉到精神主体的健康成长，而且关涉到一个生态系统在精神变量协调下的平衡、稳定和演进"①。精神生态是相对于自然生态、社会生态而存在的，是人类更高形式的生存方式。人类社会中的环境污染、生态失衡正向着人们的精神世界进发，日益严重的污染和失衡将发生在人类的精神层面。就像美国前副总统阿尔·戈尔所说："我对全球环境危机的研究越深入，我就越加坚信，这是一种内在危机的外在表现。"②

精神生态的研究可以追溯到 20 世纪 80 年代，思之、刘再复、傅荣、严春友等人是国内较早使用精神生态这一提法的学者。思之比较崇尚精神生态对丰富人性所起到的积极的、正面的作用，他提出："对于推进人类历史发展的价值和意义，精神生态有着不可忽视的推动作用。"③刘再复、严春友等学者认为生态问题不仅仅存在于自然生态和社会生态之中，人类精神世界也存在生态平衡的问题。与此同时，傅荣独具慧眼地看到了生态批评研究中精神、社会、自然生态三者的关系，分析了保持人类精神生态平衡的内在意义和价值，他明确指出："实现人类精神生态的协调发展，在很大程度上可以促进社会生态和自然生态的和谐与相融。"④他们的观点和看法为今天的精神生态学研究奠定了理论基础，提供了初步的理论雏形。

① 鲁枢元：《文学的跨界研究：文学与生态学》，学林出版社，2011，第 45 页。
② 阿尔·戈尔：《濒临失衡的地球——生态与人类精神导论》，陈嘉映等译，中央编译出版社，1997，第 24 页。
③ 思之：《有关人与文化的两点思考》，《兰州学刊》1985 年第 1 期，第 89 页。
④ 傅荣，卢光：《建立"精神生态学"刍议》，《争鸣》1990 第 4 期，第 90 页。

1989 年，鲁枢元延续了刘再复的观点，在其著作中谈及："现代社会的发展，重经济而轻文化、重技术而轻情感、重物质而轻精神，人们内在思想的生态境况正在发生极大的倾斜，从而导致了文化的滑坡、情感的淡漠、精神的腐败和人格的沉沦。"① 继而，在 2006 年鲁枢元出版了《生态批评的空间》，在此著作中，鲁枢元回顾和展望了其 20 年来潜心从事生态批评相关理论的研究和创作，并将精神生态单独成章进行论证和阐述。实际上，自 20 世纪 90 年代起，陆陆续续就有学者开始关注精神生态的研究，并且他们普遍认为愈演愈烈的地球生态危机与人类内在价值系统和社会精神状况的恶化有密切的关系。随着社会生产力的持续发展，物质生活条件的逐渐丰厚，精神生态状况却每况愈下，表现在道德感和社会责任感逐渐下降、消费主义和拜金主义倾向越来越明显、人性的异化和情感的冷漠。到了 20 世纪 90 年代中期，越来越多的学者对这些丑陋现象进行批判和反思，精神生态的重要性被重新认识。因此，专家学者们开始从精神生态的审美高度对经典文学作品进行再解读，以此来挖掘和丰富其作品的研究价值和现实意义。②

"人与自然相冲突，引发了自然生态危机；人与他人相冲突，引发了社会生态危机；人与自我相冲突，引发了精神生态危机。"③阿尔·戈尔曾经指出，我们似乎日益沉溺于物质满足的形式中，但付出的代价是丧失自己的精神生活，物质丰厚的同时却丧失了心的意向，真正的生态危机发生在人的精神领域。然而，当一些人面对"物"的丰厚与"心"的迷失时，藏族人民和谐节制的消费观念、乐观虔诚的民族精神为世界提供了可贵的"精神绿洲"。

---

① 鲁枢元：《来路与前程——在张家界全国第二届文艺心理学研讨会上的发言》，《文论报》1989 第 9 期，第 98 页。

② 高琳佳：《康拉德胜利的精神危机与生态救赎》，《黑龙江工业学院学报》2018 年第 5 期。

③ 刘文良：《精神生态与社会生态：生态批评不可忽略的维度》，《理论与改革》2009 年第 2 期，第 95-98 页。

第一节　乐观虔诚的藏族精神信仰

藏族人民多数常年生活在海拔 3000 米以上的青藏高原。这里独特的地理环境和多变的气候特征，"集中了除台风以外的自然灾害，包括地震、雪灾、干旱等，这里的氧气含量不足内地的一半，经常，康巴人的眼神里流露出对喜怒无常、变化莫测的大自然的恐慌和无助，手里的转经筒切实地表达了藏民们的祈求与希望"①。因此，宗教便成了藏族人民与自然沟通的最佳途径。大部分的宗教并不倡导信徒过上纸醉金迷、养尊处优的生活，而是制定出大量的规则与戒律来引导其信徒过清苦贫寒的生活，并倾向于与自然的和解、亲近。"宗教彰显的是对神的敬畏，以虔诚、神秘，以虚幻世界的追求和对现实世界的忍让为基调"②，藏传佛教就是最好的印证。康巴作家群作家的作品充分体现出了藏族人乐观、虔诚、宽容和隐忍的精神信仰。

达真在《康巴》中专门用了一个章节的内容来刻画一家五口、祖孙三代的朝圣之路。他们不仅遭受了几十年不遇的大雪灾，牲畜都被冻死或饿死，还经历了亲人挨个离世的痛苦。面对生活中的苦难，"如今我们变卖了家里

---

① 达真：《"康巴三部曲"的总体构想》，《文艺报》2014 年 12 月 5 日第 5 版。
② 路晓明、陈慧：《"命定"的"康巴"史诗——读达真的小说〈康巴〉及〈命定〉》，《当代文坛》2013 年第 2 期，第 27-30 页。

所有的财产，就是陪父亲去拉萨，了却我们终生的心愿"①，以此求得生命的圆满。虔敬的信徒不管经历怎样的逆境，遭遇怎样的痛苦，都用宗教教给他们的隐忍与善良默默地面对。在第三部"醒梦"的第六章"茶砖上的银子和女人"中，达真同样生动形象地描写了驮着沉重茶叶的骡队怎么依靠宗教的指引去横渡气势磅礴的大江大河：

> 小扎西放开头骡，确（走）的一声令下，用力在头骡的屁股上重重一拍，头骡的四蹄第一个踏入江水，达瓦从怀里掏出一个小红布袋，取出一粒杜吉扎寺活佛加持的"甘露丸"，含在舌头上，嘴里默默地念着六字真言"唵、嘛、呢、叭、咪、吽……"成群结队的骡子，三头、五头、十头一拨一拨地跟在头骡后面陆陆续续下水，年幼性急的骡马跳入水中，扑腾起水花，肩胛骨和腹部的泥垢随水而去。冰凉的水花哗地袭入达瓦的心里，他的身体便无法控制地微微战栗着，他激动地提醒自己，"它们是尔金呷家的衣食父母啊！"同时本能地攥紧拳头，为这群与家族性命连在一起的生命加油，"我一定要请泥匠在尔宅的院子里塑一群骡马的塑像，要后代记住它们"。借助神灵的保佑，虔诚的祈祷声一遍遍传入骡马的耳里，只见一头头骡马在江水里昂起高扬的头颅，前蹄在水中如桨般划行，尾巴浮在水面，伴随着急促的鼻息声勇往直前地向西岸游去，不知不觉中达瓦的眼眶盈满眼泪。成功洄渡后骡马陆续登上对岸，它们纷纷抖掉身上的水，扬起的水花形成的水雾像达瓦在云南大理看见的泼水节的场面。②

在没有桥梁的时代，面对气势磅礴、汹涌澎湃的江河，藏族人及骡队们只能一步一步涉水渡江。然而不管是人还是骡马，在汹涌湍急的江水中行进时，都随时可能被惊涛骇浪卷走，在这样危急的情形之下，藏族人达瓦从怀里取出一粒被加持过的"甘露丸"，嘴里默默地念着六字真言，祈祷

---

① 达真：《康巴》，四川出版集团/四川文艺出版社，2014，第35页。
② 达真：《康巴》，四川出版集团/四川文艺出版社，2014，第402页。

大家能顺利渡江过河。此时此刻，在神灵的庇佑下，在虔诚信徒一遍遍的祈祷声中，只见一头头骡马在江水里昂起高扬的头颅，前蹄在水中如桨般划行，尾巴浮在水面，勇往直前地向西岸游去。看到骡马们成功泅渡，陆续登上对岸，温润的泪水湿润了达瓦的眼眶。在活佛的加持、在神灵的护佑下，骡马们才能一步一步地顺利渡江。在变化莫测的大自然面前，在危急关头的时候，藏族人会通过念经祈祷的方式获得精神上的慰藉。此情此景，宗教便成了藏族人民与自然沟通的最佳途径。宗教祈祷不仅在危难时刻给予藏族人精神上的慰藉，还在日常生活中发挥着极为重要的作用。在小说《命定》里赛马比赛的过程中，达真就给读者呈现了一段靠意念取胜的精彩画面：

到现在为止，靠声嘶力竭的吆喝是完全没有用了，只有祈求菩萨赐予神力才能出现奇迹，要是自己的身体能像高僧归天时突然宏华就好了，他默念起了六字真言"唵、嘛、呢、叭、咪、吽……"，当六字真言一遍遍地从嘴里送出的时候，人群里欢呼雀跃的声音突然消失了，"唵嘛呢叭咪吽"的声音在无限地膨胀、无限地扩展，充盈在他的脑中并迅速扩散到身体的各个部位。顿时，他感到身体在变小，在变轻，被镂空的感觉像羊毛一样浮在空气中，"尼玛拉萨，佛至心灵了"。当他真的感到飘忽在马背上的那一刻，祈盼中的奇迹终于出现。在他的余光里少年骑手的马头不见了，一片眩晕中，他唯一看清的就是裁判官超大的嘴巴和无比夸张的惊愕表情，雪上飞朝裁判官张着的红口黄牙冲去，裁判官丝毫没有躲闪畏惧之意，将伸臂横放着的黄色小旗在雪上飞冲过终点的一瞬间高高举起。①

以上这段文字栩栩如生地描写了贡布是如何在赛马比赛的紧要关头靠着意念和精神寄托赢得了名次和掌声的。在比赛的决胜时刻，六字真言"唵嘛呢叭咪吽"赋予贡布超然的能量，使他和马匹疾驰冲向终点，从而获得了

① 达真：《命定》，四川人民出版社，2016，第121页。

比赛的胜利。

在康巴高原，藏族人总是表现出乐观向上的人生态度，藏族人在海拔如此高的高原上用生命与寒冷抗争、与饥饿抗争，他们的乐观是超乎常人想象的。在草原生活的牧人，进入中年以后很少没有不患风湿疾病的，在湿漉漉的草地上长年累月劳作招来的疾病让大部分风烛残年的老人不得不借助拐杖支撑着过下半辈子。但是他们的乐观生活态度与关节疼痛却成反比：

> 他们的生活态度中，认为快乐和疼痛是与生俱来的，就如喝茶和撒尿，疼痛归疼痛，乐观归乐观，不要因为疼痛就吓得忘记了乐观。因此，尽管有时他们痛得龇牙咧嘴的，但别人仍能看见他们从疼痛里挤出快乐而从容的笑容，外界很少能分辨出他们龇牙咧嘴的夸张表情究竟是痛还是乐，在他们的眼神中很少流露出抱怨的神态，向着支撑着对自然、神和不可知的生命奥妙的深深敬畏。①

可见，藏族人超乎想象的乐观精神是任何一个民族都无法比拟的，也正是因为这种积极乐观的生命态度，他们才能创造出顶天立地的生命文化。在《康巴》中，也有类似的描述，高原的天气就跟女人的脸一样说变就变，滚滚的乌云遮蔽了太阳，鼓动呼啸的山风卷着尘土朝骡队袭来，极大地减缓了前进速度，人和骡马在能卷走人的山风中佝偻着身体顶风前行，风将他们的衣服吹胀得像气球，吹打在脸上的沙土使人和骡马睁不开眼睛。驮脚娃们抹了酥油的脸在日晒雨淋、风吹霜打中黑如锅底，但是他们仍然乐观地开着玩笑"热不死的屁股，冷不死的脸"②。同样在小说《康巴》中，达真刻画了外国友人鲁尼和去拉萨朝圣者一家的对话，特别是朝圣者对自己长期磕长头在额头长出"肉茧"的自豪解释，"我二十七年前就围着这个寺庙磕长头，额头上这个你说的'肉茧'就是佛赐给我的'绿松石'"③，藏族人

---

① 达真：《命定》，四川人民出版社，2016，第 168 页。
② 达真：《康巴》，四川出版集团 / 四川文艺出版社，2014，第 404 页。
③ 达真：《康巴》，四川出版集团 / 四川文艺出版社，2014，第 78 页。

的虔诚和乐观让鲁尼感到极度的自惭形秽，也让他感受到了虔诚信仰者的无怨无悔。在回营地的路上，鲁尼觉得自己一直秉持着的白人的优越感正在动摇，他认为自己以一个失败者的姿态结束了"所谓用文明去开化提升亚文明"的对话。这是他踏上青藏高原两年多来最深刻的一次体验，像佛祖在菩提树下的顿悟。朝圣者们用最真诚和富含生命的密码消解了外国人鲁尼的自以为是，用对信仰执着的追求昭示他们对生与死的坦然和从容，正如鲁尼最后意识到的："其实一个人生在何处，生于何时是娘胎中就决定了的，是无法选择和预演的，自己唯一能做的就是无悔地热爱自己的降生地。"①多么崇高的精神信仰和生命追求，精神富足远比物质富足更强大、更有力。

藏族人乐观豁达的心境在散文作品中也有很深刻的体现。雍措在散文集《凹村》的"不结果的树""荒野""植被茂盛的地方——清明节之际，仅以此文献给父亲"等篇什中都不同程度地表达了藏族人面临困境时所表现出的积极、乐观、豁达的人生态度。在"不结果的树"中，雍措刻画了凹村人一年四季都生活在盼望中的心理状态：

> 盼着水牛下崽，盼着儿女长大成才，盼着蜜蜂产出更多的蜜汁，盼着肥地里的庄稼产量高过前一年。然而，有的盼能如愿以偿，有的盼等来的却是失望。可是不管如愿也好，失望也罢，凹村人在盼方面的精力从不减退，他们最爱说，有盼头，就有希望，没有盼头，就跟枯死的树桩一样，再无回天之力了。对有希望没希望的东西，都撒下盼的种子。这是凹村人的德行。②

一年到头，凹村人都在期盼中度过，不管一年中盼来的是希望还是失望，他们在盼方面的精力从不减退，而是一直怀揣着盼的种子，因为他们深信只要有盼头就有希望，如果连盼头都没有了，就像枯死的树桩，再也无力回天了。因此凹村人不管对有希望还是没希望的东西，都统统撒下盼的种

① 达真：《康巴》，四川出版集团/四川文艺出版社，2014，第79页。
② 雍措：《凹村》，作家出版社，2015，第29页。

子。正如雍措所写的，这是凹村人的德行，也是凹村人一直保持着的人生态度。这种积极向上的乐观精神指引着一代一代凹村人向前迈进。在篇目"荒野"和"植被茂盛的地方——清明节之际，仅以此文献给父亲"中，雍措运用灵动的文字描写了父亲坟地及坟地周围的植被生长状况。细致入微的描写，一方面表达了雍措对已故父亲无尽的思念和怀念，另一方面折射出人不得不接受现实境遇所带来的苦难和磨炼，这是对人心境的考验，当苦难发生时，"管不了的东西，就认命吧"[1]，在纸醉金迷、物欲横流的现实社会里，"什么都会老去，不要把不能带走的东西，看得太重，重是一种负担"[2]。多么干净、豁达、向上的心境啊！这不仅表达了父亲对女儿的谆谆教诲，也表现出藏族人乐观、豁达、积极、向上的心理状态。

藏族人乐观、豁达、积极面对困境的精神生态在格绒追美的《青藏辞典》中也有论述。格绒追美认为每种境况都是礼物，每种经验都隐藏着财宝，你无法改变外在的事件："因为那是由许多人创造出来的，而你的意识尚未成熟，不足以单独地改变那些被集体地创造出来的东西，所以你必须改变内在的经验，最伟大的提醒者并非他人，而是你内心的声音，内心的声音是我们说出的声音中最响亮的。没有任何事物本身是痛苦的，痛苦是错误思维的结果。"[3]格绒追美劝慰现实生活中的人们不要为错误思维的结果而感到痛苦和困惑，而是应该积极面对生活中的困境和不如意。当遇到紊乱情形时，唯一的办法是："让心找到一个皈依，一个清泉般可以时常照耀阳光、沐浴月光的宁谧之境。"[4]并且希望人们不要被外在的、物质的渴求所迷惑，我们必须遵从和聆听内心的声音，以灵魂为精神主导："当身体、精神与灵魂和谐地、整齐地共同进行创造时，神就会化身为肉体。或许，我们也能成为自己的神，真正的神，一个穿行于世间的大师，而不是迷失灵性的所谓的'成功者'。"[5]

---

[1] 雍措：《凹村》，作家出版社，2015，第 17 页。
[2] 雍措：《凹村》，作家出版社，2015，第 98 页。
[3] 格绒追美：《青藏辞典》，作家出版社，2015，第 4 页。
[4] 格绒追美：《青藏辞典》，作家出版社，2015，第 10 页。
[5] 格绒追美：《青藏辞典》，作家出版社，2015，第 4 页。

除了描写藏族人乐观、豁达、积极面对困境的精神向度，在《青藏辞典》中，格绒追美还描写了藏族人心境的高贵，以下这一场景就非常真切地反映出了藏族人内心的富足和丰盈：

几名名人到拉萨朝圣，在大昭寺遇到一个全身脏污衣衫褴褛的乞丐正在佛祖前喃喃祷告，其中一位名人用手帕捂住了鼻子，因为乞丐身上的肮脏和散发出的五味真的太难受了，他嚷嚷道："啊呀，太脏了，太脏了，我受不了啦！"眼里满是鄙夷、歧视。导游终于忍不住了："你别觉得自己高尚，还不知道谁脏谁不干净呢。"那位名人破口大骂："我就嫌脏，怎么啦？"另一位名人趋步向前，站在乞丐旁，看着乞丐虔诚地心无旁骛地祈祷不休。见乞丐祈祷完毕，那位名人拉上一位懂双语的游客，好奇地请他问乞丐，他祈求什么？乞丐笑了，露出洁白的牙齿，污垢的脸上笑意恣肆无拘："我祈求六道众生离苦得乐，人间幸福安宁和平，没有战争，没有疾病。"当游客把这段话翻译过去以后，几位名人的眼睛瞪大了。那位名人说："就这些？就没有为自己发财致富拥有权力……"当把疑问翻译过去之后，乞丐笑了："都为自己？"然后，摇摇头，以善良的眼光将他们扫视后，迈步走开了。此时，导游以别样的眼光看着那个嫌乞丐脏污的名人。名人见了，脸色一下涨红了。[①]

格绒追美运用了比较的写作手法，将名人和乞丐的外在与内在进行了对比描写，名人外表光鲜亮丽，乞丐却是全身脏污、衣衫褴褛。外表光鲜的名人嫌弃乞丐的脏与臭，因此对乞丐破口大骂，当名人了解到全身脏污的乞丐祈求的是六道众生离苦得乐，人间幸福安宁，没有战争与疾病的时候，他诧异地质问就只有这些吗？就没有为自己发财致富拥有权力等祈祷吗？乞丐听后摇摇头，迈步走开了。从对名人与乞丐的外部描写以及名人与乞丐的间接对话可见，衣着华丽、外表光鲜的名人的心灵是如此的肤浅和庸俗，只为自己的名利钱财而活；然而，衣衫褴褛、全身脏污的乞丐却具有胸怀天下的气

---

① 格绒追美：《青藏辞典》，作家出版社，2015，第44页。

度，祈求众生离苦得乐，人们远离疾病和战争，人间幸福安宁，这足以表现出藏族人内心富足丰盈的精神向度。

　　藏族同胞们宽阔、豁达的心胸在康巴作家群作家的诗歌作品中也有体现，列美平措就是最具有代表性的一位。藏族人民乐观、豁达的精神状态与他们一生追寻的宗教信仰紧密相连。从藏传佛教中，他们学会了来世今生、灵魂不灭的生死观。他们认为人的生命在六道轮回中生生死死，循环往复，一个人的死亡不仅仅是今生的终结，更是来世的开始。这种乐观、豁达的精神在诗歌《蓝天牧人葬礼》中，就有深刻的体现："当最后一只鹰鼓翅离去／牧人就完成了升天的宿愿／……蓝天是辽阔而高远的／牧人的心比蓝天更辽阔／生是为了同日月一起／把浓烈的爱泼洒人间／就是死也这样裸着／不带一棵草一粒土／筋骨血肉连同名字一起交给鹰／只让灵魂属于自己／让它去任意放牧的蓝天。"① 蓝天是辽阔而高远的，然而牧人的心却比蓝天更辽阔、更高远，有限的肉身无法承载宽广的灵魂，当躯体疲惫倒下时，灵魂随着展翅的神鹰高飞入天，让它去任意放牧蓝天，多么宽广而豁达的生命观。在《时代》中，列美平措继续刻画了藏族人积极向上、乐观豁达的精神状态：

　　　　喧嚣的蹄音和狂喊的激动

　　　　草原曾在哄闹里错乱脚步

　　　　苍凉和荒芜在悲哀中徘徊

　　　　窒息下倍增许多祈祷和膜拜

　　　　雪山紧锁了眉头思索

　　　　江河沙哑了痛苦呻吟

　　　　皮鞭挥舞有力的抽打

　　　　岁月之河只溅起几朵浪花

① 列美平措：《列美平措诗歌选》，四川出版集团／四川民族出版社，2004，第155页。

历史从未来的阳光大道走去

牦牛蹄音滞缓却很有力

负重的躯体即使倒下

执拗的头颅仍然向前方眺望

只有骏马能放纵奔驰的四蹄

牧人的心灵是质朴的土壤

苦难和美丽的种子都能开花

让春风载来一片爱的阳光

洒一层深情又黝黑的温暖

那断续又凄切的声调会继承一曲悠远的笛音

喷涌一股不屈与渴求的力量

奶茶煮沸了就会有芳香溢出

耻辱和仇怨将被希望的膨胀冲破

紧锁的歌喉不只是暗夜的点缀

远处牧人骏马与牦牛踏歌而来

推一幅大自然中生命永恒的油画①

　　列美平措在诗歌《时代》中描写了现代的喧嚣与狂躁把草原哄闹得错乱了脚步，雪山为此紧锁了眉头，江河为此呻吟变得沙哑，然而生活在草原的藏族同胞却在苍凉、荒芜和悲哀的环境氛围中保持着原有的纯真和善良。牦牛蹄音滞缓却刚强有力，就算负重的身体即将倒下，执拗的头颅仍然向着前方眺望，多么刚毅、强健、不屈不挠的性格特点。紧接着，列美平措在诗歌中把康巴藏族牧人的心灵比作质朴的土壤，不管种子是苦难的还是美丽的，

_____

① 列美平措：《列美平措诗歌选》，四川出版集团／四川民族出版社，2004，第89页。

在康巴牧人们的心灵中都会开出美丽的花朵，直接体现出了牧人心中珍藏着的真与善。在诗歌的后半部分，列美平措再次运用"春风""阳光""温暖""不屈与渴求的力量""耻辱和仇恨将被希望的膨胀冲破"等言语描写了不管高原环境有多么恶劣、条件有多么艰苦，藏族人始终保持着这样一种积极向上、乐观豁达的人生态度，从而牧人、骏马、牦牛构成了大自然中一幅幅生命永恒的画卷。这种豁达、宽广的生命观、生死观无不体现着藏族人民对生命本体的向往和憧憬、对灵魂完美的寄托和诠释，这更是藏族辽阔、高远、丰富的精神内涵的再现。

宁静祥和的心灵状态也是列美平措诗歌描写的所指之一，在列美平措的诗歌中他借用了藏族宗教文化的一个词"圣地"来表达他内心所指的精神状态。在《列美平措诗歌选》的第四辑中，他以"圣地之旅"为标题，共书写了三十首诗歌。在"圣地之旅"第一首中，列美平措就以"独自行走高原的边缘和腹心地带／寻找一片慰藉心灵的圣地／我渴望并相信我会如愿以偿"①去寻找心中的那片圣地。这里的"圣地"绝非宗教意义上的某个场地，而是生命终极指向的精神牧场。在人类的现实生活中，所有外在的、表面的事情最终都会指向并作用于人类的内心世界，最终都是为了人类自身心灵获得宁静，精神获得解脱，因此，列美平措才会在诗歌中频繁出现躁动的身躯渴望平静的诗句："随着生命一天天地衰老／心也就逐渐平静而平和／对宁静的渴望就会越来越强烈。"②"在黎明来临我回到现实／洗尽罪恶的躯体顿时轻松不少／努力保持心灵真诚和宁静／灵魂也就渐渐变得富有起来了。"③在第二十首、二十二首和二十三首中，他再次刻画了人们"迷恋村庄和牧场，沉浸于树林和西边的宁静和对宁静处所的渴求"④，"我此刻正向着西边的

① 列美平措：《列美平措诗歌选》，四川出版集团／四川民族出版社，2004，第163页。

② 列美平措：《列美平措诗歌选》，四川出版集团／四川民族出版社，2004，第170页。

③ 列美平措：《列美平措诗歌选》，四川出版集团／四川民族出版社，2004，第178页。

④ 列美平措：《列美平措诗歌选》，四川出版集团／四川民族出版社，2004，第195页。

草原行走／湛蓝的河　洁净的云／我抛弃所有的狂放和虚荣／寻求归宿寻求一片未被污浊之地／真切地期盼心灵与自然的紧密吻合／我一步步远离城市和喧哗／陶醉于神话藏匿的山网／我们是一群自身灵魂的朝圣者"[1]，"朝圣那些河流和山峦山寨和牧场／旅途的疲劳　暗夜的寂寞／以及对远方爱人的思念／都将在每一个歇息地／露水一样被蒸腾　圣地之旅／永远是我们心灵最平静的旅程"[2]。为了获得内心的平静和安详，列美平措就不断地前行和不停地追问："哪里是我的归宿，哪里是我的圣地，抵达的目的终不是我的路途的终极。""无法安定的不是我的双脚"，而是现实境遇中"那颗无法安静的心"[3]。研究生态文学或自然文学的重要目的就是要解决人的心灵的问题，这既是出发点也是归结点，只有在文本解读的过程中将自然的生景与人的心景有机地结合起来，才能真正实现生态批评研究的终极目标，净化人的心灵，以达到和谐统一、圆润如初的生态及心态。而藏族诗人列美平措做到了，他将灵魂放逐于山水之间，向西向西拼命向西，寻找一片洁净无污的圣地。在康巴地区，互帮互助、善良淳朴是人们天生的美德，藏族同胞们长期与自然和谐共处，人与人之间互帮互助，人与神灵频繁沟通，养成了藏族达观仁爱、淡泊安详的心性。不管时代如何发展、社会如何变迁，藏族同胞们都从未改变地坚守着这些美德，这种极高的精神修为对当下唯利是图、急功近利的现代社会有很高的借鉴和指导意义。

青藏高原独特的地理环境和多变的气候特征铸就出藏族人乐观虔诚的精神状态。他们之所以能忍受、乐于忍受，是因为他们拥有自己独特的精神信仰，他们用自己的真诚谱写着动人的人性之歌。他们在物质上或极其匮乏，但在精神上无比富裕。他们追求简朴、清贫、乐观、虔诚的生活，正如鲁枢元所说："信仰，简朴，自然，艺术如果能够渗融在同一个生活情景中，

---

① 列美平措：《列美平措诗歌选》，四川出版集团／四川民族出版社，2004，第201页。

② 列美平措：《列美平措诗歌选》，四川出版集团／四川民族出版社，2004，第200页。

③ 列美平措：《列美平措诗歌选》，四川出版集团／四川民族出版社，2004，第201页。

那将是一种最高和谐的美。"① 这正是鲁枢元在《生态批评的空间》中所倡导的"低物质能量运转中的高层次的生活"。康巴作家群作家的作品恰好达到了这种最高和谐的美。

真实呈现人性之美也是康巴作家群作家创作的目的之一。其中达真的《康巴》就最具有代表性。在面对兵匪的抢劫时,云登土司义不容辞地承担起了抗击兵匪的重任。当全城人推举云登为自卫队队长时,他感受到的是共同的灾难让他们走到了一起,这些平日里与他素无来往的人,在困难之际,却能唇齿相依、辅车相连,众志成城地为保卫家园而奋起反抗。再如尔金呷的女儿与仇人儿子相恋后,受到了重重阻挠,一对年轻人发生了爱情悲剧,尔金呷在众人面前那发自肺腑的呼唤:"孩子,你和土登的事怎么不早些告诉阿爸啊,是阿爸害了你和全家啊!"②两个家族的深仇大恨得到化解,人性深处的慈爱与良善得到彰显。《命定》同样呈现出了人性的至善之美。行善布施让长期流浪在外的土尔吉感到分外喜悦,行善之时是出逃以来心情最为放松的时刻,布施使他极为兴奋,他希望在未来的日子里获得更多利他的快乐,这些都是人性之美的真实体现。达真在短篇小说集《落日时分》中同样塑造了像格央宗夫人、阿满初、益珍老阿妈等善良、美丽、活泼,代表着人间大爱的人物形象。小拉姆一家用坦然、豁达的方式谅解了苏峰对小拉姆的造次,宽容、善良的藏族人家最终净化了苏峰灵魂深处最肮脏的部分。雯雯把她在小拉姆家的所见所闻通过长长的手机短信发给了苏峰,真实呈现出了藏族人纯真、善良、大爱的人性之光:

> 真是百闻不如一见,当我走进次仁家的帐篷时,他们得知我是你的妻子,从翁姆阿姨眼角挂着激动的泪珠和小拉姆衔住手指的惊讶表情上我看见了我不曾看见过的纯真。那种热情和真诚很快洗掉了我来时的警惕和顾虑,我紧张的心情豁然开朗,一种按我们的理解,诸如赎罪、商谈和讨价还价的一套方式完全化为乌有,我看见了我们理解的短板。让

---

① 鲁枢元:《生态批评的空间》,华东师范大学出版社,2006,第145页。
② 达真:《康巴》,四川出版集团/四川文艺出版社,2014,第245页。

我无地自容的是，小拉姆那双明亮纯真的眼睛完全看不到所谓的野心和功利，此刻用野心和功利来打比方都对小拉姆是一种亵渎。从认识她的那一刻，她就妹妹般地依恋着我，生怕对我照顾不周。她对你的依恋是兄妹的依恋，我庆幸我沾了你的光，毫无疑问，小拉姆对你的情感是世界上最纯真的兄妹之情。如果我不亲自来感知草原，不深入这种氛围找到另一种文化和价值的表达，我们很可能就此分手了。不枉此行，我也获得了最为重要的人生感悟，原谅一个人是容易的，但再次信任，就没那么容易了。因此活着就要善待自己。不管是友情还是爱情，你来，我热情相拥。你走，我坦然放手！不属于我的东西我不强求。时间在变，人也在变。有些事，不管我们如何努力回不去就是回不去了。很多时候，宁愿被误会，也不想去解释。信与不信，就在你的一念之间。所以在遇见时，请一定要感激，相爱时，请一定要珍惜，转身时，请一定要优雅，挥别时，请一定要微笑。因为一转身，可能一辈子也不会再相见了。其实你眼中的次仁并非你理解的那样，他对你的唯一抱怨是，"这人怎么了，走了连个招呼都不打，甚至连照相机都不要了，上海男人都这样？"好了，回来再叙谈。[1]

　　雯雯用简单、朴实的语言向苏峰描述了她到藏地小拉姆家的所见和所感。在短信中，她高度赞扬了藏族人家的至纯与至善。刚到小拉姆家的时候，翁姆阿姨的热泪、小拉姆的惊讶使她体验到了从未有过的纯真，他们的热情与真诚彻底打消了雯雯的警惕和顾虑，并让她认识到了曾经用野心和功利来打比方都是对小拉姆的一种亵渎，从而让她感到无地自容。她通过小拉姆对雯雯的依恋判断出小拉姆对苏峰的依恋是兄妹的依恋，是世界上最为纯真的兄妹之情。雯雯自省到如果不亲自来感知草原，不深入这种氛围找到另一种文化和价值的表达，他们很可能就此分手了，不枉此行，雯雯也获得了最为重要的人生感悟。是藏族文化以及藏族人特有的真诚与热情、纯真与善良深深地温暖了雯雯，让她有了如此彻底的人生感悟，这是简单、

---

① 达真：《落日时分》，四川出版集团/四川文艺出版社，2012，第120页。

朴实且极为珍贵的人性之美的体现。在人性光辉的照耀之下，雯雯对自己的人生有了更加坦然、豁达的理解和认识，诸如"你来，我热情相拥；你走，我坦然放手；遇见时，要感激；相爱时，要珍惜；转身时，要优雅；挥别时，要微笑"等等的人生体会。在这片充满友善的信佛之地，雯雯夫妇被人性的善良感染着、包裹着。

正如麦家在《〈康巴〉与帕慕克》中论述的，他们"用爽朗的泪水和欢笑演奏出了一曲高扬的人性赞歌，是大爱，是虔诚的宗教信仰支撑着康巴藏族人勇敢坚强地生存在康巴大地，是这片神奇的热土造就了乐观、隐忍、宽容和善良的康巴儿女"[①]。也正是宗教信仰赋予他们的这种积极、豁达的人生态度，才会绽放出康巴人与恶劣的自然环境和复杂的社会环境相抗争的生命的活力和人性的美好。

---

① 格绒追美：《康巴作家群评论集》，作家出版社，2013，第62-65页。

第二节 欲望批判

我们似乎日益沉溺于物质满足的形式中，但付出的代价是丧失自己的精神生活，物质丰厚的同时却丧失了心的意向，真正的生态危机发生在人的精神领域。随着社会生产力的持续发展，物质生活条件的逐渐丰厚，精神生态状况却每况愈下，具体表现在道德感和社会责任感逐渐下降、消费主义和拜金主义倾向越来越明显、人性的异化和情感的冷漠等。人类思想观念上的偏颇，欲望的无限膨胀，导致人类对生态资源进行毁灭性的开采，极大地破坏了自然的自我修复能力，造成了严重的生态失衡，因此常常有人把人类的贪婪欲望归结为造成生态危机的根本原因，进而欲望批判成了生态批判研究中的热词。英国历史学家阿诺德·汤因比（Arnold Toynbee）曾在《人类与大地母亲》中指出，地球的安危完全在于人类是否克服贪婪的欲望："人类会杀害大地母亲，抑或将使它得到拯救？如果滥用日益增长的技术力量，人类将置大地母亲于死地，如果克服了那导致自我毁灭的放肆的贪欲，人类则能够使她重返青春，而人类的贪欲正在使伟大母亲的生命之果——包括人类在内的一切生命造物付出代价。"[1] 美国经济学家肯尼斯·汤森（Kenneth N Townsend）在《珍惜地球——经济学·生态学·伦理学》一书中就指出："贪

---

[1] 阿诺德·汤因比：《人类与大地母亲：一部叙事体世界历史》，徐波等，译，上海人民出版社，2001，第529页。

得无厌的人类在心理和精神方面的饥渴是不会饱足的，实际上，眼下为越来越多的人生产越来越多的东西的疯狂愚行还在加剧着人类的饥渴。备受无穷贪欲的折磨，现代人的搜刮已经进入误区，他们凶猛的抓挠，正在使生命赖以支持的地球方舟的循环系统——生物圈渗出血来。"①在康巴作家群作家的作品中，不管是小说、诗歌还是散文，作家们都不同程度地表现出了对当今社会物质至上、欲望膨胀的担心和忧虑，格绒追美就是最具代表性的作家之一。

一、欲望批判

作为康巴作家群中最具代表性的作家，格绒追美不论在小说还是在散文中，都频繁地对现代人表现出的无限的物质欲望进行严厉的批判，可以说欲望批判是格绒追美写作的关键词。在散文集《在雪山和城市的边缘行走》的第一篇文章"让思想自在飞翔"中，格绒追美就直接点明写作灵感："在大山里，人们敬畏苍茫的原野、冷峻的雪峰以及蓝得如碧玉的海子，人、神与万物共居，同为一体，我时常会感到自己的渺小，同时，又因为亲近土地而感到自在、踏实和温柔。"②然而，在都市，"当人们居住在摩天接云的高楼大厦中，人就感到压力，感到萎靡颓丧，感到那背后的金钱带给人心灵的憋闷和喘息"③。格绒追美分别刻画了大山里的人和城市里的人两种截然不同的生存状态，一边是悠闲自得，人、神与万物共居的美妙画面，一边是欲望写在脸上的浩荡人流的世俗场景。同样，在长篇小说《青藏辞典》的词条"气息"中，格绒追美也运用对比的手法描写了生机盎然的大自然与遍地都是钢筋水泥"笼子"的大都市带给人的不同的心理体验：

① 赫尔曼·戴利，肯尼斯·汤森，《珍惜地球——经济学·生态学·伦理学》，马杰等译，商务印书馆，2001，第179页。
② 格绒追美：《在雪山和城市的边缘行走》，四川出版集团／四川文艺出版社，2012，第1页。
③ 格绒追美：《在雪山和城市的边缘行走》，四川出版集团／四川文艺出版社，2012，第1页。

　　从喧哗的都市回到康定，下午，到后山散步。看着谷底的康定，听着喧嚣的车声人音，而我感到了深深的宁谧，这宁谧是一种难以言说的寂静、安宁、和缓，穿过脑子渗透到骨髓血液——这只是人类言语有限的表达罢了，像是高僧大德或非凡之人降生前的一刻，像佛陀成佛时天地宇宙万物各得其所的自由之境，像死亡掳走生命人心未能觉察的那一瞬间。总之，我的心灵幽幽沉醉其间。我感到幸福、自由，生命也呈现出毫无羁绊和障碍的神圣状态。然而，在钢筋水泥的"笼子"里，人在迟钝，在异化，像迟暮的黄昏，过早地走向了衰朽。唯有大自然永远生机盎然。人只有回到大地的怀抱，才能永葆青春和旺盛的生命力，也只有这样，才有可能踏上智慧之道。①

　　通过对比分析，格绒追美总结出如果人长期居住在大城市里钢筋水泥的"笼子"里，思想就会变得迟钝，人际关系就会慢慢开始异化，就像迟暮的黄昏，过早地走向衰朽。生活在城市里的人爱金钱名利，他们是追逐欲望又被欲望吞噬的人。因此，在城市和雪山之间穿行的他，心灵历程既有趣又沉重，有趣是因为他发现了城市与大山的不同，沉重是因为现代人们对物质欲求的极端追求和过分追捧。

　　在篇目"金钱的魔力"中，格绒追美开篇就写道，在城市里奔忙，时常感到金钱的魔力越来越大了。"那样一批人像吸血虫一样虎视眈眈，一有风吹草动，就把别人的精力和心血吸吮，把金钱和物质掳走。人性中的黑暗是那魔窟呢，人心里的魔鬼出笼，人就变得比魔鬼更加可怕。在这个物质主义和利欲熏心的大染缸里，灵魂堕落，像娼妓一样日益变得无耻而贪婪。"②格绒追美严厉地批判了现代社会中人心的堕落和道德的沦丧，他一方面把利欲熏心的那一批人比作吸血虫，他们随时准备吸吮别人的金钱和物质，这种人性的至暗面一旦暴露出来比魔鬼都可怕；另一方面把物质主义、利

---

① 格绒追美：《青藏辞典》，作家出版社，2015，第29页。
② 格绒追美：《在雪山和城市的边缘行走》，四川出版集团／四川文艺出版社，2012，第9页。

益至上的现代社会比作大染缸,在染缸里,人们灵魂堕落,像娼妓一样变得无耻和贪婪。在文末,格绒追美鼓励人们走上精神富足之道:"踏上精神旅程吧,磨砺生命之轮,冶炼自己的灵魂,最终构建自成一体的精神世界。灵魂,唯有灵魂,才是温暖的太阳。"① 在"又见混乱的世界"中,格绒追美写道,地球变成了村庄,而人性膨胀得像天空一样阔大,欲望如沸腾的大海,人类似乎正忙于自制一个欲望沸腾的世界,让人心渐渐远离了山水。在城市,浮躁之风盛行,连三四十岁的人也每天急躁躁的,一副难见天地的样子。他认为世界无穷无尽的混乱其实来自人心沸腾的欲望,都是这些见不得阳光的肮脏念头所致的。人们闭锁在水泥和钢筋浇筑的匣子里,像笼中的动物,定时进出,似乎无缘见到心灵曾经抵达的风景。在"幸福的时光里,我和母亲心心相印"一文中,格绒追美再次通过对比书写的方式,一方面描绘了在农村的幸福时光,与母亲心心相印的美好光景,另一方面批判了过剩的都市欲望气息:"我至今还能切肤地体味到森林里那股暖暖的好闻的棕色、黄色和浓绿的气息——然而这一切,都显得那么遥远啊。在城市的水泥、瓷砖和玻璃的世界里,我整天闻嗅的是撩人的欲望气息。"②

格绒追美在篇什"心的另一个名字叫欲望"中,指出人一定要摆脱物质的、欲望的羁绊,获得心灵的自由,获得心灵自由飞翔的无限时空。然而,时下,最为时尚的是人和物的包装,甚至连情感和苍白的"思想"都可以装饰。为此,格绒追美发自灵魂地叹息道:"是啊,金钱和物质把我们的生命都淹没了,人要蜕化成另一种物种了。"③紧接着,格绒追美自问自答地谈及了物质与金钱所具有的超强大的力量:

物质背后是什么?金钱。金钱正在做什么?金钱正骑在人的头上,

① 格绒追美:《在雪山和城市的边缘行走》,四川出版集团/四川文艺出版社,2012,第10页。
② 格绒追美:《在雪山和城市的边缘行走》,四川出版集团/四川文艺出版社,2012,第15页。
③ 格绒追美:《在雪山和城市的边缘行走》,四川出版集团/四川文艺出版社,2012,第74页。

奴役人们。金钱购买荣华富贵；购买妓女的身体；金钱交换利益，还买来爱情、友情、关系。它吞噬人心，啃咬人性中光明的领地。贪官污吏在暗中撒金收银；商人在金钱中自得其乐；钻营者用金钱铺路；工人为工头剥剩的金银残渣在日头下挥洒汗水；农人为果腹耕种；为取悦上司，公款在杯觥交筹中像水一样哗哗流淌，一桌饭钱足以当一户农家一年的开销……①

从以上这段文字可以看出，格绒追美首先赤裸裸地揭露了物质、金钱的巨大魔力，并指出现代人已经彻底被金钱所奴役，因为金钱正在慢慢地吞噬人心、啃咬人性中光明的领地。人们运用金钱不仅可以购买荣华富贵、妓女的身体，还可以买来爱情、友情和关系。随后，格绒追美一一指出，不同类别的人对金钱使用和操控的情况不同，贪官污吏在暗中撒金收银，商人在金钱中自得其乐，钻营者用金钱铺路，工人为工头剥剩的金银残渣在日头下挥洒汗水，农人为果腹耕种。可见，金钱变得高贵而又低贱，暧昧而又神圣，它披着富足光明的光亮，又暗藏着魔鬼的恶毒。同样，在"心的另一个名字叫欲望"篇目中，格绒追美不仅指出了人类欲望的强烈，而且还指出人类欲望增长的速度实在太快："人心、头脑中的欲望像裂变的原子，像繁衍旺盛的菌种，像大海的波涛生生不息。"②欲望及欲望增长的速度，使得人心正在堕落，人的思想和智慧日渐苍白，人离"人"本身、离"人"本心越走越远了。

"当欲望像狂风般肆虐时，人世间将变得无比昏暗"③，因此心境的混乱映射出这个时代的混乱。在篇目"光明清新的梦境稀少而遥远"中，格绒追美开篇就指出在现代社会中，若想保持精神的洁净、内心的干净似乎越加困难了，因为人类社会像一片火海，欲望之焰日盛一日。于是，人类就

---

① 格绒追美：《在雪山和城市的边缘行走》，四川出版集团/四川文艺出版社，2012，第75页。
② 格绒追美：《在雪山和城市的边缘行走》，四川出版集团/四川文艺出版社，2012，第75页。
③ 格绒追美：《隐蔽的脸：藏地神子秘踪》，作家出版社，2011，第7页。

开始走向另一个极端："为名声、利益、财富、地位无限忙碌，绞尽脑汁、千方百计地掘取攀升，甚至不择手段。"① 人类正在渐渐脱离自己而走向异端，在芸芸众生中，人类是多么自以为是，总是把自己看成大自然的主宰。没有人在饕餮大餐时，想过嘴里细嚼慢咽的美食曾经是自由活泼的生命体，也没有人想过在油锅里煎炸的活鱼蹦跶不止，是因为它也感到了恐惧和痛苦。长久以来，人类为了追求物质上的满足，正在丧失自己，遗失灵魂却浑然不觉。物质社会可怕毒素的强大，几乎到了无孔不入的地步，是欲望控制住了人的心灵，而人已经被执着的魔力裹挟了。内心的混乱使得人眼不明、心不亮，像被污浊的迷障所笼罩，这时代的混乱正是人心境混乱的真实写照。

心境的混乱导致现代人只认物质不认人的错误选择，比如结婚只是为了钱财。格绒追美在《青藏辞典》词条"苦命"中就写道，歌舞团美女云集，脂粉味浓郁熏天，一个绝色美女说："阿妈（夸张语），我可不敢找一个没钱没权的，找一个无钱无权的，如果他连我每个月的化妆品都供应不上，那我痛苦死了。谁都想找一个有钱有房有车有权的。如果我找一个老头，让人羞死啊，管得了那么多？我可不计较。包养也可以。我怎么这么苦命？都遇到了青勾子娃娃。"②格绒追美运用讥讽的语气描写了歌舞团美女超现实的择偶要求，美女抱怨自己命苦，是因为没有遇到有钱有权的对象，遇到的都是"青勾子娃娃"，"青勾子娃娃"在四川话中特指年轻、乳臭未干的小伙。年轻小伙在钱、权方面自然是相对匮乏的。绝色美女的一席话，折射出现代社会扭曲的婚姻观。在物欲横流、物质至上的现代社会，对于女性，结婚仿佛只是为了获得钱财和物质上的满足，有钱有房有车有权已经成了人们的择偶标准。因此为了物质上的满足，女性宁愿嫁给老头或是宁可被包养也不愿嫁给爱情。扭曲的婚姻观在词条"婚姻"中也有较为全面的描写：

---

① 格绒追美：《在雪山和城市的边缘行走》，四川出版集团／四川文艺出版社，2012，第185页。
② 格绒追美：《青藏辞典》，作家出版社，2015，第31页。

有女人表达自己对女人婚姻的见解，她说，女人一生中结三次婚是最好的，也是最合理的：

> 年轻时找一个成熟有保障的男人，既衣食无忧，又得男人宠爱，男人有钱最好啦；当男人逐渐老去，干活也乏力，而自己的经济获得独立时，离婚后再结第二次婚，这一次，找一个年轻小伙，充分享受人生，给小男人能给多少就给多少；当自己年老色衰，男人也厌倦之后，要有自知之明，这时，你最好选择离婚，第三次婚姻组合，要找一个与自己年龄相当的人，所谓老伴，相互照顾，共度余生。[①]

真正的婚姻是建立在爱情的基础上，以高尚感情、崇高理想作为婚姻家庭生活的本质和基础的。并且，彼此双方能执子之手与子偕老，在对方需要帮助的时候及时出现在对方的身边，在对方处于困境、伤心难过的时候给对方一个依靠，在对方开心的时候能与其一起分享快乐，这是最基本的婚姻价值观念。然而，以上这段文字赤裸裸地展现出有的女人对婚姻肤浅的认识，在她们看来婚姻就是一座通向物质和财富的桥梁，女人一生中应该结三次婚，而每一次结婚都有利可图、极具目的性。第一次结婚是为了获得物质满足、财富自由，第二次结婚是为了有年轻小伙陪吃陪喝，纵享人生之乐，第三次结婚是为了获得别人的照顾。这种物质至上的价值观念彻底扭曲了婚姻本该有的价值和意义。在词条"婚礼"中，格绒追美继续描写了现代社会变质的婚礼庆祝方式，与其说婚礼是一对新人结合的宣示，还不如说是另一种交易的舞台，举行婚礼只是为了收取礼钱："村里一位退休干部准备给儿子举行婚礼，邀请我们一家参加，跟妹妹说起邀请之事，妹妹说，人家想收一点钱吧，他们才在县城里买了四十万元的藏房。妹妹的话说得那么直白，令我感到有些不习惯。"[②]真可谓是话糙理不糙，现代社会人戏称婚礼请柬是红色"罚款单"。

在《青藏辞典》中，格绒追美还以"权力""虚伪""两面""虚荣""空

---

① 格绒追美：《青藏辞典》，作家出版社，2015，第113页。
② 格绒追美：《青藏辞典》，作家出版社，2015，第3页。

心"等关键词作为描写内容，对现代社会中存在的严重的不正之风进行了批评和讽刺。格绒追美认为权力来自任命，任命来自组织，组织由人构成，因此，权力来自某人或某几个人。当权力紧握手中时，当权与利合谋，人心的膨胀与疯狂便指日可待了。现代人往往将自己的内心深深包裹，将虚假的一面张扬于人世，天长日久，连自己都被完全蒙骗了，这就是虚伪的最高境界。人心分裂也制造出两面之人，格绒追美描写了在金钱和物质的诱惑之下，有两个信徒和僧人变成了两面之人，白天在寺庙装模作样地念经祈福，到了晚上，在夜色的掩蔽之下，他们脱下僧服穿上俗装，醉醺醺地进入了世俗的享乐世界。然而因为一点纠纷被一群"街娃"（四川方言，意为流氓、混混）暴打后，被送到了医院，具有讽刺意味的是，"两人却不敢声张此事，并且还请来看望的人不要说出此事。他们隐蔽在医院里，悄悄等待伤口的愈合，然后披上袈裟好再去做教徒"[1]。多么讽刺的描写，僧人游走在僧俗两界，一边是世俗的享乐，一边假装成虔诚的信徒。正如格绒追美所描写的"一个人嘴里哇里哇啦念经，心房却被欲望主宰，一个人每天眉头虔诚磕头，灵魂却被头顶悬浮，这是佛法式微时代'空心人'的形象"[2]。这种"空心人"的形象是现代物质至上的社会现象被传到藏地后的表现形式之一，并且这种现象在藏地被那些假装虔诚的"假活佛"操纵和改编之后得到了进一步的发展，因此才有了假僧人冒充活佛去行骗的行为，在词条"金座"中就有类似的描写：

> 这位在内地名声威隆的"活佛"终于慌乱了。众大款弟子执意要去他的寺庙，既想验证他在当地的威望，又想去看看他们布施的寺庙到底修建得怎样了。这天，杨登活佛坐在寺院中，有一僧人匆匆进来拜见，他请僧人坐下，喝茶。僧人说他有重要的事要给活佛一个人说。活佛面露微笑，但见他郑重其事的样子，便让侍从退下了。僧人很爽直，他要求某一天，寺院众僧以活佛的礼仪迎接他，并让他坐一下活佛的宝座即

---

① 格绒追美：《青藏辞典》，作家出版社，2015，第 69 页。
② 格绒追美：《青藏辞典》，作家出版社，2015，第 71 页。

可。僧人倒也大方，开口就是三十万。活佛问他缘由，僧人也就直说了。说毕，见活佛脸色凝重，以为活佛对开价并不满意，便又涨到了六十万元。心想，活佛这下满意了吧，不就借一下坐床吗？如果还嫌不够，他可以给到百万。杨登活佛终于明白原委了：常年在内地冒充的假活佛要用他的寺院和坐床继续骗人，嘀嘀，我的坐床一下子成金座了，嘀嘀，这是个什么样的时代啊？活佛脸色陡变，质问道：你是来收买我，收买神圣的佛法吧？[①]

以上这段文字，清晰地描写了假僧人冒充活佛去行骗的恶劣行径。假僧人冒充活佛，在汉地吸收了众多大款弟子，然而有一天弟子们执意想去看看他们布施修建的寺庙到底建成什么样子时，假僧人就跑去藏地杨登活佛的寺庙处，以高达上百万的天价来借用活佛的寺庙和坐床以圆其谎言。当杨登活佛明白其原委以后，当场让假僧人滚出寺庙。杨登活佛的愤怒表现出他对假僧人行为的极度厌恶和严厉批判，特别是以假僧人为代表的现代社会人为了获取钱财，连神圣的佛法都想收买，真是病到骨子里了。

"空心人"的形象在词条"朝佛"中也有深入的刻画，在很多旅游景点，仿佛寺庙就是商店，朝佛就是一宗热门的生意，各种项目明码标价，俗人通过消费获得精神上的安慰，僧人通过商业运营获取物质上的满足，如下文所述：

> 母亲顽固地将二百元塞给我，说，就当是供奉吧，不然，钱全部由你出，我们可能没有功德了吧？我对母亲讲"道理"，我们来朝佛，人家是把这个做成生意，每人一百多元的门票，难道不是供奉吗？当我们一行四人在人潮如流生意兴隆的圣地朝佛时，心绪总是被各种惹眼的景致激荡：一朵花灯标价三十元，一盏未装满的油灯卖数十元到三百元不等，香也动辄上百元；在寺内，僧人坐在凳子上，桌面摆开几个法器，开光卖护身物，或摊开本子，记下别人的姓名和捐献的功德钱；在一座

---

① 格绒追美：《青藏辞典》，作家出版社，2015，第90页。

寺庙里，当你向功德箱里丢下钱时，坐在旁边的僧人便敲一下木鱼……林林总总，汉地佛法的景象，是如此的实际而又生动。仿佛佛菩萨也成了贪官污吏，俗人越是铺张就越高兴，也就越保佑人似的。当看见许多人双手合十喃喃祈祷时，我禁不住猜测俗人的自私动机：升官发财，生意兴隆，或自己胜过别人，功成名就。当人异化或堕落后，人间就有了千奇百怪的景象。我把心收回到"身躯"之家，并设法越过世俗之地，让心更真切地贴近佛法的"空性"和"无我"之道。①

以上这段文字描述了"我"带着母亲和僧人弟弟在朝佛路上的所见所闻，表达了格绒追美对寺庙乱象丛生的讽刺和批判。在文中，格绒追美运用极具讽刺和挖苦的言辞表现出了很多旅游景区寺庙里实际而又"生动"的佛法景象。母亲执意塞给儿子二百元，当作供奉，然而儿子对母亲讲"道理"说人家把这个做成了生意，每人一百多元的门票，难道不是供奉吗？紧接着，格绒追美对寺庙里一片欣欣向荣的商业景象做了详细的介绍，各种商品明码标价，一朵花灯三十元，一盏未装满的油灯卖到数十元到三百元不等，一束香卖到上百元，坐在寺庙里的僧人见有人往功德箱里丢下钱才敲一下木鱼，等等，仿佛寺庙就是商店，各项产品都明码标价，就连僧人敲木鱼也得看是否有钱丢进功德箱，多么实际而又生动的佛法景象啊！基于此番生动的景象，格绒追美通过比喻的方法将佛菩萨比作贪官污吏，似乎俗人在寺庙越舍得花钱、越铺张，菩萨也就越能保佑人，这是多么具有讽刺意义的朝拜啊！然而，寺庙尽管跟商店一样，明码标价出售各类产品，却依然人潮如流、生意兴隆，格绒追美禁不住猜测俗人朝拜的自私动机，不是为了升官发财就是为了功成名就。这恰好与词条"脏意"形成了鲜明的对比，藏族人尽管外表不那么光鲜，心境却是无比高尚尊贵的。

格绒追美在《青藏辞典》中曾提到衣着破烂的乞丐与光鲜亮丽的名人在大昭寺祈祷时的不同思想境界。通过对名人和乞丐的外表与内心的描写，一方面表现出了以乞丐为代表的佛教徒的尊贵与崇高，他们的内心充满了爱和

---

① 格绒追美：《青藏辞典》，作家出版社，2015，第15-16页。

悲悯；另一方面批判了以名人为代表的现代人完全被物质、财富、利益裹挟着，他们只为个人得失、发财致富和权力名利而活着，这是多么的自私和贪婪啊！正是因为有了人心的异化和堕落，人间才有了诸如前文所描写的千奇百怪的景象。正如格绒追美所说："如今，我们正在退入人类文明的最后防线——这是一个毫无精神向度的时代，一个丧失文化价值与理想的时代。"①

格绒追美在词条"地狱"中指出："世间最深的地狱在人心，在欲望最高的火焰中。当理性与智慧被遮蔽，兽性与疯狂裹合时，真实的地狱将活生生呈现。"②夏天酷暑难耐便是真实的活生生的地狱呈现，连避暑胜地康定都让人热得受不了，因此格绒追美在词条"酷暑"中写道，"很多人都像狗一样吐舌头长喘了吧，只是碍于人类的面子。人只是喊热，却不去追究热浪背后的原因，更不必说制止其行为了，各国元首吵闹一番之后，蹂躏地球的作为依然故我。与酷暑相对应的是人心的欲焰越发炽烈了，欲望的列车正以罕见的速度向前奔驰，已经停不下来了！"③格绒追美运用讽刺的手法描写了现实生活中，盛夏时期酷暑难耐的人们只能像狗一样吐着舌头，喘着长气。然而，人们只知道喊热，从来不去追究热背后的原因，国家领导人也是一样，在各种环境峰会上吵闹一番之后，却仍然无所作为，继续开发、剥夺、蹂躏地球。这一切都是因为人心的欲火越发炽烈，是人们搭乘的欲望的列车正在以罕见的速度向前奔驰的结果。

在词条"天价"中，格绒追美描写了在生态环境遭受重大破坏以后，人心也跟着开始异化，只为金钱和利益所驱动，人们的精神也随之开始异化走向另一个极端。水电开发，开山剖肚，引河入管，在工地上机器和人忙碌得热火朝天，不分昼夜。一辆急驰的开发商的小车碾死了一只母鸡，农民前来索赔，死缠硬磨，又喊上其他村民参与，最终获得5000元的赔偿，可谓是天价了，"怎么计算出来的呢？一，它是母鸡，每天下一只蛋，按10年计算该是多少？二，它是母鸡，留下一群鸡崽，孤苦伶仃，得抚养吧？三，孵蛋生崽，崽又生崽，子子孙孙，无穷无尽。第一次赔得4000元。第二天，

① 格绒追美：《青藏辞典》，作家出版社，2015，第121页。
② 格绒追美：《青藏辞典》，作家出版社，2015，第113页。
③ 格绒追美：《青藏辞典》，作家出版社，2015，第82页。

农民抱来公鸡索赔，说公鸡为母鸡殉情而死，再获赔千元"①。多么讽刺挖苦的一段描写啊，可这就是现实生活中真真实实发生的事情。这恰好印证了我们现代人物质丰厚的同时却丧失了心的意向，人们沉溺于物质满足的形式中，但付出的代价是丧失自己的精神生活。现代人已经跌入欲望和猜疑的陷阱，在纷繁万象的物质里迷失了心灵的眼睛，欲望控制了心灵，无法保持精神的洁净、内心的干净。

道德沦丧是人类精神异化的另一种表现形式。随着物质条件的丰厚，人们的精神生态状况却每况愈下，具体表现在道德感和社会责任感逐渐下降，消费主义和拜金主义倾向越来越明显，人性的异化和情感的冷漠，等。在"怪诞的梦纷纷扬扬"中，格绒追美不仅批判了欲望之花深种在人心，还描写了城里人心的冷漠与道德的沦丧，他指出人心中的冷漠像冰块一样冰凉，人心中的黑暗像黑夜一样漆黑：

> 在成百上千围观者"跳楼！跳楼！跳呀！"的起哄声中，那犹豫的跳楼者在拱手谢过消防队员等好心劝导、救他的人之后，终于伸开手臂像一只鸟一样飞下楼，那最初的姿势真像鸟一样，像影视中演员们优美的动作。然而，这毕竟是自杀，在落地的硬邦邦的击打声里已经找不到任何诗情画意了。我难忘消防员痛彻心扉的吼叫：是你们让人跳楼的，现在好了，你们闹呀叫呀，满地是殷红刺目的血。②

以上这段文字充分展现了围观者的起哄声不仅抹杀了消防队员以及好心人对跳楼者的劝导和宽慰，而且彻底断送了跳楼者的性命，如果没有成百上千围观者的聚众起哄，跳楼者也不会那么冲动一跳置之。从跳楼者在跳楼之前拱手谢过消防队员等好心人的劝导可以看出跳楼者是在赌气中跳下去的。一条鲜活的生命就这样在众目睽睽之下终结了，起哄者的言行是对生命的蔑视。后来鼓动跳楼者的人在被采访时竟然还说跳楼者耽误了他们的

① 格绒追美：《青藏辞典》，作家出版社，2015，第60页。
② 格绒追美：《在雪山和城市的边缘行走》，四川出版集团/四川文艺出版社，2012，第211页。

时间，因为他们为了看跳楼从早晨等到了下午。这理由是多么可怕啊，多么自私啊！为此，格绒追美不禁发出由衷的感叹："人心还要经历多少光明和黑暗的沦丧啊！"①城市里的各种乱象相比，乡村是一片净土，所有人尊重万物的生命，更尊重人的生命。然而，在这纷繁复杂、变幻莫测的大千世界里，人心也会随着世界的变化而变化，金钱还会显示它更为强大的魔力，因此在篇尾，格绒追美表达了对未来高原村庄的忧虑："远在高原的大山里的族人们不知道会经历怎样的阵痛和嬗变啊？还没有做好充分准备的，我的贫弱的村庄，面对外来的强大经济波涛，该如何应战？怎么才能走出迷茫和混沌，坚守住优秀的传统？"②可见，格绒追美不但批判了人心变坏、道德滑落的城市人，而且更加忧虑远在大山的族人们在面对强大外来经济体的影响时，会经历怎样的迷茫和混沌，如何坚守住乡村所固有的优秀传统。

二、精神救赎

以格绒追美为代表的康巴作家群作家们，不仅严厉地批判了现代人过分沉溺于物质的满足从而导致的人们对物质、财富的极端追求和过分追捧，而且希望人们能从耗尽心力的物质追求、财富追求中解放出来，从而实现生命的自我救赎。在散文集《在雪山和城市的边缘行走》篇什"利剑般的声音又来了"中，格绒追美写道利剑般的声音不断地鞭策自己，保持清醒的头脑，保持心灵的纯净，不要被物质欲望给蒙蔽了心灵；写道自己一贯向往青山绿水白云缭绕的日子，在宁谧的心境中，倾听灵魂的絮语，守住心灵最纯的本真之态，在与大地的交流中，聆听生命河流的澎湃。然而，在现实的境地里，欲望沸腾，身心两累，那仅存的一点灵智之光都被磨钝了，人变得越来越物质化，连灵魂的自主权都好似消失了一般。人的欲望像脱缰的野马，

---

① 格绒追美：《在雪山和城市的边缘行走》，四川出版集团／四川文艺出版社，2012，第211页。
② 格绒追美：《在雪山和城市的边缘行走》，四川出版集团／四川文艺出版社，2012，第212页。

纵横驰骋，践踏信仰、良知、悲悯，似乎走上了永不停歇的不归路。因此，格绒追美在文章里大声疾呼："应该守住灵魂，保持生命的鲜活和清洁，光芒自心灵而生，人类的精神应该像毫无污染的牧歌，行走在天空和大地之间，人世间又重新焕发青春，温暖的太阳高挂苍穹。"① 这是来自内心深处的呐喊声，这种声音就像利剑一般不断地敲打和激励着我们，保持心灵纯洁，不被物质欲望所遮掩。在篇目"在康定眺望心灵向往的风景"一文中，格绒追美对物质的东西做了进一步的说明，他认为："所有物质的东西实则是强化人的力量罢了，车子是强化人的脚力，电讯是强化人的耳朵，电视是强化人的眼睛……现代人实现的是祖先们渴望的'顺风耳''千里眼'，只是难以自持的人类被物质左右，走向了异化。"②是人类自己把物质的东西看得过重，导致被物质左右，从而走向了异化，是人类没有认清楚物质与生活的关系。

地处康巴地区、博大精深的藏族宗教文化给当地人提供了精神的食粮，因此，格绒追美在作品中呼吁人们通过寻求宗教佛法的力量让自己尽量减少或消除对物质的追逐，从而达到自我救赎的目的。在《青藏辞典》的词条"冷却"中，他描写道："身处当下炽热的时代，我时时打坐或念诵咒语，目的是让自己的欲望冷却下来，而不是觉悟成佛。如果还能提供一点精神食粮给各路饥饿的灵魂，那我的心灵已经很知足了。"③在词条"空性"中，格绒追美同样指出在追求功名利禄的尘世中，佛陀的智慧犹如一剂清凉的甘露，时时让我们警醒。我们不得不承认，在当代的人类文明、知识或者智慧当中，佛陀的开示是重要的。虽然人的心是世俗的，但是佛法是光辉灿烂的太阳：

　　　　现实让我强化"自我"、家族、地区、国家等等观念，而佛法令我
　　走相反的道路：减少欲望，消除欲望；尘世的所有功名，看似顽固的

① 格绒追美：《在雪山和城市的边缘行走》，四川出版集团／四川文艺出版社，2012，第89页。
② 格绒追美：《在雪山和城市的边缘行走》，四川出版集团／四川文艺出版社，2012，第30页。
③ 格绒追美：《青藏辞典》，作家出版社，2015，第83页。

东西，其本质是：梦中镜像，一旦梦醒时分，所有的"真实"早已淡灭。因此，透过修炼，放下"我执"，寻求"人无我"智慧，又经过层层攀登，最终达到"法无我"大境界，并走到觉悟成佛之巅，永久摆脱轮回的束缚。①

格绒追美规劝众生放下执念，人生不过梦一场，我们看似真切、真实和坚固的东西，其本质都是虚幻的，是现实强化了"自我"、家族、地区和国家等概念。尘世间的功名利禄就如梦中幻境，总有梦醒幻灭的时刻。然而宗教的佛法却教会人们通过心的修炼、心的觉醒，放下执着，减少欲望，控制欲望，接受现实；无论在世俗还是精神的道路上，无常是本来的状态，万事万物都在变化之中，没有任何东西是永恒而又不朽的。因此格绒追美通过文字的书写不断鼓励人们踏上精神旅程，磨砺生命之轮，冶炼自己的灵魂，最终构建自成一体的精神世界。灵魂，唯有灵魂，才是温暖的太阳。在散文集《在雪山和城市的边缘行走》中，格绒追美在"我从此可以驰骋天下了"一文中，描写了自己在三十四岁生日时灵魂被点燃后的心欢与喜悦，因为找到了灵魂的归途，所以从此可以驰骋天下，无拘无束，自由坦荡了，正如下文所述：

2003年农历四月前后，是我人生最为重要的一段日子。我被塑造、被改变，心血也被重新换过了。像一个迷途的孩子终于看到了家，像一个盲人重见了光明，像上帝造人时把最后一环最关键的神来之笔——灵魂和精神安嵌了上去，才使人活起来，生动起来，一个全新的我诞生了。我第一次听到了内心坚定的声音。那是关于写作，关于人生、生命，关于爱、美、信仰，关乎灵魂的指向和光明……不知不觉，我越过生命的障碍，冲破了人世间染裹在灵魂之上的一层层污垢的蒙蔽，笼在其外的铁锁铠甲訇然脱落，灵魂像鲜亮的太阳冉冉升起，像一只鸟儿欢快地鸣叫着在蔚蓝的海天高高飞翔起来了。我看到了生命的面目，聆听到万物的声音，天地生动，活泛得神采奕奕。我看到了我的人生方向，看到了此生真切

---

① 格绒追美：《青藏辞典》，作家出版社，2015，第12页。

的面貌。我已经实现了超越，已经脱胎换骨。曾经那样可怕的盲人般的迷茫消失了，命运的魔咒被解除。灵魂终于找到了它的路，望见了它遥远的家园。它不会再迷失于尘世，迷失于表象，迷失于物质利益和功名的枷锁，迷失于亲情、友情、家庭的舒心羁绊了。它上路了，它听到了坚定的声音，多么宁静啊！①

以上这段文字真实刻画了格绒追美在找到灵魂归途之后获得了生命的超越和新生，彻底脱胎换骨。他第一次听见了内心坚定的声音，看到了生命的真面目，聆听到了万物的声音。灵魂获得了独立，找到了它的出路，以后将不会再茫然了，不会再迷失于尘世、表象、物质利益和功名枷锁，清楚地看到了生命的内核。灵魂上路了，一切都表现得那么宁静，天地万物都在沐浴圣者的甘露，被光芒照耀着，从此可以无拘无束、自由坦荡地驰骋天下了。在《青藏辞典》词条"模式"和"灵肉"中，他分别论述了宗教对人心灵的培育："以法制治理社会，以道德规范伦理，以宗教培育灵魂，天、地、人和谐，身、语、意统一，这是符合'天道'的模式。"②"人的五脏六根告诉我们：人也是物质。人拥有的思、语、识、梦想等，说明人还有灵魂。一旦灵魂远去，物质归于大地，化为五大元素。灵魂的去向呢？只好向宗教求教了。"③这些论述无不证明格绒追美一直以来所坚持的，他不断鼓励人们踏上精神旅程，找到灵魂的归途。

在纷繁复杂的大千世界里，如何才能看到生命的内核和寻找到灵魂的归途，格绒追美认为首先需要看清生与死的问题，在篇目"人是天地间最大的一桩奇迹"中，就对死亡进行了深刻的论述：人们对死亡的观念似乎根深蒂固——离世的那一刻才叫死亡，其实它早就在发生：青春的流逝，岁月在肌肤上的刻痕，日渐腐朽的五脏六腑，疾病面前自卫能力的减弱，等等。只是

---

① 格绒追美：《在雪山和城市的边缘行走》，四川出版集团／四川文艺出版社，2012，第78-79页。
② 格绒追美：《青藏辞典》，作家出版社，2015，第104页。
③ 格绒追美：《青藏辞典》，作家出版社，2015，第105页。

最终的辞世是最后的了结罢了。而没有死亡便没有新生，在佛教看来，死亡只是新一轮生命的开始，永不是结束。现实中的人们是多么忌讳谈论死亡，仿佛它随时都会张开血盆大口把生命吞噬。哲学的命题是人的命题，也大多是从"死"开始的。解决了"死"的问题才会知道怎么"活"，看清了"死"的面目，其实是明亮了我们生命短促的历程。这个历程无论怎么样翻云覆雨或风和日丽，最后的归宿只有一个——抵达生的边缘，迎接死亡的到来，生之兄弟——死亡让人启悟出生命的诸多智慧。

佛教对待死亡的态度是极为超然的，佛教把"死亡"放在生生不息、流转轮回的生命相续中加以考察和体悟，从而建构起了自己的哲学理论体系。然而，在现实社会中，人一出生就身处各种诱惑的漩涡，清净明丽的本性立刻就被种种污糟浮气所笼罩，心也被各种物质财富所羁绊。在这样的现实境遇下，格绒追美认为探求和解决"心"的问题是至高无上的，解决了"心"的问题就寻找到了生命的内核和灵魂的归途。因此，格绒追美呼吁人们保持心性和本心，由心出发，确认"心性"和解决"心道"的发展，并且不断领会生与死的参悟，才能像一个觉悟者一样清醒而从容不迫地踏上奇妙的生命旅程。为此，格绒追美还引用了莲花山大师的一大段妙论作为引证：

称之为心者，就是那明明了了。所存在，它却没有一法存在，所根源，它却是轮回与涅槃种种生起之根源。由于对它的见解不同，始有十一乘门。从名相上讲，它有无穷的名称：

有人称它为心性或本心，外道则称它为梵我，声闻独觉称它为无我教义，唯识家称之为识，有人称它为般若到彼岸，有人称它为如来藏，有人称它为大手印，有人称它为唯一明点，有人称它为法界，有人称它为一切种，亦有人称它为平常心。不属于心之法非别有，除心而外哪有能修和所修。除此以外，还有什么更好的可以追求？比如，像在家中外出追寻，即使找到三千大千世界之顶亦无可得，除心而外再无别佛可求。若不认识心而向外驰求，如身外寻找自己，好比一个傻子进到一大群人中，为热闹场面所惑而忘失自己。由于不认识自己而去它处寻找，误认别人是他自己。[①]

格绒追美认为在纷繁复杂的大千世界里，要想看到生命的内核和寻找到灵魂的归途，除了看清生与死的问题之外，人们还必须做到守住心灵，精神富足。真正的富有在于精神的富有，唯有拥有高贵的精神，才可以为自己立下用金钱无法购置的历史丰碑，因此格绒追美在作品中不断呼吁和鞭策人们不要为金钱所累，不要做金钱的奴隶，过简单的生活，做精神的富翁。他在散文集《在雪山和城市的边缘行走》篇什"屋子里充满了禅意"中描写道："现代社会欲望纵横驰骋，实在是太过无度了，都市的楼林厦丛构成了异类的自然，赋予了人类优越感，生活其中的人们难逃水泥钢筋森林的'魔爪'，蚂蚁般密集的人群，流水似的车流，不断繁衍旺盛的欲望，浮躁的空气，心里不可遏制的欲念构成了都市特有的景观，形成了都市人的心性。"[②]当人们心中都被物质、欲望、欲念充斥着的时候，智者们的言语就像清凉的风，让我们在混沌中窥见明识的光芒，去思考生命的意义和心灵的归处。然而，居住在城市和大山边缘的小城里，人们往往以高峻清朗的雪山和滔滔不绝的河流为主体，天空高远而深邃，白塔幽幽，经幡猎猎，天地和人心之间不曾有过太长的距离，自然而然人的内心就像漏进了智慧的光芒。心灵没有被束缚和羁绊，它要自由地飞翔、歌吟，就像高原的雄鹰要有雪山之志。而生活在极地高处的人们，视界一定比都市人高远，向着智者学习并修持过灵魂之道之后，胸襟和思考也应当更加博大深邃，精神更加富足。

在《青藏辞典》中，格绒追美同样书写了保持精神富足、守住心灵的重要性。现实中的人们总是把拥有或占有更多作为生活的标准，因此失去了该有的快乐，反而徒增更多烦恼。在词条"烦恼"中，格绒追美描写了城里人

① 格绒追美：《在雪山和城市的边缘行走》，四川出版集团／四川文艺出版社，2012，第 205 页。
② 格绒追美：《在雪山和城市的边缘行走》，四川出版集团／四川文艺出版社，2012，第 156 页。

来到康定博物馆小经堂中眉头紧锁，仿佛有着很多烦忧的场景：

> 看着他们焦躁的样子，我领着他们参观，并向他们一一介绍塑像及佛法的一些见解，他们似乎还有些疑问，却欲言又止，于是，我问他们有工作吗？有啊，答：怎么会没有呢？觉得我问得有些奇怪。我打听工资数额，听到他们的回答，我很惊诧，工资加上奖金，那对我们来说无疑是天文数字。有房子吗？有啊。有个人的神情似乎在说：问什么问题啊？我又问：家庭幸福吧？怎么没有带子女来旅游呢？他们争相回答，有人说儿子已经在上某名牌大学，有人说女儿在读高中，有一对夫妻说起儿子满脸溢笑。于是，我把真正的问题抛了出去：那还缺少什么呢？是啊？还缺什么呢？我看出他们已经在问自己了：缺钱？也不算，虽然不富裕，有房子、车子、子女条件这样好，都在好学校读书，那我们到底为啥这样不满足，这样烦恼呢？有人想回答，但又把话咽回去了。我说，我是一个出家人，比起你们物质的富裕，我是个穷光蛋，但我真的感到安然、自在、幸福，毕竟我衣食无忧，每个月还有几百元的临时工费用。看着他们沉思的样子，我说：为何不把老是向外的眼光收回来看看自己真正拥有的东西呢？心住在"家里"好啊。眼睛总是盯住没有的东西，心是不是太累了呢？没有人回答。但他们走出门口时，很多人的眉头变得舒展了。[1]

通过上述描写可见，城里人的"包袱"多么繁重啊，尽管他们来到了山里，但是仍然没有抛下来自城市的欲念，因此才会眉头紧锁、烦忧甚多。城里人有房子，有车子，有子女，每月有高额的工资收入，可是仍然不觉得满足，而是忧心忡忡。然而，讲解员，一个出家人，每月只有几百元的临时工钱，比起城里人算是穷光蛋，却能保持着安然、自在和幸福的状态，这就是精神富足的表现，与城里人形成了巨大的反差，这样的反差来自人们的内心所想，正如讲解员所说的，"为何不把老是向外的眼光收回来看

---

① 格绒追美：《青藏辞典》，作家出版社，2015，第101-102页。

看自己真正拥有的东西呢？"把心住在"家里"是多么美好的事情。在词条"占有"中，格绒追美再次论述道没有任何东西能被人占有，财富、权力、青春等都只是短暂的拥有。如果心灵不受身外之物的牵绊，你就将成为万物的主宰。正是因为城里人过度看重身外之物，才受到了物质的牵绊和困扰。让灵魂回返，安心住家对于现代人是多么重要啊！

格绒追美在作品中，不仅呼吁人们通过寻求宗教佛法的力量减少或消除对欲求的追逐，从而达到自我救赎的目的，而且希望人们通过佛法修行诵经的方式使内心安宁。在《青藏辞典》的词条"念经"中，格绒追美就认为："念经的真正目的，一方面是为修行累积功德，积聚资粮，但更为重要的是驾驭住'心'那个调皮的'猴子'。它既为野兽，便毫无理性可言，甚至比风的脚步还快，瞬间驰过万千距离，翻越无数浩瀚宇宙。或者说，它比人类的想象更快，用言语都难以表述。"[①]格绒追美把人"心"比作猴子，它是野兽，毫无理性可言，这是人类永远的短视和局限。因此，如何驾驭住、控制住人"心"，那个调皮的"猴子"，就成了一大难题。然而，在现实生活中，我们时常看到没有信仰之人对天地缺乏敬畏的可怖行为，让人无比绝望，这便是任人"心"放任的典型例子。所以，在日常闲暇之余，格绒追美会像同族人一样，捻动佛珠，口诵简单咒语和佛经颂辞，时日久了，便会悟出一点别样的体验，心灵也日渐平和宁谧，正如文中所言：

　　当我将身、口、意合一，左手捻动佛珠，嘴巴"嗡嗡嗡"念诵经文时，我发现：历史在瞬间被激活，岁月从当下接续而上，逆流溯源，历经代代修持念诵者、圣人和智者，所有人的能量流泛在经文中，涌溢在经声中，把我的心空灌满，灵光乍现，加持的甘露，盈满心灵。当我再度用心灵的眼睛深度内视时，我看到了佛陀、莲花生、观世音、文殊菩萨等的身影，感受到他们的大智能，于是，心灵空间变得无比巨大，又极为安详自在。此时，我虽然置身于当下的浮躁时代，但心灵上空流韵

① 格绒追美：《青藏辞典》，作家出版社，2015，第101-102页。

　　着天地之间的那份清静。①

　　诵吟的经声灌满心空，加持的甘露盈满心灵，就算置身于浮躁的当下，也能让人的心灵感受到天地之间的那份清静、安然和自在，这就是诵经给予人的巨大无比的精神力量。在词条"冷却"中，格绒追美再次描写了在物欲横流的社会中，人们可以通过打坐或念诵咒语的方式让自己的欲望冷却下来："身处当下炽热的时代，我时时打坐或念诵咒语，目的是让自己的欲望冷却下来，而不是觉悟成佛。"②

　　在词条"安静"中，格绒追美劝慰人们在浮躁的社会一定要静下心来，才能寻找到新的生活方式并产生新的行为。他认为一颗用力的心是不可能安静的，人心只有安静下来，摆脱一切的制约，才会有真正的认知，也才有可能开悟。安静无声，才会发现、诞生新的事物。浮躁的人类，唯有安静无声，才有可能找到新的生活方式，产生新的行动。在词条"慢"中，他建议人们让心灵慢下来，让时间在浮躁忙乱的人生脚步中偶尔停驻或缓步，畅然呼吸人间恬淡的气息，感受大地五味的妙乐，让欲望退却，让时间与心灵慢慢融通，成为一片长久的绿地。

　　如何做到自我救赎，从物质欲望中解放出来，格绒追美鼓励人们回到大自然中去，他认为在钢筋水泥的"笼子"里，人在迟钝，在异化，像迟暮的黄昏，过早地走向了衰朽。然而，唯有大自然永远生机盎然，人，只有回到大地的怀抱，才能永葆青春和旺盛的生命力，也只有这样，才有可能踏上智慧之道，感受到精神的富足。在词条"气息"中，格绒追美就利用对比描写的手法，刻画了从喧哗都市回到康定之后体验到的不同感受，他对康定的描写让人印象深刻：

　　　　看着谷底的康定，听着喧嚣的车声人音，而我感到了深深的宁谧，这宁谧是一种难以言说的寂静、安宁、和缓，穿过脑子渗透到骨髓血

---

① 格绒追美：《青藏辞典》，作家出版社，2015，第 26 页。
② 格绒追美：《青藏辞典》，作家出版社，2015，第 83 页。

液——这只是人类言语有限的表达罢了，像是高僧大德或非凡之人降生前的一刻，像佛陀成佛时天地宇宙万物各得其所的自由之境，像死亡掳走生命人心未能察觉的那一瞬间。总之，我的心灵幽幽沉醉其间。我感到幸福、自由，生命也呈现出毫无羁绊和障碍的神圣状态。……不久之后，我再一次来到跑马山下的树林里。听着风，闻着树木、泥土、石头、天空的云朵乃至周身洋溢的温暖阳光、飞禽等共同营造的大自然浓烈气息，看着眼波之下猎猎拂扬的经幡，我的心境像莲花一般悠然绽放。它贪婪地闻着嗅着，感应孕育它母亲的亲切气息，此时，我才发现我的身躯是如此安实，如此鲜活，如此浪漫，犹如一个青春年少之人。灵魂恬静漫步，它时而飞向灿烂的天空，与烁闪着银光的云彩嬉戏，时而伏在风的背上，在林梢飞掠玩乐，时而深刻地内视，进入另一片寂然的世界……我的触角如此发达，它伸展向四面八方，同时感受着从内到外从上到下从左到右的所有氛围、气息、意味，像细菌，密密生长，像密林，郁郁葱葱。①

康定的宁谧带给人的不仅是身体上的安实、鲜活与浪漫，也带给人灵魂恬静、心灵幽幽、沉醉其间的感受，使人真切感受到了幸福与自由，与此同时生命也呈现出毫无羁绊和障碍的神圣状态。可见，格绒追美鼓励人们回到自然中去，去体会和感受自然的纯粹与简单，这也是把人们从物质欲求中解救出来的途径之一。

除了格绒追美，列美平措在其诗歌中也鼓励人们寻求宗教佛法的力量，实现精神的救赎。在诗作《圣地》中，他是这样描写的：

为缭绕的香烟所引诱

佛本来就是我自己

仅仅因为一点新奇

我步入遍长经幡的密林

---

① 格绒追美：《青藏辞典》，作家出版社，2015，第29页。

即使怎样的放纵

甚至满面戏谑的神情

凝视屏息的虔诚很快

如一汪迅猛而无声的浪潮

亵渎和邪念和欲望被镇压

在所有无边选择的痛苦

而纯净的世界离开圣地

我突然感觉我的意志

从此将有一段空白①

　　"为缭绕的香烟所引诱"，诗人想到了煨桑，想到了佛，继而想到了自己。佛家认为人人心中皆住着一尊佛，也住着一个恶魔，关键在于后天的修行。善与恶、美与丑、正义与邪恶就像生在母体中的一对双胞胎，同时存在于一个人的内心世界中。如果一个人身上佛性占了上风，人自然就成了佛，如果一个人身上魔性占了上风，人就成了可怕的魔鬼。紧接着，诗人描写了藏地常见且独特的景观——经幡，当"我"步入插满经幡的密林，一切亵渎、邪念和欲望都被镇压。"在我国广大藏地，人们常把佛经、咒语、佛像图案等印于各色旗布，系在木杆或带有桠杈的树枝上，插立于帐房或庭院门口、屋顶、院中、山头上，以祈福禳灾，藏语谓之达觉（Dar-lcong），一般译为经幡。"②经幡上印有佛经、咒语、佛像等吉祥图案，把这些幡条系挂在柳树枝干上，随风而舞的经幡翻动一下，就是诵经一次，这是向神灵传达人的愿望，祈求神灵的庇佑。经幡所在就意味着神灵所在，也意味着人们对神灵的祈求所在，因此经幡也就成为连接神与人的纽带。在几乎全民信佛的藏族地区，经幡具有灭除病魔、清净罪障、增长福寿的作用，因

① 列美平措：《列美平措诗歌选》，四川出版集团／四川民族出版社，2004，第105页。
② 蒲文成、完玛冷智：《经幡的源流及刍议》，《青海社会科学》1998年第5期，第92-96页。

此才会有列美平措笔下经幡能够镇压住一切亵渎、邪念和欲望的句子。在现代社会，随着经济的快速增长，越发丰富的物质财富和多元的消费方式不断助长了人们心中的贪念和欲望，官员经不起诱惑，贪污受贿、巧取豪夺，商人为了获得暴利，不择手段、制假售假、以次充好，这些社会乱象产生的原因都是现代人的欲壑难填、贪婪无度。然而，居住在青藏高原的藏族同胞们，他们生存环境险恶，物质条件匮乏，却生活得很知足，并且心存感念地每天通过煨桑、诵经、拜佛来感谢天地神灵赐予他们的幸福生活。这种巨大的心理反差体现出宗教信仰带给人的精神力量。

结论

　　藏族文化主张天人合一、人与自然和谐相处，在康巴作家群作家的作品中处处体现着藏族人与大自然相依为命、和睦共处的美好景象。纵观康巴作家群作家的作品，大多是在抒发情感、为自然讴歌颂吟，不同程度地表达了康巴作家群作家们对康巴高原这片热土无尽的陶醉与迷恋。世世代代的康巴藏族人在"世界屋脊"与自然相依为命、和睦共处，宽厚仁慈的大自然为康巴人提供着无私的给养和庇护。出于对自然的敬畏和崇拜，藏族人民在日常生活中时刻铭记顺应自然、善待自然、遵循自然客观发展规律的思想观念，从而形成了天人合一的生态思想，而这种生态思想在康巴作家群作家的作品中有着深刻而清晰的描绘。

　　生态批评是通过解析文学作品来探究自然与人类文明的关系，其目的不仅要拯救人们赖以生存的大自然，而且还要还人性以自然，从而解决人际关系的异化和人与自我精神失衡的问题，它的终极关怀是重建天人合一的物质家园和精神家园。笔者从自然生态、社会生态、精神生态三方面入手，对康巴作家群作家的作品中体现的人与自然的和谐共生、人与人的交流与融合、人内在精神与外在世界的和谐统一进行了细致而深刻的论述，从而实现了生态整体主义的构建。生态整体主义，简而言之，就是把人与自然、人与社会、人与自我作为一个有机的整体，三者既有密切联系，又不完全等同，既互为独立，又不能相互取代，它们是一个整体的三个方面，它们的和谐与平衡共同勾勒出生态整体主义的完整画面。生态整体主义的终极理想是为生物圈中的所有生物创造一个和谐、平衡、稳定和可持续的生存环境。实际上，康巴作家群作家们正是通过文学的形式虚拟地构建了一个和谐、平衡、稳定的生物圈，在生物圈里他们不仅勾勒出康巴大地人与自然的共通共融，人与人的和谐相处，也是人内在精神作用于外在世界的具体表现。在康巴作家们的笔下，康巴大地是一片大爱之地，人与自然的那种生生不息、圆通如一的和谐，人与人、民族与民族之间的那种交流与融合，人与神、人与自我的那种乐观与隐忍共同营造出一幅美妙而和谐的画卷。康巴作家群作家们刻意向我们展示了他们对自然、社会和精神世界的生态关怀，这是人与自然和谐共生带来的发展，这是异质文化交流产生的结晶，这是不同宗教的宽容带来的和平，这为当下我国构建和谐社会提供了有益的尝试，为世界的和平与发展提供了蓝本，也为人类提供了共同的价值观念。如果每个人都能拥抱温柔，表达同情，把世界从破坏性的冲突中解放出来，那么生态危机就会被根除，人类世界就会成为一个理想的、和谐的人间天堂。①

---

① 高琳佳，沈人烨：《生态批评中的"生态和谐"意识——以达真的〈康巴〉为例》，《当代文坛》2017 年第 5 期，第 141-144 页。

参考文献

[1]刘万庆,莫福山.新时期藏族文学述评[J].民族文学研究,1984(3)：35-40.

[2]格绒追美.康巴作家群评论集[M].北京：作家出版社，2013：1.

[3]朱霞.当代藏族文学的多元文化背景与作家民族文化身份的建构[J].西藏民族学院学报（哲学社会科学版）.2004（6）：29-32+107.

[4]意娜.当代藏族汉语文学创作的文化身份意识初探[J].西藏民族大学学报（人文社科版），2005（1）：247-250.

[5]李佳俊.当代藏族文学的文化走向——浅析新时期藏族作家不同群体的审美个性[J].中国藏学，2006（1）：87-98.

[6]沙驼.意西泽仁小说的民族特色散论[J].中央民族学院学报，1987（3）：89-72.

[7]白崇人.藏族人们心灵的窗口——读意西泽仁小说集《松耳石项链》[J].当代文坛，1989（4）：26-27.

[8]徐其超，杨新慧.意西泽仁创作论——兼论艾特玛托夫小说对意西泽仁的影响[J].当代文坛，1996（3）：22-27.

[9]钱国纲.民族化与现代艺术手法的融合——意西泽仁新时期短篇小说片论[J].民族文学研究，1997（4）：9-13.

[10]徐其超.背负草原　面对世界——意西泽仁小说创作论[J].西南民族大学学报（哲学社会科学版），2001（6）：107-114.

[11]刘万庆，莫福山.藏族文学的现状与展望[J].中南民族学院学报（哲学社会科学版），1988（3）：24-28.

[12]冉仲景.雪域司芬克斯：半人半牛——列美平措的诗歌发现与创作[J].西南民族学院学报（哲学社会科学版），1996（2）：3.

[13]德吉草.朝圣途中的列美平措——评列美平措的诗[J].西南民族学院学报（哲学社会科学版），1999（3）：3-5.

174

[14] 肖阳.《山吼》：崩岭山人生存本相写照——读高旭帆系列短篇 [J].小说评论，1991（1）：53-56+60.

[15] 肖阳.崩岭山人的艰辛和强韧——评高旭帆的小说创作 [J].当代文坛，1991（6）：8-11.

[16] 郭建勋.忠于生活的原则与艺术个性的初成——高旭帆小说创作简论 [J].康定学刊，1996（1）：61-65.

[17] 窦零.浪漫世界第三极——评藏族青年作家章戈·尼玛的创作[J].西南民族学院学报（哲学社会科学版），1995（6）：3.

[18] 周开正，李学璋.吉祥地上的轻骑兵——浅评藏族作家章戈·尼玛的报告文学 [J].康定学刊，1996（1）：66-68.

[19] 德吉草.故土的守望者——评章戈·尼玛散文、小说中的故土情 [J].西南民族学院学报（哲学社科科学版），2000（5）：41-46.

[20] 孙明媚.藏地的诗意陈述——读江洋才让散文《藏地——风马时段录》[J].西藏文学，2007（3）：94-96.

[21] 吴义勤，王秀涛.人神共游、史诗同构——评格绒追美的长篇新作《隐蔽的脸——藏地神子秘踪》[J].文艺争鸣，2012（6）：117-119.

[22] 胡希东.藏地村庄演绎的描述与追忆——格绒追美小说创作论 [J].当代文坛，2013（2）：23-26.

[23] 刘倩.新时期"康巴作家群"小说研究 [D].西南大学，2016：79.

[24] 严英秀.一个藏人的村庄史：格绒追美创作论 [J].民族文学，2018（1）：82-86.

[25] 魏宏欢.民俗学视阈下的康巴乡土小说研究 [D].四川省社会科学院，2018：45.

[26] 张雪洁.操纵理论视角下《隐蔽的脸》的英译研究 [D].天津工业大学，2019：68.

[27] 马迎春.格绒追美小说创作的空间——拼图式风格 [J].四川

民族学院学报，2020（5）：60-65.

　　[28]路晓明.康巴文化精神与达真的文学创作[J].四川民族学院学报，2013（1）：62-65.

　　[29]路晓明，陈慧."命定"的"康巴"史诗——读达真的小说《康巴》及《命定》[J].当代文坛，2013（2）：27-30.

　　[30]赵丽.文学地方志的精神标本——论藏族作家达真的长篇小说《康巴》[J].赤峰学院学报（汉文哲学社会科学版），2013（6）：173-175.

　　[31]高琳佳，沈人烨.生态批评中的"生态和谐"意识——以达真的《康巴》为例[J].当代文坛，2017（5）：141-144.

　　[32]张睿.浅谈达真《康巴》多元文化下的民族身份建构[J].海峡教育研究，2018（4）：39-43.

　　[33]余忠淑.达真《康巴》中的锅庄：多元文化融合共生的缩影[J].四川民族学院学报，2020（1）：20-26.

　　[34]吴雪丽.个人命运、地方经验、国家叙事——解读达真的长篇小说《命定》[J].民族文学研究，2020（3）：71-77.

　　[35]黄洁.在生活底色上描绘人生的滋味——尹向东小说集《鱼的声音》述评[J].当代文坛，2013（2）：34-37.

　　[36]宋可可，徐琴.消失的背影与沉重的探求——浅析尹向东小说中"出走"的人物形象[J].西藏文学，2016（1）：105-108.

　　[37]魏春春.望乡——尹向东小说论[J].当代文坛，2017（3）：124-128.

　　[38]季敏敏.草原生活的回望与探求——简评尹向东草原系列小说[J].西藏文学，2017（6）：108-112.

　　[39]陈思广.让青春在爱中重新出发——读尹向东的短篇小说《我们回家吧》[J].民族文学研究，2018（12）：12-13.

　　[40]陈思广.做一个有温度的人——谈尹向东的《醉氧的弦胡》[J].民族文学研究，2020（10）：11-12.

[41]赵林云.一部民族志式的"边地奇书"——评江洋才让的小说《康巴方式》[J].小说评论,2010(2):61-63.

[42]韩松刚."陌生化":语言的另一副面孔——略析江洋才让《灰飞》的语言艺术[J].小说评论,2013(4):159-162.

[43]毕艳君.时空寓言的民族化书写——江洋才让小说简评[J].青海湖,2013(11):93-96.

[44]卓玛.情调叙事中的文学加减法——江洋才让小说简论[J].青海湖,2013(11):90-92.

[45]唐欢枫.从审美现代性的角度解读江洋才让的《康巴方式》[J].大连民族学院学报,2014(4):446-448.

[46]雷庆锐.生命个体的孤独存在——论江洋才让《灰飞》中的孤独意识[J].青海师范大学学报(哲学社会科学版),2017(2):117-122.

[47]张元珂.西北"藏边志"——论江洋才让短篇小说[J].南方文坛,2018(3):161-165.

[48]祁发慧.创作的角度——当代藏族作家江洋才让访谈[J].西藏文学,2019(1):100-105.

[49]魏耀武,王海燕.泽仁达娃《雪山的话语》评介[J].文学教育(上),2013(6):17-18.

[50]王菱.雪山:康巴之魂与信仰之索——评泽仁达娃长篇小说《雪山的话语》[J].当代文坛,2013(3):51-53.

[51]孔占芳.寻找、反思康巴精魂的史诗化叙事——读泽仁达娃的长篇小说《雪山的话语》[J].贡嘎山(汉文版),2020(1):148-149.

[52]刘大先.在康巴重塑记忆——读泽仁达娃《雪山的话语》[J].阿来研究,2017(2):160-166.

[53]蔡洞峰.雪山:神秘主义象征与精神圣地——泽仁达娃《雪山的话语》阅读札记[J].阿来研究,2017(2):22.

[54]朱霞,马传江.不会东张西望的人——泽仁达娃访谈[J].西

藏文学，2018（6）：96-100.

[55] 达真. 命定 [M]. 成都：四川人民出版社，2016.

[56] 周毅. 高旭帆：不该被遗忘的康巴文学探路人——重读《山吼》与《古老的谋杀》[J]. 阿来研究，2020（1）：157-163.

[57] 向荣，陆王光华."没有结果的游戏"——论高旭帆的小说创作[J]. 阿来研究，2020（1）：149-156.

[58] 欧阳美书. 自然神性辉光下的凹村世界——雍措散文集《凹村》解读 [J]. 阿来研究，2020（1）：216-222.

[59] 孔占芳. 斟满人性温情的《凹村》——读雍措的散文集《凹村》[J]. 阿来研究，2020（1）：223-232.

[60] 张延国. 潜在的共鸣与对话——论雍措与刘亮程的乡土书写[J]. 阿来研究，2020（1）：233-240.

[61] 白浩. 雍措"凹村"的魔幻与诗 [J]. 阿来研究，2020（1）：204-210.

[62] 党云峰. 康巴作家群：藏族文化的文学表达 [N]. 中国文化报，2013-11-13（003）：57.

[63] 胡志红. 西方生态批评史 [M]. 北京：人民出版社，2008.

[64] 鲁枢元. 生态批评的空间 [M]. 上海：华东师范大学，2006.

[65] 苗福光. 生态批评视角下的劳伦斯 [M]. 上海：上海大学出版社，2017.

[66] 李干杰. 推进生态文明，建设美丽中国 [M]. 北京：党建读物出版社，2019.

[67] 格绒追美. 青藏辞典 [M]. 北京：作家出版社，2017.

[68] 爱德华·泰勒. 原始文化 [M]. 连树声译. 上海：上海文艺出版社，1992.

[69] 列纬·布留尔. 原始思维 [M]. 丁由译. 上海：商务印书馆，

1981.

［70］雍措.凹村［M］.北京：作家出版社，2015.

［71］恩格斯.自然辩证法［M］.于光远译.北京：人民出版社，1984.

［72］胡文仲.英美文化辞典［M］.北京：外语教学与研究出版社，1995.

［73］列美平措.圣地之旅［M］.北京：作家出版社，2021.

［74］欧阳美书.康巴作家群评论集［M］.北京：作家出版社2019.

［75］鲁枢元.生态文艺学［M］.西安：陕西人们教育出版社，2000.

［76］布克钦.自由生态学：等级制的出现和消解［M］.郇庆治译.济南：山东大学出版社，2008.

［77］达真.康巴［M］.成都：四川出版集团／四川文艺出版社，2014.

［78］鲁枢元.文学的跨界研究：文学与生态学［M］.上海：学林出版社，2011.

［79］刘文良.精神生态与社会生态：生态批评不可忽略的维度［J］.理论与改革，2009（2）：95-98.

［80］达真."康巴三部曲"的总体构想［N］.文艺报，2014-12-5（005）.

［81］列美平措.列美平措诗歌选［M］.成都：四川出版集团／四川民族出版社，2004.

［82］汤因比.人类与大地的母亲：一部叙事体世界历史［M］.徐波，等，译.北京：人民出版社，2001.

［83］戴利，汤森.珍惜地球——经济学·生态学·伦理学［M］.马杰，等，译.北京：商务印书馆，2001.

［84］格绒追美.在雪山和城市的边缘行走［M］.成都：四川出版集团／四川文艺出版社，2012.

［85］Joseph W. Meeker. The Comedy of Survival: Studies in

Literary Ecology, New York: Charles Scnbner's Sons, 1974.

[86] Lynne White Jr. The Historical Roots of Our Ecological Crisis // Glotfelty, C. & Fromm, H. 1996. The Ecocriticism Reader: Landmarks in Literary Ecology. Athens: The University of Georgia Press, 1989.

[87] Peter Barry. Beginning Theory: An Introduction to Literary and Culture Theory. Manchester: Manchester University Press, 2002.

[88] Jonathan Bate. Romantic Ecology: Wordsworth and the Environmental Tradition, London: Routledgc, 1991.

[89] Lawrence Buell. The Environmental Imagination: Thoreau, Nature Writing, and the Formation of American Culture. Harvard University Press; The Future of Environmental Criticism: Environmental Crisis and Literary Imagination. MA: BlackWell Publishing, 1995.

附 录

福斯特小说的生态思想研究

——生态整体主义之构建

高琳佳

摘要：本文借助生态批评理论，从自然生态、社会生态和精神生态三个方面入手对福斯特小说中体现的人与自然的和谐共生、倡导和谐的人际关系以及人性的自然回归进行解读，从而实现构建生态整体主义的愿想。从生态批评的角度入手，能深入研究福斯特小说在当下的现实意义并充分挖掘出作品中所蕴含的寓意深远的生态哲学思想，具有现实影响力和教育意义。

关键词：福斯特；生态思想；生态整体主义

收稿日期：2018 年 8 月 1 日

基金项目：本文系 2016 年度四川外国语言文学研究中心课题"从生态整体主义视角解读福斯特小说的生态问题"（课题编号：SCWY16-05）的研究成果。

著名评论家莱昂内尔·特里林（Lionel Trilling）曾经说过："自从有小

说以来，只有少数几个小说家的作品令人百读不厌，而且每读一遍都感到有所收获。在当今小说家中，只有福斯特达到了这样的水平。"[1]福斯特之所以有吸引力是因为他的作品耐人寻味，在其深处有一种叫人捉摸不透的东西。福斯特是一位在现代英国文学史及世界文学史上都占有重要地位的作家，他的作品所引发的文论涉及甚广，并为读者提供了多种视角进行解读。然而，在生态危机越演越烈的今天，当我们重拾福斯特的小说时，我们便能惊奇地发现作品中蕴藏着的深刻生态学启示。

一、生态批评研究

生态批评始兴于 20 世纪 70 年代，于 90 年代成为文学批评研究中的显学。美国作为生态批评理论诞生的摇篮，孕育出了诸多闻名遐迩的生态评论家，并对后人产生了巨大的影响，例如著名生态评论家彻丽尔·格罗费尔蒂（Cheryll Glotfelty）、林恩·怀特（Lynne White）以及约瑟夫·米克（Joseph W.Meeker）等等。在中国，生态批评研究的起步较晚，主要以李欣复、佘正荣、陈清硕等人关于生态美学论文的发表为代表。而当时国内鲁枢元教授的《精神生态通讯》对生态批评理论建构做出了有益的尝试。曾繁仁的《生态存在论美学论稿》和王诺的《欧美生态文学》的出版标志着中国生态文学批评领域的研究更加深入。直到 2006 年，鲁枢元在其著作《生态批评的空间》中将生态批评研究的范畴从人与自然的自然生态研究拓展到了人与人的社会生态和人与自我的精神生态研究中去。鲁枢元将生态批评划分为："以相对独立的自然界为研究对象的自然生态学，以人类社会的政治、经济生活为研究对象的社会生态学，和以人的内在情感和精神生活为研究对象的精神生态学。"[2]这为国人在生态批评研究领域中提供了有力的理论支撑，比如梁漱溟和苗福光先生就以此三分法为理论依据分别对人与自然、人与人以及人与自我的关系进行了详尽的论述。

笔者也认为自然、社态和精神生态是一个整体的三个方面，既相互独立，又不能被替代，既有密切关联，又不完全等同，三方面的平衡与和谐共同构造出完整的生态整体主义的画卷。通过运用生态批评的三分法，从自然生态、社会生态和精神生态三个方面入手对福斯特小说中体现的人与自然的和谐共生、倡导和谐的人际关系以及人性的自然回归进行解读，从而实现构建生态整体主义的愿想。

二、福斯特小说的生态思想之体现

（一）人与自然的和谐共生——自然生态

福斯特是20世纪英国享誉盛名的作家，他的短篇小说和长篇小说在不同程度上反映了爱德华时代所面临的生态危机，其作品中呈现出来的生态思想对当今社会有着极大的借鉴和学习作用。福斯特的几部作品主要刻画了爱德华时代的社会情景，工业革命的飞速发展为英国社会创造了巨大的财富，然而经济腾飞所付出的代价却是极为惨重的。机器的大规模使用，使得自然环境的破坏更加严重，大自然变得满目疮痍。在小说《霍华德庄园》中，福斯特大刀阔斧地刻画了被破坏和污染的自然环境：原本清澈见底的河流流经特定区域后变得浑浊不堪，蔚蓝的天空变得终日黑云密布。在城市里，境况更是糟糕，四处充斥着刺鼻的汽油味儿，嘈杂的城市环境使得人们的交流越来越费劲，太阳在乌烟瘴气中模糊得闪耀。正如福斯特描写的："天空好似地狱的苍穹，跟煤炭一样黑乎乎的，煤灰从天空纷纷落下。"[3]福斯特通过对环境污染的描写来批判资本主义为了发展现代经济而不惜以污染自然环境为代价的恶劣行径。在《印度之行》中也有相同的刻画，人为了修建铁路，而大肆地破坏生态环境。福斯特对以牺牲生态为代价的社会经济发展给予了严厉的批判，他不否认经济的发展，但是任何的开发都应该是有界限的，不能无度过量地进行开采。

除此之外，在《印度之行》中，印度就是自然的象征，在印度，不管是苍蝇还是黄蜂，不管是小鸟还是麻雀，甚至空气、月亮、岩石或是泥土都能跟人类进行沟通和对话。善待和敬畏世界上的一切生灵，可以让人类与人类身边的生物产生一种联系，最终在宇宙之内构建一种广泛的精神联系。英国官员朗尼的母亲穆儿太太在英国和在印度看到的月亮是不尽相同的。在英国，月亮显得特别的黯淡无光，离人间的距离遥不可及；而在印度，人与月亮、与月亮周围的星体都是那么的亲切、那么的和谐。在印度，人、大地、天空是和谐圆润的一个有机生态整体，人与自然和谐共处、平衡共融的美好境界是作者希望达到的理想状态。福斯特对自然的书写从根本上颠覆了统治人类已久的"人类中心主义"思想，颠覆了长久以来主导人类思想的"自然永远是为人类服务的"这一理念。

（二）摒弃偏见，倡导和谐的人际关系——社会生态

深受布卢姆茨伯里（Bloomsbury）团体的影响，福斯特崇尚思想与文化的独立。特殊的生长环境和艰难的求学经历加上他具有同性恋倾向的性格特质，共同塑造出独具特色的"人文主义联结观"，因而渴望联结是他小说不变的主题。福斯特鼓励构建多元文化共存的世界，在构建多元宽容的爱的世界里，有不分等级、宗教、民族和信仰的无限包容的爱。摒弃偏见、倡导和谐宽容的爱有实现联结的可能性。例如在他的六部长篇小说中，都不同程度地涉及了性别偏见、种族偏见、等级偏见等。在《看得见风景的房间》和《天使不敢涉足的地方》里，两部以意大利为写作背景的小说对这种偏见有深入的表达。在小说《印度之行》中，福斯特把这种偏见的表达推向了极致。在印度，英国官员及夫人们始终摆出歧视、冷漠、高傲、排除异己的普遍姿态来对待印度土著居民。正如文中所刻画的朗尼对其母亲的一番争论所体现的："我们到印度是来工作的，是用强权来控制这个可悲的国家……"[4]可见英国殖民者们采用残酷的方式和无情的手段对印度民众进行统治和压迫。是资本主义丑陋的本质造成了人性的异化和人际关系的极度不和谐，从而导致了社会生态的严重失衡。福斯特对朗尼母亲和长期居住在印度的英国人菲尔丁的刻画从反面映射出他渴望联结的大爱。对于朗尼在印度实施的残暴行为，其母亲以反对的口吻严厉地批评道："我们来这里是实施正义和维护和平的。"[5]英国人菲尔丁也试图以真诚友好、平等博爱的方式与当地土著人阿齐兹构建和谐、美好的联结。可见，福斯特是通过人文主义的谅解和宽容来解决不同族群间的文化冲突和人际关系的不和谐的，试图建立人与人的和谐共处，人与人的真诚联结。

（三）人性的自然回归——精神生态

福斯特着力刻画工业文明在发展的同时造成了英国人精神上的空虚与失落，不断追求名利成了社会的一种常态。比如露西陪同威尔柯克斯夫人一同去百货公司购买圣诞礼物时，下车便感到"空气味道就像冷冰冰便士的味道一样"[6]。金钱至上的资本主义价值观念无处不在，就连空气中都充斥着金钱的味道。天天浸泡在带着金钱味道的空气里，难免使得人们从肉体到精神上都遭遇变异的可能。城市道路变得越来越窄，城市面貌更是变得极其狰狞，环境变得越来越压抑，常年呼吸着灰暗低沉的空气，人的精神面貌也由此而变得越来越黯淡。因此不知不觉人们的精神生态失去平衡，《看得见风景的房间》的主人翁露西就是典型的例子。作为英国资产阶层的贵族小姐，她无法正视自己的感情生活，也无法积极、热情地投入生活中。在小说里福斯特是这样描写的："女人的使命就是去鼓励别人取得成就，而不是自己去取得成就。"[③]这样的教育理念一直笼罩着露西，使得她无止境地抑制自己的勇气，从来不敢向传统束缚发起挑战。露西从小就生活在眼里只有金钱的人的圈子里，他们有着共同的兴趣爱好、共同的敌人，毫无精神生活可言，没有存在的意义。这样的生活是可怕的、绝望的。因此，当时机成熟，露西就逃离了英国，去到了意大利，这也是露西迈出的第一步。

同样地，当露西经历了长久的内心挣扎之后，果断选择跟塞西尔解除了婚约，因为在露西看来他们之间是没有爱情的，没有心灵上的沟通与交流，无法产生令心灵为之激荡的颤动。在前二十几年中，露西一直深陷于精神真空的囚牢里，从她心意已决，决定冲出牢笼的那一刻开始，她就战胜了自己，战胜了中产阶级所固有的"发育不良的心"。作为精神成长起来的健康的人，她看到了自己的权利，并运用这种权利去指导自己精神的发展，勇敢地去追求自己内心一直所向往的生活和爱情，这也充分体现了露西极力追求人性回归的愿望。著名生态评论家王诺先生认为："工业革命时期，资本家们把自然当作原材料，把人当作机器运作，使得自然环境遭到空前的破坏，也使得人的精神面貌变得满目疮痍，使得人丧失了生命活力，唯有回归自然、回归本性才能拯救人类。"[7]露西的回归就是最好的佐证。

三、结语

从自然生态、社会生态和精神生态三个方面入手对福斯特小说中体现的生态思想进行解读。一方面，可以看出作者严厉批评了工业发展对自然环境造成的破坏，表明为了发展经济而牺牲自然生态环境的行为是愚蠢的，不可取的；另一方面，希望通过摒弃各种偏见，倡导构建和谐的人际关系来实现人与人的和睦相处。作者最终希望通过自我意识的觉醒来挣脱思想的束缚，从而实现人性的自然回归，进而实现构建生态整体主义的愿想。从生态批评的角度入手，加深了福斯特小说在当下的现实意义，充分挖掘出了作品中寓意深远的生态哲学思想，具有现实影响力和教育意义。

参考文献

[1] 周鸿. 生态学的归宿——人类生态学 [M]. 合肥：安徽科学技术出版社，1989：21.

[2] 阿来. 蘑菇圈 [M]. 北京：人民文学出版社，2016：5，5，64，88，91.

[3] 罗尔斯顿. 环境伦理学 [M]. 杨通进译. 北京：中国社会科学出版社，2000：106.

[4] 阿来. 河上柏影 [M]. 北京：人民文学出版社，2016：4，217.

[5] 韦伯. 新教伦理与资本主义精神 [M]. 于晓，陈维纲，译. 北京：生活. 读书. 新知三联书店，1987：132.

[6] 卢梭. 社会契约论 [M]. 何兆武译. 北京：商务印书馆，1980：89.

[7] 杜宁. 多少算够——消费社会与地球的未来 [M]. 毕聿译. 长春：吉林人民出版社，1997：215.

康拉德《胜利》的精神危机与生态救赎

高琳佳

摘要：发生在人类社会中的环境污染、生态失衡正向着人们的精神世界快速蔓延。日益严重的污染和失衡发生在人类的精神层面。本文将从精神生态的审美高度，对英国作家约瑟夫·康拉德晚期小说《胜利》的精神生态危机进行探究，来发掘小说中呈现出的人性的扭曲和情感的冷漠、人物内心的矛盾与挣扎等精神生态困顿，并尝试分析造成危机的原因和试图获得解救的途径和方法，从而引出康拉德对 20 世纪初期英国社会价值标准和道德观念的批判，以及对日益恶化的生态环境的关怀和忧思。

关键词：胜利；精神危机；生态救赎

约瑟夫·康拉德（1857—1924）被誉为英国最伟大的小说家之一，其经典作品《黑暗的心》《吉姆爷》《白水仙号上的黑家伙》等备受广大评论家和读者的关注和喜爱。然而，他的后期作品《胜利》，却一直未受到重视，康拉德将其写作背景置于马来群岛上名叫申泊兰的海岛，通过描述主人翁与岛民之间发生的匪夷所思的故事来展现英国特殊时代人们精神状况的异常。《胜利》这部小说是康拉德多年心血的再体现，正确地解读其主题对于我们理解伟大作家及其作品的主题有重大的意义和帮助。

基金项目：本文系国家社科项目"康拉德东南亚背景小说研究"阶段性成果，项目批准号。

一、精神生态研究

作为生态学的一个分支，精神生态学以人的内在的情感生活与精神生活为研究对象，旨在探讨人与其生存环境之间的相互关系，它不仅"关涉到精神主体的健康成长，而且关涉到一个生态系统在精神变量协调下的平衡、稳定和演进"[1]。精神生态是相对于自然生态、社会生态而存在的，是人类更高形式的生存方式。人类社会中的环境污染、生态失衡正向着人们的精神世界进发，日益严重的污染和失衡将发生在人类的精神层面。就像美国前副总统所说："我对全球环境危机的研究越深入，我就越加坚信，这是一种内在危机的外在表现。"[2]

精神生态的研究可以追溯到 20 世纪 80 年代，思之、刘再复、傅荣、严春友等人是国内较早使用精神生态这一提法的学者。思之比较崇尚精神生态对于丰富人性所起到的积极的、正面的作用。他提出："对于推进人类历史发展的价值和意义，精神生态有着不可忽视的推动作用。"[3]刘再复、严春友等学者认为生态问题不仅仅只存在于自然生态和社会生态之中，人类精神世界也存在生态平衡的问题。与此同时，傅荣独具慧眼地看到了生态批评研究中精神、社会、自然生态三者的关系，分析了保持人类精神生态平衡的内在意义和价值，他明确指出："实现人类精神生态的协调发展，在很大程度上可以促进社会生态和自然生态的和谐与相融。"[4]他们的观点和看法为今天的精神生态学研究奠定了理论基础，提供了初步的理论雏形。

1989 年，鲁枢元延续了刘再复的观点，在其著作中谈及："现代社会的发展，重经济而轻文化、重技术而轻情感、重物质而轻精神，人们内在思想的生态境况正在发生极大的倾斜，从而导致了文化的滑坡、情感的淡漠、精神的腐败和人格的沉沦。"[5]继而，在 2006 年鲁枢元教授出版了《生态批评的空间》。在此著作中，鲁教授回顾和展望了其 20 年来潜心从事生态批评相关理论的研究和创作，其中鲁教授将精神生态单独成章进行论证和阐述。实际上，自 20 世纪 90 年代起，陆陆续续就有学者开始关注精神生态的研究，并且他们普遍认为愈演愈烈的地球生态危机与人类内在价值系统和社会精神状况的恶化有密切的关系。随着社会生产力的持续发展、物质生活条件的逐渐丰厚，精神生态状况却每况愈下，表现在道德感和社会责任感逐渐下降、消费主义和拜金主义倾向越来越明显、人性的异化和情感的冷漠。到了 90 年代中期，越来越多的学者对这些丑陋现象进行批判和反思，精神生态的重要性被重新认识。因此，专家学者们开始从精神生态的审美高度对经典文学作品进行再解读，以此来挖掘和丰富其作品的研究价值和现实意义。

约瑟夫·康拉德（Joseph Conrad）的晚期作品《胜利》也成了精神生态解读最好的范本。主人公海斯特在精神变量协调下无法达到平衡与稳定，使得他思想上不堪重负，最后酿成纵火自焚的人生悲剧。本文将从精神生态的审美高度，对英国作家约瑟夫·康拉德晚期小说《胜利》的精神生态危机进行探究，并尝试分析造成危机的种种原因和试图获得解救的途径和方法。

二、精神的危机

（一）内心的矛盾与挣扎

康拉德将《胜利》的写作背景置于马来群岛上名叫申泊兰的海岛，此海岛是赤道带煤炭公司的一号煤炭装运站。因不明原因公司已经破产，而自诩为赤道带经理的海斯特却仍然坚守在岗位上。阿克塞·海斯特是一个背井离乡、无牵无挂之人，过着漂泊流浪、居无定所的生活。在理想幻灭而达观的父亲的教养下，他秉持避世离俗、与世隔绝的人生态度。为了避免生活带来的侮辱、嘲弄和幻觉，他给自己规定了一个超然离群的生活方式，海斯特"既没朋友，也没敌人。对他来说，人生的意义在于获得独自的成就，这种成就的获得不是通过默默隐居到渺无人迹的寂静之处，而是要通过四处流浪不断变换环境和居所"[6]。然而他既没完全继承父亲那超脱万物、萧然物外的哲学思想，也没有脱离世俗的纷争与烦恼。出于侠义的豪情，他一生中管了两次闲事，而这两次闲事使他的命运发生了关键性的转折。第一次是借钱给处于困境的莫瑞森。对方在感激之余，坚持要让海斯特出任在申泊兰岛开办的赤道带煤炭公司的主要负责人，就这样，漂泊流浪的海斯特来到了申泊兰小岛。第二次是帮助莲娜出走。当他看见巡回女子乐团的莲娜被老板斯坎博格火烧火燎地骚扰时，他表现出并不亚于当年帮助莫瑞森的超然不凡气度，将姑娘莲娜偷偷带走，并且带到了本要成为他隐居之地的海岛——申泊兰岛。

一直以来，他始终铭记着父亲在临终前留给他的遗言——"置身事外、袖手旁观、不予置评"，并且也时刻践行着父亲的遗训，过着四处流浪、无牵无挂的生活。然而，当他面对人性的诉求时，他自觉把钱借给了莫瑞森并本能地上演了"英雄救美"的侠义之举。这种慷慨解囊、仗义疏财的豪情壮举恰恰与他从小就执持的价值观念相背而行。一边是美好人性的释然，一边是价值观念的秉持，就这样，海斯特一直处于犹豫不决、左右为难的境况，苦于内心的挣扎。在面对人类的入侵、世俗的纷扰时，海斯特的"构想"与自身的天性失去平衡，继而陆续陷入人类纷争的泥潭，从此越陷越深最终只能以死来解脱。海斯特的悲剧源于内在思想的不统一，源于精神变量的不协调。

对于海斯特，祝远德教授是这样评价的："他没有长远的生活目标，甚至连应有的生活毅力都缺乏，但是他却到过没有人烟的荒野地带冒险，而且经历过需要流血的场合，对于一个既缺少生活目标又缺乏勇气的人来说，多少有些自相矛盾。"[7]没错，海斯特从来就没有停止过内心矛盾的挣扎。对于琼斯三人的到来，他也觉察到他们来者不善，但是却显得一筹莫展，没有应付危机的能力。作为绅士的他，有责任也有义务去保护被自己拯救的女人，但是他却无法采取任何的行动，反而使莲娜这个被"英雄"救出来的"美女"决心反过来拯救这位称不上英雄的海斯特。海斯特就这样无尽地被内心的矛盾所折磨。故事的结局，海斯特亲眼看见心爱女人莲娜被琼斯误杀而死之后，终于采取了行动，他一把火烧掉了赤道带煤炭公司，让自己和莲娜都葬身火海。可见，他最终还是没有挣脱掉两种思想的矛盾斗争，而是选择了自行了断，是莲娜的死激化了他内心的挣扎。他的悲剧在于本身悖论的挣扎，在于精神变量的不协调、不平衡。这种不协调和不平衡时时刻刻摆布着他的思想、影响着他的性格、左右着他的行为，最终决定了他的命运。

（二）人性的扭曲和情感的冷漠

在工业迅速发展的科技时代，代表财富的煤炭成了那个时代人们趋之若鹜、顶礼膜拜的商品。人们在追逐名利的同时逐渐丧失了爱的能力，造成了人类精神世界中人性的扭曲和变异、情感的冷漠等问题，导致精神生态的日益下降，因而形成了经济快速发展下的精神荒原的局面。"社会环境是人类社会行为的决定性因素。"[8]20世纪初期的英国，经济在社会改革的推动下获得了前所未有的发展，经济在发展的同时，带给人们的不仅是机遇和希望，也有精神上的困顿和不安。身处社会转型期的英国人，普遍依靠物质财富的获得来填补精神世界的迷茫和空虚，从而造成了人性的扭曲和变异。正如小说主人翁海斯特成了赤道带公司的负责人以后巴不得把所有煤矿都放进自己的腰包；索穆保因为海斯特不常去他的店铺就四处造谣抹黑滋事；被斯坎博格唆使的琼斯三人，为了获得财富，在岛上进行了丧心病狂的抢夺和惨绝人寰的谋杀；得知莫瑞森的死讯后，斯坎博格就无端地讨厌海斯特，整天散布流言蜚语，恶意中伤他……康拉德颇具匠心地刻画了当时社会人性被扭曲后的丑陋，人们为了满足物质的欲望，手足相残、狗咬狗骨，人性的阴暗面在利益面前暴露无遗，人们的价值观念混乱不堪、是非观念模糊不清、精神状态萎靡不振。

人性的扭曲必然导致人际关系的冷漠与淡薄。默然处之、薄情寡义已然成为当时社会的习惯与常态。整部小说始终弥漫着压抑的气氛，人与人之间冷漠苛刻、假仁假义。小说人物莫瑞森、海斯特和戴维斯在一定程度上相互帮助，但他们之间的友谊时时刻刻都保持着距离；莲娜跟海斯特从未真正打开心扉拥抱彼此之间的爱情；就连父亲留给海斯特的遗言，"袖手旁观、不予置评"也使得陪伴他几十年的亲情陷入了无法解开的困惑。正如评论家诺曼·谢理所说，"这部小说就像一个神秘的喜剧，演绎着黑暗与光明之间力量的冲突"[9]。往往，当物质条件变得日益丰厚时，人们的精神生态状况却每况愈下，消费主义和拜金主义表现越来越明显，社会责任感和道德感逐渐下降，人性被资本扭曲和异化。作者康拉德用犀利的笔触对当时病态的社会进行了真实的描述，刻画了社会经济发展与人类情感发展的冲突，强调了社会生产力的持续发展带给英国人的从物质到精神的需求，表达了一代人的精神病态和精神危机。

三、生态的救赎

（一）生存的智慧

在小说人物中，康拉德刻画入微地描写了代表中国"天人合一"哲学思想的人物——王。王是赤道带煤炭公司从中国招募的廉价苦力之一。由于公司经营不善，很快就遭到破产，其他的中国劳工都因此而离开了，王却自愿留下来当仆人，照顾海斯特的日常生活。他自愿留下是因为"已经说服了一个阿尔富鲁村的女子过来跟他一起生活"[6]。原来他娶了当地人做妻子，这真是令人难以置信。在中国劳工初来小岛时，阿尔富鲁村人被突然来到的大批中国人吓坏了，于是他们砍倒了一些树来挡住穿越大分水岭的山路，并且严格地只在自己那一侧活动。然而，现在阿尔富鲁村女子却心甘情愿地做了中国劳工的妻子。王还邀请了一些阿尔富鲁人——那个女人的朋友和亲属，壮着胆子越过分水岭，来到这边参加好像是他们婚宴的活动。王不光娶了当地的女人而且还得到了她亲戚朋友的祝福。和格格不入的西方人不一样，王很快就融入了土著人的社会中，也融入了申泊兰岛的自然环境之中。他在这里开垦荒地，种植蔬菜。他"不惜麻烦，把公司原来的一间棚屋拆得七零八落，用那些材料做了一个很高很密实的篱笆围住了那块地，仿佛种蔬菜是他的一项专利活动，又好像是一项非常神圣，寄托着他维持自己的民族特性的秘密活动"[6]。来自中国的王，代表着绿色的东方思想，代表着中国"天人合一"的生态理念，既没有征服自然、掠夺自然的野心，也没有战天斗地的"豪情"，而是试图融入当地社会和当地自然环境之中，从而实现不同种族、不同文化的人与人之间的和谐相处，人与自然和谐共生的生存状态。王的所为正好印证了东方生态文化可以化解人与自然、人与人以及人与自我之间的矛盾冲突。正如王岳川教授所言："中国文化里的核心思想，像综合模糊思想、绿色和谐思想、客观辩证思想，将是中国思想对西方思想的一种互动和滋养。"[10]

（二）对人类中心主义的批判

实际上，康拉德在《胜利》中除了刻画像王这样代表着中国"天人合一"的生态思想的人物以外，还借助主人翁海斯特的父亲老海斯特的思想和理念来表达对人类中心主义的批评和抨击。愤世嫉俗的老海斯特不满足于自己的国家，他绝对否定人类所创造的一切，看透了人类社会机制、社会建构的不合理，尤其是以西方为代表。老海斯特反对人类一路高歌阔步前进所创造的"丰功伟绩"。老海斯特在否定人类实践的同时，也表达了对自然回归的渴求。他的哲学思想无疑与生态批评志趣相近，不谋而合，都代表自然，为自然说话，反对人类对大自然的强取豪夺和恣意妄为。就像美国生态批评的先驱蕾切尔·卡森和林恩·怀特所认为的："支配和统治了人类意识和行为长达数千年的犹太－基督教的人类中心主义是导致人类焚林而猎、涸泽而渔地对待大自然的主要根源。"[11]人类中心主义思想为人类建立人与自然对立的二元论提供了托词和借口，在近千年的潜移默化、耳濡目染下，它构成了西方一切信念和价值观的基础。人类为了自己的利益和获得更多的财富，开始了对自然的征服、占有和改造。于是才有了以莫瑞森为带头人的欧洲人来到相隔万里的东南亚地区名叫申泊兰岛的小岛开采煤矿。申泊兰岛是马来群岛的一个小岛。在他们到来之前，此岛四面环海，宁静祥和，"那些岛屿静静地躺着，披着深色的树叶衣裳，蔚蓝色苍穹和银色浪花浑然一体，无声的大海与云天相接，显得无限静谧"[6]。然而赤道带煤炭公司在小岛上的成立，打破了岛屿的宁静，无疑是对岛上生态破坏的开始。他们运来大型机械，在这里修房造屋，修建码头，安了铁轨。不过，好景却不长，不到两年的时间，公司就破产了，停止了开采煤矿，解散了劳工，岛上的场景凄惨不已、颓废不堪。但是，在孤独的废墟上，逐渐地，丛林将码头包围，荒凉的屋顶也被深草所掩盖，大牌匾被野草和灌木丛紧紧包围着，由此可以看出，曾经被人类破坏的植被在逐渐恢复，大自然在无声无息中获得重生。

一边是"精神的危机"，一边是"生态的救赎"，两者间有着极其紧密的联系，哪里存在危机，哪里就存在获得救赎的希望，哪里存在厄困，哪里就存在突围的生路。小说的结局是海斯特一把火把赤道带煤炭公司以及欧洲人留下的所有痕迹都烧了个干干净净，申泊兰岛又回到原初的自然状态，而一切人世间的纷争与困扰都化为了一捧净土永远留在了小岛之上。对于处于精神分裂的海斯特来讲，纵火自焚是获得新生的唯一希望，是获得突围的唯一生路。海斯特的纵火自焚也暗示着，人类一直践行的人类中心的单边主义思想在对自然大肆破坏和掠夺以后最终会走向灭亡，与此同时，呼吁人们保护我们赖以生存的星球并唤起对"诗意的栖居"的心灵诉求。实际上，康拉德的《胜利》是道德理想的胜利、精神层面的胜利，更是我们赖以生存的大自然的胜利。

参考文献

[1] 鲁枢元. 文学的跨界研究：文学与生态学 [M]. 上海：学林出版社，2011：45.

[2] 戈尔. 濒临失衡的地球——生态与人类精神导论 [M]. 陈嘉映，等，译. 北京：中央编译出版社，1997：24.

[3] 思之. 有关人与文化的两点思考 [J]. 兰州学刊，1985（1）：82-85.

[4] 傅荣，卢光. 建立"精神生态学"刍议 [J]. 争鸣，1990（4）.

[5] 鲁枢元. 来路与前程——在张家界全国第二届文艺心理学研讨会上的发言 [N]. 文论报，1989（9）.

[6] Joseph Conrad. Victory [M] . London: Penguin Books, 1994: 86, 154, 155, 68.

[7] 祝远德. 他者的呼唤：康拉德小说他者建构研究 [M]. 人民出版社, 2007：221.

[8] 李文华. 现代心理学 [M]. 武汉：华中科技大学出版社，2007：68.

[9] Norman Page. A Conrad Companion[M]. London: Geral Duckworth &Co. Ltd, 1982：115.

[10] 王岳川. 生态文学与生态批评的当代价值 [J]. 北京大学学报, 2009（42）：130-142.

[11] 王诺. 欧美生态批评：生态文学研究概论[M]. 上海：学林出版社, 2008：138.

生态批评中的"生态和谐"意识

——以达真的《康巴》为例

高琳佳　沈人烨

摘要：藏族作家达真的《康巴》蕴含着深刻的生态和谐思想，反映了人与自然、人与人、人与自我和谐相处的生态哲学理念。笔者从自然生态、社会生态和精神生态三个方面入手，对美丽壮观的藏地高原景观、多元共生的康巴社会生活以及乐观虔诚的藏族精神信仰进行剖析，从而实现构建生态整体观的愿景，而这种愿景恰好对当下构建和谐社会提供了有益的探索，为世界提供了和平与发展的蓝本，为人类发展提供了共同的价值理念。

关键词：达真；《康巴》；生态批评；生态和谐

基金项目：本文系四川省教育厅重点项目（人文社科）"康巴作家群"研究的阶段性成果，项目编号：16SA0140。

生态批评于 20 世纪 70 年代兴起，成熟于 90 年代中期，是在全球生态环境日益恶化和生态危机日益显现的状况下，文学批评流派中掀起的一股"绿色"批评浪潮。从生态批评的概念提出至今，学界对其做出了不同的界定。1974 年，美国生态评论家约瑟夫·米克（Joseph W. Meeker）对生态批评做了首次界定，指出生态批评旨在"揭示人类与其他物种间的关系，审视和发掘人类的行为对自然环境的影响"[1]。另一位美国历史学家、生态评论家林恩·怀特（Lynne White）在《我们生态危机的历史根源》中提出，"犹太—基督教的人类中心主义是造成生态危机的历史根源，它是构成我们一切价值和信念的基石，引领着我们的科学和技术的发展，鼓舞着人类以统治者的态度对待大自然"[2]。1989 年，美国的生态评论家彻丽尔·格罗费尔蒂认为，"生态批评的根本宗旨是探讨文学作品与自然环境的关系，如果女权主义是通过考察文学与语言的关系来探讨性别意识，马克思主义批评将生产、经济、阶级意识纳入文本解读，那么生态文学批评则是将以地球为中心的思想运用到文学研究领域，探讨文学与自然环境的关系"[3]。

在中国，生态批评理论正式诞生于 20 世纪 90 年代中期，特别以陈清硕的《生态美学的意义和作用》、佘正荣的《关于生态美的哲学思考》以及李欣复的《论生态美学》等文章的发表为标志，这些论著拉开了中国生态批评理论的学术探讨和理论建构的序幕。20 世纪 90 年代末期，由苏州大学文学院的鲁枢元教授担任主编的《精神生态通讯》更是为生态批评理论的建构做出了有益的探讨，成为当时中国生态文学研究领域最具影响力的出版物。2003 年，曾繁仁教授和他的弟子王诺分别出版了《生态存在论美学论稿》和《欧美生态文学》两部生态批评的重要著作，标志着中国生态文学批评研究有了更深入的建树。2006 年，鲁枢元教授撰写的著作《生态批评的空间》问世。此书的出版拓展了生态批评研究的领域，将仅限于研究文学文本中人类与自然纯然二分的两个外在的客体关系，延伸到了研究人与人之间的社会生态和人与自我的精神生态。在书中，鲁枢元教授首次提出了生态批评的三分法："以相对独立的自然界为研究对象的自然生态学，以人类社会的政治、经济生活为研究对象的社会生态学，以及以人的内在情感生活与精神生活为研究对象的精神生态学。"[4]梁漱溟在论及人的复杂性时，也曾列出人与自然、人与人和人与自我的三重关系。苗福光先生认同并接受了这三重关系，因此他在他的博士论文《生态批评视角下的劳伦斯》中对自然、社会和精神生态做了详尽的论述，他认为："生态批评不应该忽略对社会生态和精神生态的关注，作为生物链上的一环，人与人之间、人与自我之间也存在生态失衡的问题；人类通常是以破坏自然生态来换取文明的进步，面对遭到严重破坏的大自然，人际间的关系也因为互相争胜而异化；环境的破坏和社会生态失去平衡自然而然会招致人类精神层面的异化，故而生态批评的研究范畴应该包括自然生态、社会生态和精神生态。"[5]

笔者综合以上生态评论家的观点后认为，自然生态、社会生态和精神生态三者既有密切的联系，又绝不完全等同，既互为独立，又不能相互取代，它们是一个整体的三个方面，它们的和谐与平衡共同勾勒出生态整体主义的完整画面。因此，生态批评是通过解析文学作品来探究自然与人类文明的关系的，其目的不仅是要拯救人们赖以生存的大自然，而且还要还人性以自然，从而解决人际关系的异化和人与自我的精神失衡的问题，它的终极关怀是重建天人合一的物质家园和精神家园。

达真的《康巴》于 2009 年出版，并获得第十届中国少数民族文学"骏马奖"。作者达真以一部康巴藏人的心灵史诗作为题材，使用宏大的叙述模式，将 20 世纪前半叶康巴藏地真实的社会生活淋漓尽致地展示给了读者。在跌宕起伏的叙述中，《康巴》生动形象地呈现了康定高原美丽壮阔、和谐相融的自然景观，各民族和睦共处、相互依存的社会生活，以及乐观虔诚、不畏艰难的藏族精神信仰。因此，笔者从自然生态、社会生态和精神生态三个方面入手进行剖析，发掘达真作品中构建生态整体主义的愿景，而这种愿景恰好对当下构建和谐社会提供了有益的探索，为世界提供了和平与发展的蓝本，为人类发展提供了共同的价值理念。

一、美丽壮阔的藏地高原景观——自然生态

根据鲁枢元教授的定义，自然生态学是以相对独立的自然界为研究对象，

而在文学生态批评中，自然生态是通过解读文学作品来探讨人类与自然的关系，正如自然在文本中的作用、自然对人物角色的影响、自然是怎样被表达和再现的、人类又是如何对待自然的等等。达真在小说《康巴》中倾注了他对自然浓烈的感情和依赖，人与自然的浑然天成、万物一体的和谐相处成为他叙述中不变的主题。在他的笔下，大自然中的一切生灵都被赋予了生命和神性，从神山到圣湖、从峡谷到草原、从动物到植物，人与自然的相处是那么的和谐与柔美，是那么的宁静与平和。当鲁尼的巡视队伍在时隐时现的云雾中登上了折多山顶时，"鲁尼站在晴空万里的山顶，眼前一座座起伏的山峦如大海澎湃的波浪直涌天边，天边的山峰像是被'波浪'推涌着刺向云端，云端深处透出某种静谧而不露声色的庄严"[6]。鲁尼面对大自然这巨大的虚空，他的心情意外地豁然旷达，不自觉地同藏族同伴们一起高喊："哦，啦嗦！哦，啦嗦！拉甲啰（愿善神得胜）！"，并将一摞摞"龙达"（敬神的经文纸片）抛向天空。当鲁尼也学着藏族同伴把一条条哈达拴在丫口处系经幡的绳上时，鲁尼觉得此刻自己正被一种神奇的力量推动着，这是他在英伦岛不曾有过的感受，望着眼前绵延不尽的波状大地，看着系上的哈达迎风飘扬，这种人为的与自然的欢愉，让这位胸前挂着十字架的白人产生了一种异常的兴奋。是飞舞的经幡，是舞动的哈达，还是眼前的美丽动人的高原景象刺激了鲁尼的神经，使他情不自禁地流出了自嘲的眼泪？达真借异乡人鲁尼之口表达了一种对自然深不可测又无从解释时的敬畏之情，充分体现了人不是自然的主宰，自然也不在人之外围，而是自然与人处在一个水乳交融、浑然一体的整体系统之中的生态思想。

自然生态，中外相通。家乡在每个游子心里的地位是不可替代的，当外国小伙鲁尼被邀参加云登土司的聚会坐在豪华帐篷里享受美食的时候，间或望望屋外的草地、蓝天和雪山，他就误认为这是在距离家乡不远的瑞士。在青藏高原，鲁尼还经常半醉半醒地自问自答，说这里就是他一直寻找的天堂所在，并且多么希望妻子路易丝能一路相伴。对于鲁尼来讲不管是近在眼前的青藏高原还是远在天际的瑞士，大自然的美景是相通的，大自然带给他的美丽和感动远远超出了地域的限制。

顺应自然，生态平衡。面临独特的高原自然环境，藏族人民以其特有的宗教信仰和生产生活方式为指导，不断调试自己的生产活动以期实现人与自然渊源共生、和谐共融的生存状态。在《康巴》的开篇，黄格根向云登介绍经文印板时，就对印板的制作过程做了详细的讲解。"印板是用无痕的上等红桦木做的，烘干后放在羊粪堆里浸着，一直浸到来年再烘，刨平后用作版胚，经文经过二十次校对无误后再反复刷上酥油汤晾晒，最后用瑞香狼毒熬水浸泡。瑞香狼毒，是一种草原上夏天盛开的花朵，有毒，使用它的妙处在于虫不蛀，也不咬。"[7]从经文印板的制作过程中，可以看出藏族文化传统中人与自然和谐相处、协调发展的理念。藏族文化从顺应自然、敬畏自然发展到在遵循自然规律的前提下，以独具匠心的生产生活方式与自然求得共生，并且在合理利用自然的基础上建立起人与自然和谐共存的生态思想。藏族人民这种从自然中来到自然中去，一切源于自然，最后又回到自然当中的理念，不仅满足了生产生活之需，而且给自然带来了良性的新陈代谢。

万物有灵，众生平等。生活在环境极其恶劣的青藏高原，人们能深切体会牲畜对于自身生存的意义。在《康巴》中，达真不惜笔墨地刻画了人与动物心心相系、和谐共存的美好画面。如郑云龙眼看在距江面几米处小盘羊就要掉进水里的一刹那，他闭上双眼并喃喃自语地说："完了，完了，真主保佑！"作为虔诚的穆斯林，郑云龙在为一只小盘羊祈祷，祈求真主保佑它能有生还的余地。当他看到小盘羊的一只腿卡在岩缝里，没有坠入河里，他又开心地说道："好险啊，小命保住了"。可是当卡在岩缝里的小盘羊挣扎着往上爬的时候，郑云龙站在原地焦急地说："它受伤了。"经过一番努力小盘羊站了起来，郑云龙充满喜悦地说："得救了。"达真在栩栩如生地刻画小盘羊从坠入悬崖到生还自救的全过程中，淋漓尽致地再现了郑云龙与小盘羊心相系、情相依的大爱之情，再一次表达了在大自然面前众生平等的思想，生命应该受到同样的尊重的理念。细读文本，笔者发现达真在小说中不止一次地刻画了这种艰难处境。如有一次达娃率领骡队从拉萨返回康定，在翻越冰天雪地的拉马山一个六十多尺的冰坡时，两头骡子顺着冰坡滑下了深谷，当时所有的人、骡马和驮牛都哭了。生活在环境恶劣、地势险峻的青藏高原，所有的生命都会面临相同的境遇，当危险来袭时，人与牲畜这种"血脉相连、共渡难关"的情景，形成了青藏高原特有的生态景观。

除了长篇小说《康巴》以外，达真在其姊妹篇《命定》和中篇小说集《落日时分》中也同样书写着人与自然的这种浑然天成、万物一体的和谐画面。例如，在《落日时分》中，当主人翁苏峰躺在小拉姆家的床上，回顾这两天在路上目睹的风光和建筑时，达真是这样描绘的："终年积雪的雪峰在碧蓝天空中挺拔而神圣；雪山脚下的草地，犹如举行世纪婚典时的巨幅裙摆，草地上，大自然的精灵们披着太阳的金辉穿梭在庙宇和塔间，人、自然、动物、苍天、大地、信仰构成了诗意的高原……真棒！永恒的画卷，没有撰稿、没有编导、没有配乐、没有道具，一切都是相得益彰的自然偶合。"[8] 纵观康巴文学，特别是康巴作家群作家的作品，大多是在抒发情感、为自然讴歌颂吟，例如藏族作家列美平措的诗集《心灵的忧郁》，格绒追美的长篇随笔集《神灵的花园》，贺先枣的散文集《走马康巴》，新生代"八〇后"藏族女作家雍措的散文集《凹村》等作品，都一一表达了康巴作家群的作家们对康巴高原这片热土无尽的陶醉与迷恋。

世世代代的康巴藏族人在"世界屋脊"与自然相依为命、和睦共处，宽厚仁慈的大自然为康巴人提供着无私的给养和庇护。出于对自然的敬畏和崇拜，藏族人民在日常生活中时刻铭记顺应自然、善待自然、遵循自然客观发展规律的思想观念，从而形成了天人合一的生态思想，这为当下施行可持续发展提供了有益的价值引导。

二、多元共生的康巴社会生活——社会生态

生态研究的目的不仅是要拯救人们赖以生存的大自然，而且还要还人性以自然，从而解决人际关系的异化和人与自我的精神失衡等问题，它的终极关怀是重建天人合一的物质家园和精神家园。马克思指出生态危机的根本性问题要从解决社会生态问题出发，渐渐消除人与人的异化关系、消除民族与

民族、国家与国家间的利益冲突，只有这样，生态危机才有可能得到真正的解决。对于消除人与人的异化关系，对于消除民族间、国家间的利益冲突，达真恰到好处地在他的《康巴》中做了有益的尝试，正如阿来评论《康巴》时指出，《康巴》是民族融合的人性史诗，是爱的吉祥地。小说《康巴》以同一主题贯穿三个发生在藏地的感人故事，使康定成为一个极具包容性的地方，不同文化、不同信仰、不同民族在这里从容和谐地汇集。

海纳百川，有容乃大。开放包容，筑就了康巴藏地的民族大融合。《康巴》使用史诗般的叙述，将 20 世纪前半叶康巴藏地真实的社会生活淋漓尽致地展示给了读者。小说采用三线并进的叙述模式，巧妙地围绕这三条线索在不同主题的交错中展开故事情节，集中突出了当时社会面临的一个共同的问题——民族融合。具有两三百年历史的更登席巴家族第 25 代世袭土司云登，绞尽脑汁想建康巴宗教博物馆，希望把康定变为一块没有血腥和仇视的大爱之地，向世人展示康巴大地的包容与大爱。当康定遭到了兵匪抢劫时，各族人又在云登的带领下空前团结、众志成城，众人奋勇杀敌的场面让云登感动不已，"什么藏族、汉族、回族，这抽象的赋予人的符号像是悬浮在半空，而人却牢牢地站在大地上，共同组成了一道保卫家园的生命之墙，他不得不承认：康定的确是一片大爱之地"[9]。

万神齐聚，和睦共处。在《康巴》中，康定是万神齐聚的宗教汇聚之地，各路神仙都在这里云集，相安无事，有的庙中还专门塑有通事（翻译）神像，想必是诸神之间也需要翻译交流，这大概就是康定独一无二的大爱吧！各种各样的庙、寺、宫、观、祠、堂、坛、会更是数不胜数。藏传佛教的五大教派在康巴地区并驾齐驱、和平共处，可谓一大奇观。藏传佛教的格鲁、宁玛、萨迦、噶举、本波等各大教派在炉城的寺庙有娜姆寺、金刚寺、安觉寺、萨迦寺、鱼龚寺、多扎寺、俄巴寺等，其中安觉寺的燃灯节上，那上千盏纪念格鲁派创始人宗喀巴大师的元根灯就常常引来络绎不绝的观灯礼佛者。在伊斯兰教清真寺的唤礼楼上，会传出老阿訇的唤礼声；天主教中国康定教区的真愿堂、传习所、拉丁修院、修道院、真女院等，不知何时又响起了圣诞的钟声；基督教的康定内定会、福音堂、安息会等也是信众众多；汉族人建立的大大小小的庙、宫、观、祠等就更多。此外还有私立康化小学、公教医院、藏文印刷所等。

达真作品中的康定实际上就是现实生活中的康定。康定是汉藏交界的结合部，是各民族交往的民族走廊，随着各民族人与人之间的广泛接触和相互杂居，这个"交汇地"早已将酥油味、牛粪味、菩萨味、神父味、阿訇味、关公味糅在一起，伴随着茶马古道上流淌了上千年的时光，形成了良好的多民族文化景观。在小说《康巴》中，达真真实、贴切地把现实生活中的康定毫无删减地缩放到了他的小说中。每逢藏历新年，藏地五大教派的活佛、清真寺的阿訇、天主堂的主教等等，会纷纷前往康定向云登土司祝贺；每逢春节，在灯杆坝集市上都会举行藏、汉、回、纳西人的民族大联欢。在康定这个多元共生的"交汇地"，各民族、各宗教在和平共处、交流包容的基础上，演奏出了人与人、民族与民族之间和谐相处的美好乐章。开放、包容、和谐、普惠构成了《康巴》的主题，这一主题也同样贯穿在《康巴》的姊妹篇《命定》和中篇小说集《落日时分》中。21世纪世界范围内的地区和民族间的和谐相处提供了有益的参考。

三、乐观虔诚的藏族精神信仰——精神生态

"人与自然相冲突，引发了自然生态危机；人与他人相冲突，引发了社会生态危机；人与自我相冲突，引发了精神生态危机。"[10] 美国前副总统阿尔·戈尔曾经指出，我们似乎日益沉溺于物质满足的形式中，但付出的代价是丧失自己的精神生活，物质丰厚的同时却丧失了心的意向，真正的生态危机发生在人的精神领域。然而，当人类面对"物"的丰厚与"心"的迷失时，藏族人民和谐节制的消费观念、乐观虔诚的民族精神为世界提供了可贵的"精神绿洲"。

藏族人民多数常年生活在海拔3000米以上的青藏高原。这里独特的地理环境和多变的气候类型，"集中了除台风以外的自然灾害，包括地震、雪灾、干旱等，这里的氧气含量不足内地的一半，经常，康巴人的眼神里流露出对

喜怒无常、变化莫测的大自然的恐慌和无助，手里的转经筒切实地表达了藏民们的祈求与希望"。[11]因此，宗教便成了藏族人民与自然沟通的最佳途径。大部分的宗教并不倡导信徒过上纸醉金迷、养尊处优的生活，反而制定出大量的规则与戒律来引导其信徒过清苦贫寒的生活，并倾向与自然的和解、亲近。"宗教彰显的是对神的敬畏，以虔诚、神秘，以虚幻世界的追求和对现实世界的忍让为基调"，而藏传佛教就是最好的印证。达真在《康巴》中，专门用了一个章节的内容来刻画一家五口、祖孙三代的朝圣之路。他们不仅遭受了几十年不遇的大雪灾，牲畜都被冻死或饿死了，还经历了亲人挨个离世的痛苦。面对生活中的苦难，"如今我们变卖了家里所有的财产，就是陪父亲去拉萨，了却我们终生的心愿"[12]，以此求得生命的圆满。虔敬的信徒不管经历怎样的逆境，遭遇怎样的痛苦，他们都用宗教教给他们的隐忍与善良默默地面对。他们之所以能忍受、乐于忍受，是因为他们拥有自己的信仰，他们用自己的真诚谱写着动人的人性之歌。他们在物质上是极其的匮乏，但在精神上是无比的富裕。他们追求简朴、清贫、乐观、虔诚的生活，正如鲁枢元先生所说："信仰，简朴，自然，艺术如果能够渗融在同一个生活情景中，那将是一种最高和谐的美。"这是鲁枢元在《生态批评的空间》中所倡导的"低物质能量运转中的高层次的生活"。而达真的小说《康巴》中的叙述，恰好达到了这种最高和谐的美。

真实呈现人性之美也是达真创作《康巴》这部小说的目的之一。如面对兵匪的抢劫，云登土司义不容辞地承担起抗击兵匪的重任。当全城人推举云登为自卫队队长时，他感受到是共同的灾难让他们走到了一起，这些平日里与他素不来往的人，在困难之际，却能唇齿相依、辅车相连，众志成城为保卫家园而奋起反抗。再如尔金呷的女儿与仇人儿子相恋后，受到了重重阻挠，使得一对年轻人发生了爱情悲剧，尔金呷在众人面前那发自肺腑的呼唤："孩子，你和土登的事怎么不早些告诉阿爸啊，是阿爸害了你和全家啊！"化解了两个家族的深仇大恨，人性深处的慈爱与良善得到彰显。

除此之外，达真在短篇小说集《落日时分》中同样塑造了像格央宗夫人、阿满初、益珍老阿妈这样善良、美丽、活泼代表着人间大爱的人物形象。小拉姆一家用坦然、豁达的方式接受了苏峰对小拉姆的造次，宽容、善良的藏族人家最终净化了苏峰灵魂深处最肮脏的部分。他们"用爽朗的泪水和欢笑演奏出了一曲高扬的人性赞歌，是大爱，是虔诚的宗教信仰支撑着康巴藏人勇敢坚强地生存在康巴大地，是这片神奇的热土造就了乐观、隐忍、宽容和善良的康巴儿女"[13]。也正是宗教信仰赋予他们的这种积极、豁达的人生态度，才会绽放出康巴人与恶劣的自然环境和复杂的社会环境相抗争的生命的活力和人性的美好。

在达真的笔下，康定是人与自然、人与人、人与神交往的多元乐土，康定是一片大爱之地。人与自然的那种生生不息、圆通如一的和谐，人与人、民族与民族之间的那种交流与融合，人与神、人与自我的那种乐观与隐忍，共同营造出一幅美妙而和谐的画卷，从而实现了生态整体观的构建。这是人与自然和谐共生带来的发展，这是异质文化交流产生的结晶，这是不同宗教的宽容带来的和平，这为当下我国构建和谐社会提供了有益的尝试，为世界提供了和平与发展的蓝本，也为人类提供了共同的价值观念。

参考文献

[1] Joseph W. Meeker, *The Comedy of Survival: Studies in Literary Ecology*, New York: Charles Scnbner's Sons, 1974, P3.

[2] Lynne White Jr. *The Historical Roots of Our Ecological Crisis // Glotfelty*, C. & Fromm, H. *The Ecocriticism Reader: Landmarks in Literary Ecology.* Athens: The University of Georgia Press, 1996, P6-14.

[3] Glotfelty, C. & Fromm, H. *The Ecocriticism Reader: Landmarks in Literary Ecology.* Athens: The University of Georgia Press, 1996, Pxviii

［4］鲁枢元：《生态批评的空间》，华东师范大学出版社，2006，第92页、第101页。

［5］苗福光：《生态批评视角下的劳伦斯》，博士学位论文，山东大学，2006，第34页。

［6］达真：《康巴》，四川文艺出版社，2014，第33页、第11页、第126页、第79页、第470页。

［7］达真：《康巴》，四川文艺出版社，2014，第33页、第11页、第126页、第79页、第470页。

［8］达真：《落日时分》，四川文艺出版社，2013，第29页。

［9］达真：《"康巴三部曲"的总体构想》，《文艺报》2014年12月5日，第005版。

［10］刘文良：《精神生态与社会生态：生态批评不可忽略的维度》，《理论与改革》2009年第2期。

［11］达真：《"康巴三部曲"的总体构想》，《文艺报》2014年12月5日第005版。

［12］《"命定"的"康巴"史诗——读达真的小说〈康巴〉及〈命定〉》，《当代文坛》2013年第2期。

［13］麦家：《〈康巴〉与帕慕克》，载格绒追美编《康巴作家群评论集》，作家出版社，2013，第64页。

生态人类学视阈下阿来"山珍三部曲"的生态关怀

高琳佳

摘要：藏族作家阿来作品的生态关怀在其早期佳作中已初露端倪，而在近年推出的以青藏高原特有物种为创作对象的"山珍三部曲"则更为细腻具体地呈现了阿来作品的生态忧思。本文从生态人类学的视角出发，探讨社会变迁下川西藏地人与自然和谐共生的美丽图景并批判现代社会过度张扬的消费主义文化对生态环境造成的负面影响，深刻地体现出了阿来浓郁的生态忧思和鲜明的人文关怀。

关键词：生态人类学；山珍三部曲；和谐共生；过度消费

基金项目：本文系 2017 年度四川省教育厅课题"藏族作家阿来作品整体主义生态观的构建——一种跨学科对话的尝试"的阶段性成果，项目编号：17SB0365；四川民族学院 2019 年自办科研项目"'康巴作家群'散文作品的生态纬度研究"阶段性成果，项目编号：XYZB19012SB。

从 20 世纪开始，生态危机就以全球性态势爆发，人与自然的关系问题变得凸显，经济发展与环境保护、人口剧增与资源利用的矛盾日益尖锐。然而随着人们对生态问题的认识水平不断提升，生态人类学得到了进一步发展。生态人类学是专注于研究人类群体与自然环境的关系的学科，主要以生态系统为研究对象，以人与自然和谐共生、协调发展为研究目的。苏联的著名生态学家卡兹纳切耶夫把生态人类学分为两个基本研究层次，社会研究层次和医学研究层次。他认为："社会研究层次致力于探讨资源问题、人口问题、人类对环境的作用问题、环境管理问题、环境政策问题、环境保护问题。"[1]藏族作家阿来的中篇小说"山珍三部曲"恰好反映出了生活在青藏高原的康巴藏族人在历史演进中与身边自然生态环境之间形成的复杂关系，这也就构成了生态人类学研究的基本问题。

"山珍三部曲"是藏族作家阿来近年来出版的中篇小说，包括《三只虫草》《蘑菇圈》《河上柏影》，其中《蘑菇圈》荣获 2018 年第七届鲁迅文学奖中篇小说奖。"山珍三部曲"以青藏高原的自然物种资源——虫草、松茸、岷江柏为创作对象，一方面生动形象地描绘出了川西藏地人与自然和谐共生的美好画面，另一方面深入透彻地审视和反思了现代文明过度张扬的消费主义文化对生态的破坏，充分体现出了阿来浓郁的生态忧思和鲜明的人文关怀。

一、人与自然的和谐共生

首先，原始自然的和谐呈现。在小说《蘑菇圈》的开篇，阿来诗意地刻画了人与自然和谐共生的原始图景。在图景中，人、植物、动物等一切生物是平等共生的，流动着自然的生机，透出淳朴、自然、清新、原始的味道，充分体现出人只存在于生态系统中的一部分，而非高高在上、唯我独尊地凌驾于其他生物之上。每年春耕大忙之时，山林里便会传来清丽悠长的布谷鸟鸣声，在地里辛勤劳作的藏族同胞们都不约而同地停下手里的活计，直起腰来，凝神谛听这显示季节好转的声音。此时此刻，日月星辰，河流山川，花草树木，木瓦石板都会为这美妙而短暂的鸣叫声停顿，从机村到机村周边的村庄再到机村周边的周边的村庄，乃至整个康巴地区也都会为这美妙而庄严的鸟鸣声停顿。从一个个特写画面逐渐拉远至全景的勾勒，阿来由近及远、由小到大地将康巴地区的自然生态图景记录下来，别有一番从静止到流动的交错之美，更是别具洞天地将人与自然万物有机结合起来，呈现出一幅人与大自然和谐共生的原始画面。不仅如此，阿来还不乏篇幅地对菌类破土而出的场景进行了大量的描绘，反复运用拟人、比喻、排比等修辞手法使得对自然的书写更加生动有趣。"羊肚菌用尖顶拱破了黑土，宽大的身子用力拱出了地表，它完整地从黑土和黑土中掺杂的那些枯枝败叶中拱出了全部身子，完整地立在地面上了。"[2]阿来连续运用"拱破""拱出""用力""立在"等词汇来描写羊肚菌破土而出之势，并将羊肚菌拟人化书写，将其赋予了人的力量，这是原始生命的最初动力，这是自然呈现的原始力量，这种无比坚定的力量是对生命的欣赏和赞叹，是对生命的崇拜和敬重。自然万物的和谐共生，在极具仪式感的原始画面中得以体现。

其次，人与自然的平等相处。"山珍三部曲"中处处呈现出人与自然和谐共处的美好画面。阿来在《蘑菇圈》中，着力刻画了以阿妈斯炯为代表的藏族同胞尊重自然、与自然平等相处、严格遵守自然发展规律、对自然资源不狂热也不贪婪的形象。阿妈斯炯发现了山林里的蘑菇圈，并懂得那是蘑菇生生不息的源泉，却懂得保护和浇灌蘑菇圈。天旱的时候，阿妈斯炯每天两次从山下背水浇灌山上的蘑菇圈，让蘑菇自由生长。她发自内心地喜爱那些"围在一起开会的"可爱生命[2]。她执着而虔诚地守护着这片自然宝藏，充分体现了藏族人对大自然的亲近与热爱。不论是对人对兽还是对鸟对草，阿妈斯炯始终心怀悲悯之情。小说中多次出现阿妈斯炯与野生禽类松鸡、画眉、噪鹃轻声讲话的场景。当她去到山林里看到松鸡低头吸食蘑菇伞盖时，她放慢脚步小声说："慢慢吃，慢慢吃啊，我只是来看看"[2]。当她背着水桶爬山去给蘑菇圈浇灌，听到一只鸟在树枝上叫个不停时，她抬起头来说"你的声音也是好听的声音"[2]。原来这只画眉鸟跟她已经非常熟悉了，每天都飞在树枝上来等她给水喝。每当阿妈斯炯看到鸟儿跳下枝头，啄食地上的蘑菇时，她都会小声说："鸟啊，吃吧，吃吧。"[6]环境伦理学家霍尔姆斯·罗尔斯顿（Holmes Rolston）就曾提出："人类区别于非人类存在物是因为人类能以广阔的胸怀去关注所有的生命（人类和非人类存在物），而动物和植物却只关注自己、后代或同类的生命。"[3]阿妈斯炯这种平等对待其他自然生命的友善态度恰好印证了藏族文化精神中平等对待万事万物的生态伦理情怀。

在小说《河上柏影》中，阿来将岷江柏作为植物，将人作为动物放在同一个层面进行书写，"岷江柏是植物，自己不动，风过时动"，"人是动物，有风无风都可以自己行动"[4]。可见，在阿来看来人类跟动植物及其他生物是平等的，不存在高低贵贱之分，人类只是生态系统中的普通成员之一。因此，人类与其他物种的交往应该是平等的。在小说的跋语中，阿来再次写到"树不需要人，而人却需要树"[4]。是的，在这个世界上树的历史比人的历史更久远，树为人类的祖先提供了果实、燃料等基本的生存物质。也正因为对树的需要，人类才使得这个世界上的树越来越少。在《三只虫草》中，阿来同样刻画了纯真少年桑吉就像小野兽一样与大自然保持着平等、友爱的交流。在草原上，躺在草地上享受阳光的桑吉，听到了青草破土的声音，听到了大地土层融冻的声音，还听到了枯草在阳光照射下失去水分的声音。桑吉与云雀的互嘲、桑吉对大地的倾心聆听，无不凸显着其他自然生命的地位等同于人类，这是贴合自然、回归原始的显现，这是人与自然平等对话的表现。

二、过度消费的生态困境

"山珍三部曲"以川西藏地为写作背景，关注的是川西藏地大自然与藏族人在现代化进程中遇到的生态困境。通过生动的描写，小说严厉地批判了过度张扬的消费主义文化带给川西藏地的灾难性生态破坏，人们为了追求经济效益而对大自然过度开发、无度索取。这一切都归因于人类对欲望的追求。欲望是推动经济社会和人类文明发展的原初动力，没有了欲望，人类就不可能拥有像飞机、轮船、人工智能这些先进的科技创造发明，人类的物质资源也不会像现在这样如此丰富，正如马克斯·韦伯所说的："对利益、金钱的欲求推动着个人与社会的进步与发展。"[5]然而，当人类无限的欲望需求遇见有限的自然资源时，势必会造成人类生存环境的污染、资源的匮乏、生态的失衡。卢梭也曾指出："若欲望无限膨胀，它不仅会吞没整个自然界，还会成为我们为非作恶的原因。"[6]在"山珍三部曲"中，阿来不同程度地批判了欲望驱动下过度消费带给大自然的生态困境。

对欲望动力的批判。随着经济的发展，人们对物质的过度欲求导致欲望不断膨胀从而抹杀了人的天性，使得人类渐渐丢失了内心的本真和心灵的善良。藏族人民一直以来对物欲要求淡泊，大多以藏传佛教宗教信仰为精神依托，可是当物质主义思想及消费主义文化被带到藏地以后，其浓郁的宗教氛围被慢慢消解，取而代之的是猖獗的物质欲求的盛行。这在《蘑菇圈》和《河上柏影》中就有深刻的体现。《蘑菇圈》中，当藏族人知道松茸具有超高营养且价格不菲时，心就变得急功近利、物欲至上了。在蘑菇还未长大成熟时，人们就提着铁齿钉耙去到山上，扒开泥土，掏走长在泥土下面的小蘑菇，而这些小蘑菇的菌柄和菌伞都未分开，阿妈斯炯为此潸然泪下。贪欲使人疯狂地掠夺自然资源，贪欲使人背离自然的发展规律，这样的例证在《河上柏影》里也有体现。人们为了赚钱，开发旅游，在老柏树生长地修建混凝土看台，砍掉了大部分树根，曾经苍翠浓郁的柏树，在被禁锢了树根的自由生长之后，慢慢窒息而死了。听城里人说崖柏木非常稀缺，其价值斐然，在拜物的热潮中受到人们的追捧后，当地的藏族人就开始疯狂地砍伐，甚至有些人冒死攀上悬崖去砍伐。为了获得更多的物质财富，人们变得极度疯狂，就连石头都不放过。听说有种石头可以做成砚台，村人们就拿起锄头拿起钢纤开始了近似疯狂的采挖，甚至把功能强大的挖掘机、装载机都开进了现场。最后，曾经郁郁葱葱长满树木的河岸和山坡被挖得千疮百孔，极大地破坏了当地的生态环境。阿来在"山珍三部曲"中，不同程度地揭示和批判了原本天真善良的藏族同胞在巨大金钱利益的驱使下，变得贪婪无度，打着物尽所用和不能浪费资源的口号，过度采摘蘑菇、疯狂砍伐岷江柏、猖狂采挖石头，最后导致物种灭绝，生态环境遭到严重破坏，大自然变得支离破碎。杜宁曾经指出："过度消费的价值体系终将是异常的、短暂的，因为它破坏了我们的生态依托。"[7]物欲繁华的现代社会必须摒弃消费主义观念的误导才有望重建人与自然和谐相处的生态关系。

除了对欲望膨胀的批判，阿来在"山珍三部曲"中还体现出对人类中心主义思想的严厉抨击。人类中心主义是造成生态危机的罪魁祸首，人类把自己视为世界万物的主人，地球上的一切生物都是为人类服务的，因此，人类便开始了竭泽而渔地开发和利用大自然，正如《蘑菇圈》中工作组提出的"人定胜天"的思想。工作组为了提高粮食产量，给庄稼多上肥料，农家肥被用完之后便去大工厂购买化学肥料，然而庄稼分外苗壮地拼命生长，却不肯熟黄，最后最苗壮的庄稼几乎颗粒无收。正是以社长为代表的人们，急于求成地破坏自然，违背庄稼生长的自然规律才导致庄稼颗粒无收，酿成社长上吊自杀的悲剧。

三、结语

在"山珍三部曲"中，阿来运用温柔细腻的笔触一方面诗意地描绘了人与自然和谐相处的生态图景，展现了藏族文化精神中善待自然、与大自然和谐相处、平等对待万事万物的生态伦理情怀。出于对大自然的敬畏，藏族人民在日常生活中时刻铭记顺应自然、善待自然、遵循自然客观发展规律的思想观念，从而形成了天人合一的生态思想。而阿来恰到好处地在其作品中展示了藏族人与大自然相依为命、和睦共处的美好景象。小说《三只虫草》中的纯真少年桑吉、《蘑菇圈》中的阿妈斯炯、《河上柏影》中的王泽周都是最具代表性的生态代言人，他们的言行举止充分体现了藏族文化主张天人合一、人与自然和谐相处的生态理念。另一方面，通过对青藏高原自然物种虫草、松茸和珍贵树种的描写，阿来严厉地批判了现代文明过度张扬的消费主义文化带给川西藏地的灾难性生态破坏。阿来不仅给读者呈现了远离城市喧嚣的青藏高原在现代化大潮中也难以幸免地遭遇了沧桑命运，而且更加关注现代消费主义观念的误导造成川西藏地遭受到的前所未有的生态破坏，以及催生出的当地藏族人过度旺盛的物欲渴求，充分体现了阿来浓郁的生态忧思和鲜明的人文关怀。

参考文献

[1] 周鸿.生态学的归宿——人类生态学 [M].合肥：安徽科学技术出版社，1989：21.

[2] 阿来.蘑菇圈 [M].北京：人民文学出版社，2016：5，5，64，88，91.

[3] 罗尔斯顿.环境伦理学 [M].杨通进译.北京：中国社会科学出版社，2000：106.

[4] 阿来.河上柏影 [M].北京：人民文学出版社，2016：4，217.

[5] 韦伯.新教伦理与资本主义精神 [M].于晓，陈维纲，译.北京：生活.读书.新知三联书店，1987：132.

[6] 卢梭.社会契约论 [M].何兆武译.北京：商务印书馆，1980：89.

[7] 杜宁.多少算够——消费社会与地球的未来 [M].毕聿译.长春：吉林人民出版社，1997：215.

致谢

　　本专著是 2019 年度中国作家协会少数民族文学重点作品扶持项目"'康巴作家群'作品的生态思想研究"的研究成果，在研究与写作的过程中得到了许多单位和个人的关心与支持。在此，我谨代表团队成员向他们致以诚挚的谢意。

　　衷心感谢中国作协的立项并给予研究经费的支持。感谢四川省作协创联部的推荐，特别感谢四川省作协的童剑老师，不管在项目申报还是专著撰写的过程中，给了我莫大的帮助和鼓励，让我受益匪浅。感谢四川省甘孜藏族自治州文联各位领导和工作人员对本课题的大力支持和帮助，不仅盛情接受我们的调研和采访，还慷慨地提供了大量一手的关于"康巴作家群"的资料和书籍。感谢山东大学文学院的程相占教授对我学术研究、专著撰写等方面的悉心指导。感谢四川民族学院的康亮芳教授多次带领团队成员去甘孜文联做访谈和调研，感谢团队成员们的积极配合和对研究做出的努力和贡献。

　　感谢四川民族学院外国语学院党政领导给予我宽松的工作环境和对我学术研究的大力支持。感谢四川民族学院科研处、四川省社会科学重点研究基地康巴文化研究中心给予专著出版基金的资助，使本专著得以顺利出版。需要特别说明的是，本专著中的疏漏与错误皆由本人承担，恳请广大读者批评指正。

　　最后，感谢我的家人这些年来给予我无私的爱、永远的支持和理解。感谢我的父母用行动默默地表达着对我的爱与支持，并且主动为我承担了生活中的诸多琐事，从而留给了我宽松的撰写时间和空间。感谢我的兄弟姐妹、同事及朋友们一直以来对我的关心和帮助。